가던 새 본다

한창훈 소설집

창비

가던 새 본다

초판 1쇄 발행／1998년 7월 3일
초판 5쇄 발행／2011년 11월 28일

지은이／한창훈
펴낸이／고세현
펴낸곳／(주)창비
등록／1986년 8월 5일 제85호
주소／413-756 경기도 파주시 교하읍 문발리 513-11
전화／031-955-3333
팩시밀리／영업 031-955-3399 · 편집 031-955-3400
홈페이지／www.changbi.com
전자우편／literat@changbi.com

ⓒ 한창훈 1998
ISBN 978-89-364-3650-6 03810

가던 새 본다

차례

가던 새 본다

겨울 찬바람을 버티며 그 와중에도 암중모색 희고 노란 기운을 우려내던 진달래 개나리 벚 살구나무가 한동안 제 흥에 취해 흐드러지게 뿜어내던 진한 꽃기운을 하늘과 땅이 다 거둬가고서야 산과 밭은 실로 낮고 더웁고 짙은 내음을 풍기기 시작했다. 풍풍 터지던 꽃망울이나 물이 올라 돋아나던 새순은 사실 초여름의 풍광을 몇 발자국 앞서 내빼던 것들이었는데 그런 겉기운이 다 스러지고서야 사방은 제대로 왕성한 때깔을 내보였다. 산 더욱 깊고 들판이 광활히 넓어지는 것은 말할 나위 없는데다 나무나 풀과 밭의 작물들은 오른 물을 잘도 간수해 하늘이 낮다며 제 몸을 키워 올리고 호수는 높아져서 더욱 깊어졌다.

그런데 할매는 이런 생명력 왕성한 초여름의 복된 풍경을 두고 새벽에는 꼭 죽을 것 같았다. 하긴 어쩌면 날마다 죽을 채비를 차리는 게 할매의 중요한 일인지도 몰랐다. 할매들이란 게 틈만 나면 누가 시키든 말든 끊임없이 웅얼중얼, 뭐라고 씨부렁대는 이들인데 그게 죽음의 공포에서 벗어나기 위한, 어깨 뒤를 타고 앉은 저승사자의 혼을 쑥 빼놓기 위한 전략인 것이 분명했다. 그러니까 염라대왕 명에 따라 혼백을 거둬가기 위해 강림한 저승사자들이 그래도 마지막 인정은 있어 이 넋두리 끝나면 데려가야지, 이왕 시작한 주접짓이라도 다 내뱉게 그냥 둬야지 하다가 몇달 몇년이고 엉덩이에 이끼를 키우는지도 모를 일이었다. 평상시에는 별 말수 없는 할매는 그런 관계로 어깨에 태우고 다니는 사자가 모가지에 오랏줄을 걸기 직전의 상태일 것이다. 그러나 술만 들어가면 사설이 시작되었는데 그러고 보면 사자가 밤마다 사설 듣느라 낮에는 그저 잠에 빠져 제 할 일을 잊어버리고 있기도 할 거였다.

긴 사설이 끝나고 나서도 한참이나 뭔가를 씨월거리다가 할매는 비틀비틀 대중없는 걸음으로 잔별들이 바글거리는 하늘 한번 쳐다보지도 않고 집을 빙 돌아 내 방과 합판 한겹으로 만나고 있는 안방으로 갔다. 탁, 방문 닫는 소리를 끝으로 사방은 조용했으므로 나는 누웠고, 선잠이 들었고, 그랬다가 새벽에 별스런 말소리를 듣고 깨었다.

그랑께…… 말이요…… 즈가부지…… 쌌소…… 알았…… 께라…… 했소야…… 그라잖게라…… 한식 때요…… 좀 지둘리…… 워채서…… 사요…… 니당…… 알았소…… 그랍시다……

할매는 부뚜막에서 올라오는 연기 같은 목소리로 가래를 끓여가면서 누군가와 이야기를 하고 있었는데 호수의 안개가 스멀스멀 피

8

어오르다가 초장에 지쳐 더이상 오르지 못하고 그저 변소 옆에 각도를 길 쪽으로 두고 서 있는 가로등 옆으로나 모일 때면 늘상 들리던 그런 잠꼬대는 아니었다.

저승사자가 와부렀구나. 올 것 같기는 하구만 근디 번지수는 안틀렀을까. 그람은 지금 할매가 죽는다는 이야긴디 그렇다믄 낼 아칙에 할매를 나가 맨 처음 발견을 하는 것인디…… 가만있자 그라믄 뭐가 워찌케 되겠냐…… 할매가 죽어뿔믄……

나는 나도 모르게 그런 생각들을 저 깊은 어떤 곳에서 만들다 부수다 했다. 그러다가 아직 밖이 깜깜한 게 너무나 진하고 선명했기에 깨지 않은 척, 밤중에 찾아온 며느리나 상점 아줌마와 이야기하고 있을 거라고. 당장 에고곡(哭)은 필요없을 거라고 만들어 생각했다. 그러면서도 바깥세상과 꿈에서 만들어지는 느낌이 뒤엉켜 지금 저 방에 가보면 할매가 몸을 열두 발 사다리처럼 길게 뽑아올려가지고 대가리가 천장을 뚫고 올라가 꼬리를 뻘에 묻고 몸통만 위로 뻗대고 있는 뱀장어처럼 이승과 저승 사이의 그 무슨 강물결에 흔들리며 영감과 이야기를 하거나 어쩌면 반대로 영감이 몸을 거머리처럼 늘여가지고 고개만 쑤욱 내려와 형광등 아래서 똬리를 틀며 할매와 수작을 할지도 모른다는 생각이 들곤 했다.

어젯밤은 할매의 사설이 유난히 길었다. 그동안 짬짬이 내놓던 이야기를, 다른 날이라고 여러 잔 술을 안 먹은 것도 아닌데 어제야말로 별스럽게 취해 길게 풀어놓았던 것이다.

세상천지 만물 중에 나맹이 짠한 것이 또 있겠냐이. 총각아, 나도 인자 죽을란다, 죽어뿔란다. 콱 죽어뿔란디, 아이 어찌 이리 죽고 잡은디도 죽어지지가 않는다냐. 왜 그런다냐.

　죽고 사는 것이 맘대로 되는 게 아닌 것을 뻔히 알면서도 할매는 들어간 술보다 더 많은 양의 넋두리를 꺼낼 채비를 차렸다.

　나도 우리 영감처럼 산으로 가서 콱 죽어뿔란다. 여영감, 여영감아…… 총각아, 정신 어만 데로 가지 말고 그랑께 내 이약 좀 들어도라.

　나가 일곱살 때 종년으로 갔단 말이다. 새복이믄 안방 건는방 사랑방 불때고 머리 쥐백히고야. 이모들이, 친이모가 아니구 나이든 종년 언니들을 그렇게 불렀어야, 이모들이 받아온 쌀 안치믄서 반찬 맹글믄 심바람하고 욕 은어묵고 비질하고 걸레질하고 밥은 대궁으로만 묵고 빨래하고 뺨 은어터지고 주인집 애 보다 종아리 맞고 그렇게 한 칠년인가 살었어야. 나가 거기서 열시살 때 도망쳤으니께 멫년 살었겠냐? 회기 좀 해봐라야.

　그 대목에서 할매는 독오른 암뱀처럼 나를 쳐다보는데 내가 보기에 말들이 마치 혀처럼 날름대며 입보다는 눈에서 나오는 듯했다.

　잉, 인자 열시살 떤디이 하루는 너물을 캐오라고 하드라…… 금자라고 나같이 종년인디 징한 년이 하나 있었단 말이다. 금자 이모가 요만한 소쿠리를 줌서 야, 너물 잠 한나 캐오라고 그러더라이. 주인네 매질보다 그 이모 매질이 더 무서웠잉께, 씨발년 저도 나처럼 매받이로 컸는디 참말로 징한년이었당께. 징상스럽기도 징상했어야. 한번은 나가 주인집 애기 오짐 싼 옷을 칼칼이 빨아갖고 부삽에다 말리는디 깜박 졸다가 안 타부렀냐. 오매, 그 엄동설한 야심한 밤에 그년이 나를 뒷사립 밖에다 세워놓고는 찬물을 확 찌끄리드라야, 바가지로 멫번을 찌끄리고는 나를 대나무 뿌렝이로 패 조지드라야.

너 같은 년은 죽어라, 이 빙신아.

하믄서 패는디 겨울밤 가르는 소리가 획획 나고 엉덩이고 허벅지고 등짝이고 옆구리고 어깻죽지에 그냥 살을 파고드는디 너무 아파서 울도조차 못했당께.

그 대목에서 할매는 숨을 길게 내쉬었고 숨 끝에 술잔을 들어 쭈우욱 빨아마셨다.

그 금자가 너물을 캐오라고 시키는디 나가 그날로 도망을 했단 말이다. 도망치는 날이라서 생각이 나기도 허지만 그날로부터 메칠 전에 나가 몸것(초경)을 봤어야. 처음으로 경도를 보고 놀라기도 했지만 금자가 이렇게 거시기를 해주기는 했으니께 어찌 보믄 나쁜 년은 아닌 상싶기도 허지만, 그날도 얼릉 안 캐오믄 너 몸것 한다고 소문 내분다이, 허기는 허드라. 쑹헌 년, 징헌 년, 도간 년.

봄날 햇살이 참 장하기도 허드라. 참 좋기도 허드라. 쑥 멫잎 뜯 다 말고 햇볕이 따땃한께 그냥 앉었는디 어찌케나 엄니가 보고 잡든지 막 울었어야. 슬(설)에, 그랗께 두 번인가 집일 방앗골 아재 따라 가보기도 허고 엄니가 어짜다 한번썩 왔다 가기는 했다. 근디 쑥 같은 것도 꼭 식구들 모양 즈그들끼리 붙어살고 있는디 왜 나는 멫 년을 식구들 얼굴도 못 보고 사나 싶어서 영 서럽드라. 서러븜이 넘 쳐서 막 울다가 그 길로 그냥 내빼부렀어야.

그 대목에서 할매는 이마에 검댕 묻힌 아이처럼 히히 웃었다.

저기 저짝쯤이 집이겄다 싶어 무조건 걸었다이. 죙일을 걷다보니 께 무슨 큰 디가 나오드라야. 광주제. 인자 도망을 쳐도 지대로 쳤 다 싶드라고. 종일 도망질로 걷니라고 숨 한번 못 쉬본 것을 거기서 크게 쉈으니께. 근디 밤이 짚어 어디로 갈지를 몰라 그냥 걷다가 섰다가 하는디 뭐, 군인들 집이 나왔단 말이다. 문이 이만한디 그 앞이서 이런 총든 군인들이, 그렇제 일본놈들이제, 사람들을 꼬나보고는 시비를 걸고 막 그러드라. 겁나서 거그를 넘어가지를 못허고 서 있는디 다라이를 인 워떤 아짐쎄가

너 왜 그러고 섰냐?

헝께 이참저참 해서 저그를 못 지나가고 있어라, 도망질쳤다는 소리는 빼고 말했제. 긍께 그람 나 따라오니라 하고는 내 손을 잡고 거그를 지났어야. 글고는 너 보아하니 오갈 디가 읎어 뵈니께 나 따라 우리집 가자, 가서 밥하고 빨래 좀 해주고 살어라, 허드라. 갈 디가 읎기는 왜 읎다냐? 허지만 거그서 우리집을 갈라믄 월매나, 워디로 가야 할지도 몰르겄고 도망쳤다는 소리는 못하고 우선 내가 당장 묵고 잘 집이 없는 것은 진실이고 허니께 그냥 따라간 것이여.

그 아짐쎄는 생선 행상을 하는디 아들만 꼭 닛이드라. 스무살 정도 묵은 큰아들부터 내 또래 닛찌까정 다섯이 그렇게 방 하나서 살드라야. 나가 좀 일을 잘하냐. 새복에 일어나 불 때고 보리 안치고 밥 채리고 다 나가고 나믄 소제하고 빨래하고 저녁이믄 또 밥해놓고 험서 어찌케 살다봉께 일년을 살었어야. 일년이나 살어부렀어야. 쫌만 살다가 갈라고 그랬는디 너 참 일 이쁘게 잘한다, 쫌만 더 해주고 살믄 너한티 돈도 주고 그러마, 아짐쎄가 그랬응께 이냥저냥 날짜를 보내부렀제. 나중에 알고 봉께 그 아짐쎄가 나를 자기 아들 중에 하나랑 엮어서 메느리 삼을라고 그랬던 것이여. 웃지 마야.

그 대목에서 할매는 웃지 말라고 타박을 하면서도 자기는 또 히히거렸다.

왜 그랬냐믄이, 한 일년 살았는디 하루는 싯찌가 일을 안 나가고 괜히 배비작배비작 함서 알랑거려야. 우엣것 둘은 넝마 댕기고 싯찌는 제재손가 어디 댕기고 닛찌는 어디 식당 심바람허로 댕기는디 싯찌가 일을 안 가고 뭉개뭉개하는디 눈치가 영 이상하드란 말이다. 그래서 다라이에다 빨랫거리 담고 나갈라는디

너 워디 가냐?

묻드라.

빨래 가요.

빨래 쫌 있다가 가고 이리 잠 와봐라.

빨래가 겁나 많아서 얼른 가야 돼라

에헤, 쪼매 오랑께.

할말 있으믄 거기서 하시요.

아따 말 안 듣네.

이라등만 방문을 열고 나와서 내 폴목을 확 낚어채드란 말이다.

워째 이러요.

폴을 뺄라고 그랑께 사정읎이 나를 다라이째 방으로 끌고 들어가야. 그람서 나를 자빠뜨레갖고 올라탈라고 막 그러드라이. 나가 용을 씀서 빠져나갈라고 그랑께

소용읎다이, 니가 심으로는 안뒹께 포기하고 말 들어라이. 안 그래도 우리 엄니가 올 안으로 너랑 나랑 엮어준다 그러드라. 이왕 엮어지는 거 아니겄냐.

아, 이 지랄을 하드라야 히히. 내 옷을 막 벳길라고 그래서 믿었던 아짐쎄가 야속허기도 하고 아들놈덜이 징그럽기도 하고 해서 그래, 너는 나무 져날르믄서 심을 키웠다믄 나는 빨래로 심을 키웠다,

속으로 맘묵고는 그냥 그놈 손구락을 인정사정 읎이 꼭신 물어부렀다. 아야야, 비명을 지름서 퉁겨나강께 나가 폴딱 일어서서는 다라이 안에 있는 빨랫방맹이로 대갑빡을 내리 쎄리부렀어야. 오매 나 죽네, 하고는 대가리를 싸매고 꾸부러징께 오냐 뒤져부러라 이 썩을 것아, 하고는 몇대 더 씨언하게 조사부렀다. 죽는다고 방바닥을 뒹굴다가 팽, 도망을 가드라. 으쨔냐, 잘했지야, 호호.

그 대목에서 할매는 한동안 말을 잇지 않았는데 보아하니 그때 그 사람을 패 조지던 기분에 잡혀 있는 듯했다. 그동안 한번도 들어보지 못했던 대목이라서 재미가 난 내가 그래서 워차케 됐소 야? 얼릉 해보이다, 채근을 해도 담배 한대를 다 빨아들일 때까지 나만 뻔히 쳐다보고 있다가 이윽고 다시 입을 열었다.

뽀채지 말어야. 그랑께 그 참에 나도 그 집을 나와서 또 안 걸었냐. 여기가 워디요? 물어봐쌈서 걷고 또 걷고 그랬다. 넘으 집 굴딱 밑이서도 자고 주막 같은 디서 일해주고 은어묵고 자고 함서 가다 보니께 인자는 꺼꿀로 한참을 지나와부렀어야.

그걸 워치케 알었냐믄 워떤 주막이서 하루 나무하고 설거지해주고 은어자는디 밤중에 오짐이 마려서 밖으로 나왔어야. 보름달빛이 감나무고 독아지고 담쟁이고 펭상이고 도구통이고 모다 훤한디 하얀 소복을 입은 젊은 샥시 하나가 샘 옆이서 달을 쳐다보고 있드라. 나는 첨이 무슨 구신인 줄 알었다. 바리데기가 환생헌 줄 알었당께. 가만히 봉께 달을 쳐다보믄서 소리도 안 나게 울드라. 달빛에 눈물이 빤쩍거린께 나가 알었제. 어째 울까 싶어서 숨도 못 쉬고 쳐다보고 있는디 아, 신발을 벗드란 말이여. 긍께 샘에 빠져죽을라고 그런 거제. 아이고매, 나가 덤벼들어서 막 들어갈라고 허는 것을 허리를 잡었어야.

　이것 놓씨요, 지발 이것 놓씨요.

앙탈을 하는디

　잠 나와 보시요, 사람이 죽을라고 그라요.

악을 쓴께 사람들이 문짝을 열고

　아이고 아가.

험서 풍채가 좋은 노인네가 쫓아나오드라. 듣고 봉께 샥시가 시집 온 지 슥달 만에 서방이 징용에 끌려갔는디 죽었다는 기별이 온 것이여. 그래서 시댁이서 샥시를 도로 친정으로 델다주로 가는 중에 주막에 들었던 거제. 노인네가 밤새 지키고 앉았기도 거시기 항께 나보고 잠 지케달라고 그라드라. 그래서 그 샥시 방에서 같이 날밤을 샜어야.

　알고 봉께 그 샥시 친정이 우리 마을하구 산 하나 이짝 저짝이드라. 나가 그띠는 사람이 죽는 것이 뭔지나 잘 알었겄냐. 샥시가 왜 죽을라고 그랬는지 얼른 몰르겄드라. 서방이라는 것이 죽으믄 저렇게 따라죽어야 쓰는갑구나 그런 생각만 들드라.

　나가 살어 뭐한다요. 서방 죽었는디 나가 살어 뭣한다요. 못씨요. 왜 날 말겄소. 아까침에 말게지만 안했어도 지금쯤 죽어서 쩌기로 갔을 건디……

　샥시가 그렇게 우는디 나가 뭐래기는 뭐랬겄냐. 암말 않고 딜다보고만 있었제.

　그 대목에서 할매는 독이란 독은 모두 써버리고 기진한, 똬리까지 풀어버린 암뱀처럼 보였다.

　다음날 노인네가 내 말을 듣고는 길을 잘 아니께 데려다주마 해서 같이 따라갔다. 한나절을 걸으니께, 긍께 나가 가던 쪽하고 반대로 다시 올라온 것이제, 뭔 산이 나오는디 산밑이서

아이, 느그 집은 저짝으로 질게 가믄 나온다.

해서 헤어지고는 한참 걷다보니께 아닌게아니라 산모냥이 슬슬 눈에 익등만 우리 동네가 나오드라. 그냥 맨발로 쫓아서 올라강께 거진 저녁이 다 되았는디 엄니가 보이드란 말이다. 도구통에다가 보리쌀을 돌리고 있다가

엄니.

부르니께 오매, 놀라등만

아가, 내 새끼야.

험서 달려들어 나 손을 잡드라. 그랑께 도망질쳐서 일년하고 슥달만에 집에 온 것이제. 참 많이도 울었어야. 엄니 손만 잡고 뻔힐 때까지 울어부렀다. 밤에 듣고 봉께 주인집서 멫번 찾으러 왔다고 하드라. 인자 안 오겄지라 인자 엄니하고 살라요, 동상들하고 살라요, 사정을 했다이. 나 밑이 동생은 나가 종년 가기 전에 업어주기도 하고 그랬응께 알겄는디 그 밑이 둘은 그때 츰 봤지 뭐어. 저기, 원지 봤제? 저짝 너메 사는 동상네하고 서울서 사는 것들. 이, 그래 재섭이네하고 홍섭이네. 그 동상네를 그때 츰 봤당께. 그란디 아부는 밤새 댐배만 피우등만 다음날 나보고

가자, 따라온나.

해서 따라갔제. 시오리 걸어 워디 집이다가 나를 놓고는

너는 인자 이 집서 살아라이. 너는 인자 죽어도 이집 구신이 되어야 쓴다.

하고는 가불드라. 우리집서 딱 하룻밤 자고 민며느리로 들어간 것

이여 나가.

그 대목에서 할매는 울듯 울듯 하면서도 울지는 않았는데 할매가 남 앞에서 눈물을 보인 적은 없었다. 할매는 눈물 대신 소리로 우는 이였다. 나는 할매의 대목대목들을 이제 끊어놓아야겠다 싶었다. 그렇지 않으면 안방에서 할매 혼자 울 때 노상 나오는 대목들이 또 나올 듯했는데, 일본 가서 살다가 해방되고 들어오던 배에서 미군 폭격기에 놀란 사람들이 이쪽저쪽으로 우 쏠리는 틈에 발에 밟혀죽은 큰딸 이야기나 정신이 살짝 나간 영감이 집 버리고 돌아다니다가 산에서 얼어죽어버린 것까지 나온다면 홀로 버티기에는 너무나도 많은 대목들이 되레 할매의 목을 감고들 것 같았기 때문이었다.

첫날밤 생각나요?

생각나제. 근디 건 뭣하게 묻는다냐?

할매는 낄낄 웃었다.

기분이 워쳤디여?

기분이란 것이 뭐 있었간디.

좋았제라?

그래 좋았다, 으짤래.

또 낄낄 웃었다.

한분 더 해봤으믄 쓰겄제라이.

지랄한다. 열니살에 민며느리로 들어가 두 해 동안 같이 밥묵고 같이 밭매고 같이 물짇고 했는디 뭐 새삼스럽게 별난 게 있었냐?

오매, 그람 그전이 먼저 했소?

허기는 뭘 해야.

워처케 합디여.

그때라고 다르겄냐. 시암이서 동이를 들어올리믄…… 얼래 총각 이 별소리를 다 한다이.

할매도 참 넘세스럽소이.

아, 몰라, 나 갈란다.

아따 할매. 나가 잘못했소.

………

영감님 보고 잡제라.

보고 잡다, 으짤래.

워쩌기는, 그냥 물어본 거제라.

니가 나한테 영감 만나게 해줄래?

나보고 할매를 직에달라 그 말이요?

그래, 직에도라.

아따 취했소. 그만 가 자시요.

한참이나 더 씨월대다가 할매는 깨진 독 보듬은 것마냥 비틀비틀 걸어갔고 그예 누군가와 만났더랬다.

참말로 무섭습디다이.

이른 아침 샘가에서 본 할매의 얼굴은 그러나 죽은 자의 그것은 아니었다. 할매는 그새 뽑아올렸던 대가리를 거둬들였거나 똬리 틀 었던 영감의 길고 긴 혀를 향 살라 올려보냈는지 멀쩡한 얼굴로 개 밥을 끓이고 있었고 그 너머로 날파리들처럼 가로등 주변에서 힘들 게 슬렁슬렁 날갯짓을 하던 안개 끄스러기들은 서서히 푸르스름한 기운으로 변해 흩어지며 짧았던 하룻밤의 삶을 마감하고 있었다.

뭐가 무섭간.

나는 참말로 오늘 새복에 할매가 꼭 죽는 줄 알았소.

나가 죽어?

야, 맨날 영감님 아니믄 엄니 아부지를 부르기만 하다가 주무시던디 어저께는 꼭 참말로 영감님하고 서로 말을 합디다이.

그랬냐?

생각 안 나요?

안 난다.

그짓말 마시요. 영감님허고 모처럼 만내서 회포도 풀었겄구만.

별 대꾸가 없는 할매의 얼굴은 흙으로 대충 지어올린 아궁이에서 비져나온 붉은 불기운 때문에 황동색으로 더 무겁게 보였다. 어느 친척의 주선으로 날짜 지나 반품된 어묵 얻어온 것에 보리쌀과 푸성귀와 된장을 두고 끓이는 개밥솥에서는 구수한 냄새와 함께 김이 뭉클뭉클 피어올라 사라져가는 안개 뒤꽁무니에 매달리고 있었다.

한 그럭 할래?

개밥을 먹겠느냐는 소리였다. 그도 그럴 것이었다. 사람 바글거리는 곳을 버리고 산과 호수와 밭이 있는 이곳에 입산(入山)하는 기분으로 이사온 지 얼마 되지 않던 어느 새벽 나는 두고 온 것들에 대한 미련을 못 버리고 마신 술에 시달리다 잠에서 깼다. 변소에서 한 바가지의 오줌을 쏟고 정신없이 구역질도 하고 나니 속이 어찌나 쓰리고 허전한지 견딜 수가 없었다. 아니, 집은 텅 비었는데 어디선가 구수한 냄새가 내 속에 거지를 들여앉혀둔 것이었다. 나는 그 기가 막힌 냄새를 풍기는 곳이 솥단지임을 알았고 뚜껑을 열자 거기에는 김이 모락모락 나는 국밥이 그득 들어 있었다. 염치 불구, 할매들이란 게 원래 이런 국밥을 참으로 잘 끓이는 이들이랑께, 어쩌고 하며 국자로 국물까지 넉넉하게 건져내어 퍼먹었다. 개들이 지랄발광을 하든 말든 맛 하나는 끔찍하게도 기가 막혔다.

모다 사램이 묵는 것으로 끓인 것인디 괜찮제.

그 구수한 멀국이 갈라진 위장 사이로 속속 스며들어 긴 숨을 내쉴 때쯤 가게로 해장 나갔던 할매가 돌아와서 내 밥을 개밥으로 퍼주며 아무 일도 아닌 듯 중얼거렸다. 배가 불러 나는 할매를 쳐다보며 헐헐 웃기밖에 못했다.

들어가서 밥 묵을라요. 자꾸 개밥 뺏어묵으믄 쓰겄소.

할매는 별 대꾸 없이 장작개비를 더 쑤셔넣으며 볼에 황동색만 키웠다. 하긴 내가 이곳에 와서 먹은 게 개나 개밥만이 아니었다. 할매의 손은 총각 남정이 보기에는 참으로 기찬 데가 있어 손이 가는 곳마다 먹을 게 나왔다. 나는 사실 나물이라곤 시장 좌판에 흔하디흔한 것밖에 몰랐는데 이곳으로 와서 냉이 달래 벌금자리 국수댕이 비름 돌나물 쓴나물을 알았고 그것들을 캐는 방법이나 해먹는 요량을 배웠다. 멀리 두면 눈에 띄지도 않고 가까이 두어도 모르는 눈으로 보면 백날 잡풀에 불과한 것들이

사램이 못 묵는 것이 뭐 있간디. 개구리밥이나 못 묵을까.

하는 할매의 입과 손을 거치는 순간 쌉싸름하면서도 감칠맛 도는 먹을거리로 변하는 것을 보면 참으로 재주는 재주였다.

어제 할매와 안주로 먹다 남긴 돌나물 김치 멀국에 찬밥을 말아 뒤틀린 위장을 바르게 펴고 있는데 할매는 그건 그렇고 개나 좀 잡아달라고 했다. 할매 집에 흔한 게 푸성귀 다음으로 개였다. 내가 사는 뒷방에서 변소를 가려면 우물가와 할매가 개밥 끓이는 솥과 텃밭을 지나야 하는데 그중 유별나게 소란스러운 곳이 개집이었다.

검둥이 누렁이 상관없이 손에 잡히는 대로 먹여 길렀는데 잡거나 팔려나가고 또 강아지가 들어오고 하여 노상 예닐곱 마리가 살고 있었다. 보거나, 먹거나 어느 한쪽으로 치우치지 않고 고루 가까이 하는 나는 어쩌다 과자 부스러기가 생기면 던져주었고 이름도 붙여주곤 했다. 놈들은 내가 나타나기만 하면 울에 다리를 걸치며 꼬리를 쳤다.

검둥이 두 놈만 잠 잡아도랑께.

세들어 산 지 석달 된 즈음이었다. 그때는 강아지 네 마리에 제법 큰 얼룩이가 있었는데 얼룩이는 암놈이었고 나하고 금방 정이 들었다. 얼슌아(내가 붙여준 이름이다), 부르면 소리만 듣고도 몸을 잔뜩 땅바닥에 붙이고 꼬리로 노를 저어 상감 맞는 궁녀처럼 궁둥이를 끝간 데 없이 벌려대며 어쩔 줄 몰라했다.

어느날 돌아와보니 할매네 안방이 찾아온 아들과 딸네들로 시끌벅적했다. 내 방에 가 앉아 있자니 할매는 불에 달궈진 새우껍질 얼굴로 앉은뱅이냄비와 소주 한병, 깻잎, 마늘, 양파를 소반에 받쳐 밀어넣어주었다. 얼슌이였다.

밤중에 변소 가서 똥눌 때 문을 살짝 열어놓으면 낑낑대며 내 얼굴을 바라보곤 하던 얼슌이가 고사리와 깻잎에 뒤엉켜 기름 둥둥 뜬 국물 속에 빠져 있었다. 나는 한동안의 생활비를 벌기 위해 여러 날째 도시 저쪽으로 새벽차를 타고 가 종일 등짐을 져날랐기에 너무 지쳐 있었고 배가 고팠으므로, 그리고 그 구수한 기름국의 유혹이 너무나 컸기에 먹고 마셨다. 얼슌이가 내 몸속에서 컹컹 짖었다. 어쩌면 나는 내가 아니고 이미 얼슌이여서 짖을 곳을 찾고자 뒷산 호수로 도둑놈처럼 슬며시 올라가 푸르딩딩한 색깔을 만들어내는 초저녁 기운 아래에서 수음을 했는지도 모른다. 슬퍼서, 비장해져서 수음이라도 하지 않으면 빌어먹고 나자빠질, 내가 어떻게 될 것 같았다. 마치 내 몸에서 얼순이의 그 팅팅 불거진 젖꼭지들이 돋아날 것 같았다. 얼순이는 끈기있게 버티다가 비로소 나의 지고한 노력 끝에 뿜어져나와 호수 속으로, 그 푸르딩딩한 색깔 속으로 사라져갔다. 얼순이를 내보내느라 힘을 써버린 나는 한동안 병든 괭이 모양 멍하니 잔물결 하나 없는 호수 표면을 바라보면서, 점차 그것들이 하늘과 산에서 만들어진 색깔에 잠식당하다가 끝내 이거여도 좋고 저거여도 좋은 상태가 되는 것을 바라보면서, 다시는 정든 개를 먹지 않겠다고 참으로 볼썽사나운 약조를 스스로 하기도 했다. 그 뒤로는 유난히 밉살스러운 놈만 먹었는데 하긴 검둥이들이 유독 밉상이기는 했다.

내가 개를 워치케 잡는다요.

왜 못한다냐. 장젱이.

저그, 개 잘 잡는 대나무집 영감 안 있소.

딸네 갔단다.

그래도 못한단 말이요.

그람 저 둔덕 너메 개 도축장에서 좀 잡어와.

난 검둥이 두 마리를 끌고 빈 리어카를 밀며 철길 아래 개 잡는 집엘 갔다. 뭐 별 차이는 없겠지만 그래도 그 두 놈을 죽이기 위해 리어카에 싣고 가지는 못할 노릇이었다. 목에 사슬이 걸리고부터 한번도 제대로 걸어보지 못했던 한 마리는 따라오지 않으려고 아예 네 다리를 뻗대고 또 한 마리는 멋도 모르고 길가에 나 있는 잡풀과 돌무더기에 코를 쑤셔박으며 정신없이 휘돌이를 해댔기에 놈들을 끌고 그 집에 가기까지 적잖이 힘이 들었다.

　낮은 언덕을 넘고 마늘밭과 건널목을 지나 산모롱이를 돌자 외따로 떨어진, 그 개 잡는 집이 나왔다. 눈이 날카롭게 찢어진데다 키는 전봇대만한 개도둑 사내와(개를 사러 다니다가 주인이 없으면 훔쳐간다고 소문난 이다) 겉모양이 사촌쯤은 족히 되고도 남을 남자들이 피묻은 팔뚝을 어깨에 달고 있고, 금복주 소주병에 붙어앉아 있는 게 더 어울릴 것 같은 또다른 하나는 산만한 배에 겹겹이 주름을 만들며 마루청에 앉아 화투패를 나누고 있었다.

　마을과 뚝 떨어진 이 집은 낡은 지붕에 풀까지 솟고 돌담에는 먼지와 이끼가 뒤섞여 있었는데 마당 하나는 확실히 넓었다. 평평한 징검돌이 놓여 있는 마당을 가로지르면 다섯 개의 교수대가 있었다. 이미 그곳에는 두 마리가 하늘로 오르다 못해 축 늘어져 있고 한 마리는 마지막 몸부림을 치며 제 몸에서 영혼의 나머지 찌끄러기를 힘겹게 내보내고 있었다. 그 옆에는 커다란 가마솥에서 김이 뿜어져나오고 있어 담벼락 구멍에서 조각조각 부서지는 햇살만 아니었더라면 내가 죽어 야차들이 설치는 지옥에라도 들어온 것 같은 착각이 들 뻔했다.

　뭐요?

　개도둑 사내가 개 같은 눈을 찢으며 물었고 나는 개를 잡고자 왔다고 대답했다. 사내는 두말 않고 겁에 질려 오금을 떠는 놈과 아직도 정신을 못 차리고 사방팔방을 두리번거리고 풀이나 돌멩이나 이런 것들을 찔러보고 건드려보는 놈을(제가 처한 상황을 짐작하고 가만히 죽음을 기다리는 놈과 죽기 전에 한번이라도 세상의 것들을 상관해보고 싶어하는 놈 중 어떤 놈이 더 현명한지는 글쎄 잘 모르기는 했다) 덥석 쥐더니 마치 옥수수를 묶어 걸어놓듯이 너무도 쉽게 교수형에 처해버렸다.

나는 허공에서 버둥대는 놈들을 피해 마루청으로 고개를 돌렸다. 사내들은 자신들이 떠나보내는 영혼들을 위한 약간의 경건함도 없이 바쁘게 패를 돌리고 피묻은 똥피로 피묻은 똥광을 먹고 있었다. 검둥이들은 죽었고 도깨비들 입에서 나온다는 화염보다도 더 무섭게 뿜어져나오는 가스불에 털이 타고 살결이 그슬려졌으며 그중 껍질 두어 토막은 된장과 마늘과 소주와 어우러져 사내들의 뱃속으로 들어갔다. 나는 조용히 그 작업이 끝나기를 기다렸다가 할매가 반값에 잡아오라고만 했기에 각은 뜰 필요 없다고 말하고 리어카에 그것들을 싣고 구불텅거리는 길을 다시 걸었다. 두 놈은 리어카 안에서 너무나도 조용하게 있었으므로 아주 편하게 올 수 있었다.

털로 뒤덮인 몸체를 보면 제법 큰 것 같지만 털을 태우고 나니 한 주먹거리밖에 되지 않는 놈들을 할매는 식칼을 갈아와 각을 뜨기 시작했고 나는 옆에서 쪼그려앉아 구경했다.

개는 죽으믄 워디로 갈까라…… 사람 있는 디로 따라갈까라, 아니믄 즈그들끼리 따로 갈까라. 참말로.

워치케 안다냐.

할매만큼 살았으믄 어디 짐작 잠 안돼요?

그거 알믄 뭣한다냐?

왜 자식들은 좋아하는디 할매는 개고기럴 못 묵소?

영감이 개를 참 좋아했어야. 골골하다가도 개장국만 들여놓으믄 땀을 뻘뻘 흘리며 묵었어야. 속이 헛헛한 거제 뭐. 굶는 것을 밥 묵딧기 했응께. 그렇게 살았응께.

하긴 그랬을 것이다. 안방 천장 밑에 모셔진 영감의 사진을 보면, 온통 가는 선만으로 이루어져 있었다. 몇줌 되지 않는 머리카락, 주름과 별로 분간이 안되는 얼굴선, 잡스런 주름살들과 얇고 긴 입술, 신경질적으로 날 선 콧날 따위가 개장국 아니면 육신 움직이기 힘든 몰골이었다. 그러나 그 흑백사진은 죽은 이가 아직도 이 세상에 관여하고 있다는 증거이기는 했다.

할매는 배를 죽 가른 다음 식도를 끊고 심장 간 폐 위장 대장 소장을 한꺼번에 들어내어 함지박에 담은 다음 호스를 내장이 빠져나가고 남은 갈비뼈 막에 쏘았다. 뻘건 핏물이 내를 이루어 길게 채송화를 거느리고 있는 대추나무 옆 하수도로 빠져나갔다. 핏물은 굽이쳐서 무더기의 맨 끝, 대추나무 바로 아래 한포기 채송화의 몸을 적셨고 나는 그것을 보다가 저 채송화한테 개귀신이 씌겠다는 생각도 했다. 할매는 내장을 한바탕 닦달한 다음 각 관절 사이로 칼을 집어넣어 뼈는 뼈끼리, 살은 살끼리 잘라내었다.

할매 손에 죽은 개가 숱하겠소이.

아니어. 이 짓두 츰엔 못했어야. 영감 살았을 적이는 영감이 다 했는디 영감 세상 베리고 나자 새끼들 믹일라고 허다봉께 나가 이 짓 허게 안되았냐. 그때까정은 개 끄슬리는 데도 못 갔어야. 무서워서, 짠하고 무서워서.

·········

히우······ 몰르겄다. 개 잡으믄 죄받을 줄 알고 젙이두 못 갔는디 인자는 모르겄다야. 자석들 믹일라고 하니께 하제. 죄받으믄 받제 어쩐다냐.

·········

뭣한다냐.

꽃 보요.

뭔 꽃아.

채송화요.

이.

핏물을 머금은 채송화는 이제 막 정오가 지났기에 그 오롯한 꽃잎을 막 오므리기 시작하였다. 나는 할매가 막걸리를 받으러 간 사이에 오란씨 페트 병을 잘라 개 잡을 때마다 핏물을 머금는 그 채송화를 옮겨심고는 얼른 내 방에 갖다놓았다.

할매와 나는 대야에 뒤섞여 담긴 검둥이 두 놈을 옆에 두고 막걸리를 마셨으며(할매와 나는 이렇다. 비 온다, 비 갰다, 해 떴다, 해졌다, 누가 왔다, 누가 갔다, 아무도 오거나 가지 않아 심심하다, 따분하다, 서럽다, 구진스럽다, 헛헛하다, 이것저것 너무 할 일이 없다 따위의 이유를 붙여 노상 막걸리를 가까이했는데 이를테면 이번처럼 내가 할매 심부름을 했거나 해서 할매가 사거나 아니면 할매가 변소를 폈다, 물김치를 담가주었다 식의 크고 단단한 이유가 있을 때 내가 사는 술은 다른 때보다 조금은 뒤가 든든하고 더 행복했다) 제각기 제 방에 앉아 가만히 있다가 저녁을 맞이했다. 그리고 할매의 딸과 사위와 아들들과 며느리들이 왔다.

밤중에 나는 억지로 불려나가 내장 두어 점을 얻어먹다가 구석에서 뾰루퉁한 얼굴로 벽만 노려보고 있는 큰며느리 바라보기가 너무 뭣해 슬그머니 돌아왔다. 이 집 식구들이 모여 개고기 먹는 장면은 제법 장관이다. 할매는 먹는 모습만 빤히 쳐다보면서 간간이 시중만 들고 그이들은 김이 오르는 멀국통과 도마와 부추와 소주병을 가운데 두고 빙 둘러앉아 땀을 삐질삐질 흘리며 내장을 집어먹는데 큰며느리는 으레 굳은 얼굴이었다. 하룻밤 자고 다음날 오후가 되자 각단지게 한 묶음의 고기와 뼈를 들고 그들은 갔다. 그들이 가고 나서야 할매는 쟁반에 탕을 한사발 들고 와 내 방에 놓고 갔다.

나는 검둥이들이 나를 손님으로 착각해 짖다가 나중에야 알아보곤 하던 그 멍청함과 제가 조금이라도 수가 틀리면 주인한테도 으르렁대던 불충함과 붙임성이 없어 그저 고기로밖에 쓸모가 없었던 점을 억지로 기억해내며 그것을 먹었고 소주를 마셨다. 취했다. 이것도 참으로 가난한 병이다. 소주 두 홉이면 그럭저럭 밤을 넘기련만 기름 뜬 고깃국이 뭐라고 술을 더 마셔야 할 것 같단 말인가. 밤중에 가는귀 먹은 상점 두드리기도 뭣해 아예 대병으로 사다둔 소주를 그 껍질이 둥둥 뜬 국물에 거진 반병 넘게 비웠던 것이다.

검둥이탕 한그릇 등에 업고 노상 마시던 양의 두 배 넘게 마셔버린 나는 이틀 전 할매가 그랬던 것처럼 홀로 주절거리기 시작했다.

취해 어제 옮겨다놓은 채송화를 보고 있었는데 채송화는 볕과 친한 것이라 시든 눈으로 보기에도 잔뜩 시들어 있었다. 내 방은 종일 가도 빛이 들지 않는데다 노상 꿉꿉하게 습기가 떠돌아 그 가당찮은 화분에 흙 골라지라고 뿌려놓은 물도 말라 있지 않았다. 그냥 두면 죽을 것 같아서 그것과 이런저런 이야기를 하고 있는데

누가 왔다냐?

베니어판 너머에서 할매의 목소리가 나와 채송화와의 관계를 끊어놓았다.

술 자셨소?

그래 묵었다, 으짤래?

으짜기는…… 점빵서 자셌소?

……나가 이, 일곱살 적에 넘으 집으로 종살이를 갔는디이……

아따, 그건 했소.

할매는 한동안 말이 없었다. 보아하니 자기가 했는지 안했는지를 궁리하는 게 아니고 멀고먼 엉뚱한 세계를 순식간에 한 행보 한 듯했다.

아이, 그 씨발년이 나보고 지랄을 하드란 말이다.

할매 목소리에 유독 가래 끓는 소리가 났다. 상할 대로 상한 속이 술과 만났다는 뜻이었다. 두 집 건너 홀로 사는 장촌댁 할매는 외동딸 하나 두고 청춘에 과부 된 이로 할매와 친구긴 한데 툭하면 서로 감정이 상하는 관계였다.

또 쌈했소?

쟈가 조란당께. 나가 뭣하러 그런 것하고 쌈한다냐? 메느리가……

할매는 이틀에 걸쳐 며느리와의 한판을 치렀다. 누가 이기든 지든 그러고 나면 할매는 꼭 가게에 가서 주인 아줌마나 장촌댁 할매랑 술을 마시고 돌아왔다. 속이 상해 며느리 흉을 봤을 것이고 장촌댁 할매는 또 호강에 받쳐 요강에 똥싸는 소리하고 자빠졌다고 타박을 했을 터였다. 말이지, 뭐 그 정도에서 나나 할매나 더 말할 필요가 없었다.

아따, 얼릉 자시요.

누가 왔간디 말을 해싼다냐.

아무도 아니요. 얼렁 자랑께라.

뭐한디 너는 떠들고 나보고만 빨리 자라고 그라냐.

나가 취했소. 그래서 할매 말도 딛기 싫고 그랑께 암말 마시요.

누구랑 말하냥께.

아따, 채송화하고 말하요. 할매 자랑께. 드럽게도 뽀치기는. 잠 안 오요? 그라시요, 그래뿔시요. 조지나…… 세상 천지 만물 중에, 그 소리 한가닥 해불시요.

할매 한다.

세사앙 처언지 마아안므을 중에 나가이치 서루운 니 또 이있거었나아

우리 아부 무신 여엉화를 볼라고 나를 놓고

우리 엄니 무신 여엉화를 볼라고 나를 질러

조옿다는 복 다 내부르고 워째 저승사람 되았소

열여섯 청춘 부질 없다아

키질해서 부모 믹이고 너물 뜯어 서방 믹이고

새옷 사서 아들 입히고 빨래해서 딸네 입히고

무신 죄를 지었가니 애간장을 한숨으로 녹이는고

춘하추동 세월 가도 이내 몸은 찬바람 부는 하늘 기러기 신세

세사앙 처언지 마아안므을 중에 나맹이 서루운 니 또 이있거었나아

워따 잘하요. 가수 하시요. 하춘화 하시요. 하춘화 하랑께 어째 안하요. 옴매 참말로…… 뭐하로 우요. 왜 또 울어라우. 와따 우지 마랑께라. 아니, 아니, 아니, 아니, 우시요. 나가 잘못했소, 우시요. 넝감 보고 잡소? 이런 씨…… 하여간 보고 잡겄제라. 씨언하게 울

어불시요. 그것밲에 할 것이 또 뭐가 있겄소.

근디 할매는 평생 봤던 사람잉께 좀 나슬 것이요. 나는이라……
아 자랑께, 자부르란 말이요, 뒤져부르란 말이요. 나도 죽어불랑께.

새 우요. 새가 웅께 할매는 우지 마이다. 새가 대신 안 우요이. 글
고 봉께 갑재기 생각난 것이 하나 있소. 노랜디라우. 노랜디 그런
것이 있더란 말이요. 긍께 그것이 옛날이 간날이 학교서 배운 건
디……

나는 부를 때마다 노래말과 가락이 달라지는 할매의 창가를 본떠
한가락 뽑았다.

울어어라 울어어라 새애여 자고오 니이러 울어어라 새여어
너어얼라와아 시이르음하안 나아도오 자고 니이러어 우니노오
오라
가드은 새에 가드은 새에 보온다 무을 아래에 가드은 새에 보
온다……

뭐 그런 것인디요. 그것이 뭔 말이냐 하믄 날아가는 새를 보는디,
아따 조용하란 말이요. 새 미잘을 보든 공알을 보든 하여간 새를 보
는디 긍께 그 잡것이 막 자다가 깨갖고 새 좆빠지듯이 날아가는디,
예, 뭐라? 나가 안다요? 숫놈이믄 좆빠지고 암놈이믄 씹빠지고 그
러겄제라. 하여간 그 새가 날아가는디 너처럼 나도 자빠져 자고 나
서 또 너처럼 지랄맞게 운다 그거요. 왜 울겄소? 할매 같응께 울제.
새가 대신 안 웁디여. 우리 그냥 울등가 자등가 합시다. 새살(말)은
그만 좀 까고.

내 말 알겄냐, 요 막걸리잔아. 이 평생 썩은 물만 떠받치고 산 것아, 살아갈 것아.

아따 아니랑께 나가 막걸리잔한테 한 소리랑께. 채송화한테 한 소리란 말이요. 뭐라고라. 미쳤소? 취했소? 할매는 맨날 죽어부른 구신한테 말하는디 나는 살아 있는 그럭한테 말도 못한단 말이요? 살아 있는 채송화한티 말도 못 붙인단 말이요? 차라리 자랑께라. 밤새 울랑께라.

할매가 운다 해봤자 소리나 창가로 우는 것인데, 그렇게 둘은 합판을 사이에 두고 소리로나 징징거리며 시간을 보냈다. 다시 저 호수에서 물알갱이들이 피어오르고 피어오른 것들이 장하게 승천도 못하고 간신히 가로등 아래로나 서넛 모이는 때가 되자 할매는 기영코 또 모가지를 열두 발 솟구쳐올려 귀신 만나는 소리를 냈다. 그러고 보면 저 호수에 사는 이무기는 햇수가 짧은 놈이었다.

날샜다. 할매 진작 일어나고 나는 한참이나 더 있다가 깼다.

검둥이는 내 몸속에서 완전히 분해가 된 모양이다. 아침에 산에 갔다오니 배가 고프다. 똥은 누지 않았고 수음도 하지 않았으므로 검둥이의 살은 내 몸속 어디론가로 잠적했는데, 이미 나와 같은 것이 되었는지도 모른다. 그렇다면 우리는 아메바나 짚신벌레들처럼 끊임없이 서로 만나서 한몸이 되었다가 사그라지는 그런 것인가. 소화(消化)라는 게 어쩌면 콩나물이나 냉이나 고추나 마늘이나 쑥이나 검둥이나 누렁이나 이런 것들의 살과 내 살을 한데 뭉쳐 또 하나의 나를 만들어내는 것의 다른 이름 아닌가. 냉이를 아무리 먹어도 내 몸이 냉이가 되지 않듯, 무덤 위에서 송장을 빨아먹고 사는 쑥이 사람이 되지 않듯, 모든 게 나로 들어와 내가 되는 것인가. 그럼 검둥이나 나는 처음부터 다른 것인가 같은 것인가.

어쩌면 할매는 이미 영감이 되어버렸고 어쩌면 영감은 죽는 순간부터 할매의 몸속으로 들어가 할매가 되어버린 것은 아닌가.

아이, 어저께 취했드냐.

야, 취했어라. 개장국만 묵으믄 술이 더 친단께라.

흐흐. 어쩨, 해장 한잔 해부끄나.

안할라요. 나가서 일거리나 찾아볼라요.

워째, 한 메칠 안 나가등만.

인자 또 나가봐야제라.

그랴, 벌어야제.

………

………

한나 물어봅시다.

뭣이간디.

녕감 만났제라.

뭐한다고 아측부터 고런 말을 한다냐.

녕감님 만났제라. 녕감님이 뭐라고 했습디여?

만내기는 누를 만내? 죽은 사램을 워치케 만난다냐? 꿈속이믄 몰라두.

할매는 광에서 헌병 파이버에 작대기 뚫어박은 두레박을 꺼냈다. 그러면 나는 일 나가는 것을 내일로 미루고 막걸리를 받으러 가야 했다. 막걸리 한되 받아오자 할매는 국회의원 선거 때 받은 수건으로 머리를 넉넉하게 두르고 있었다. 밭이고 나무고 들이고 풀이고 돌멩이에 내리쬐는 아침햇살 사이에서 두레박을 꼬나쥐고 있는 할매는 마치 종교적인 장군처럼 보여 나는 푸시시 웃음이 나왔다.

어째 웃는다냐?

안 웃었어라.

나가 웃기냐?

야, 웃깁디다. 겁나게 웃깁디다.

뭐 땜시.

맨날 돌아가신 녕감이랑 만내는디 그람 웃기제라.

그 말에 할매는 대답 않고 내가 따라놓은 막걸리만 한잔 쭈욱 들이켰다.

만났제라?

그래 만났다, 으짤래.

뭐랍디여?

추워지기 전이 델고 간다고 그라드라, 이 벅수야.

참말로 그랍디여?

할매는 한동안 아카시아꽃으로 수놓은 산을 바라보다가 변소로 향했다. 내가 할 일은 뻔했다. 나는 괭이를 들고 텃밭 고랑을 파기 시작했다. 할매가 니 똥 내 똥 구분없이 퍼온 것이 들어갈 곳이다. 고랑을 갈던 사이 언뜻 보니 몸의 반을 변소 속에 들이밀고 있는 할매한테서 냄새가 풀풀 피어올랐다. 저 똥이 변소간 안에서 묵어 독(毒)이 다 걸러졌단다. 그러고 보면 할매는 어렸을 적 종살이하듯 저승에서 이승으로, 몇뺨의 육신에 영혼이 유배를 당해 험난한 일생으로 독을 빼고 이제 다시 맑은 모습으로 돌아가는 것인지도 몰랐다. 바리데기처럼 길고 긴 여정을 이제 서서히 끝내는 것인지도 모를 일이었다.

　해가 중천인데 그제야 야호, 야아호 등산객들 다 올랐다는 소리
가 생뚱맞게 들려온다.

〔꿈꾸는 죽음, 문학동네 1997〕

숭어

　새벽바람부터 일부러 정지문도 삐걱거려보고 어촌신문도 소리내어 펴보고 했음에도 성자는 눈썹 한올 꿈쩍 않고 방바닥과 면접중이다. 그런 골을 낸 게 반년 살림 동안 국 끓인 횟수만큼은 되고도 남았으니 새삼스러울 것 없겠지만 한번씩 틀어지고 나면 두번 다시 안 볼 사람처럼 싸늘한 얼음장을 제 몸에 둘러버리는 여자라 볼 때마다 새로운 풍경이었다. 집 앞 골목으로 두시렁두시렁 아침일 나가는 사람들이 밤새 묵은 고요의 성(城)을 건드려주기도 하고 전화만도 세 번이나 왔건만, 아니 그건 그만두고 문지방 타고 넘은 아침 햇살이 방바닥에 붙어버린 여자의 뒤통수를 적잖이 군둥둥 달구기도 하건만 못질을 당한 양 요지부동이다. 버릇이요 장기라면 장기다.
　여객선 고동소리는 아직 나지 않는다. 문환은 일 나가겠다는 소리도 밥 달라는 소리도 못한다. 먹을 밥도 없다. 어젯밤에 용수와 홍남이가 찾아온 순간부터 제 성깔에 불을 땠고 금방 끓어 넘쳤으니 밥은 무슨 얼어죽을 밥인가. 그동안 전기솥에 전기를 집어넣은 게 열 번이면 다섯은 문환이 손을 통해서요 세 번은 윗동네 형네서 사는 엄니가 끌끌 혀 차는 소리로 접힌 허리를 감고 와서 해온 터였으니 웃는 날 밥 얻어먹기도 힘든 판에 지금 같은 경우에는 꿈도 못 꿔볼 일이다.

문환은 옹이구멍이 숭숭 나 있는 마루에 양반다리를 하고 앉아 담배 한 개비를 문다. 성냥으로 불을 붙이다가 저 옹이구멍으로 빠져버린 라이터를 찾아야지 생각한다. 생각하지만 그 밑으로 허리를 구부릴 엄두가 나지 않는다. 거기가 집이었던 누렁이는 안주인 잘못 만난 덕에 옆집 개들에게 밥동냥 다니다가 꼬챙이처럼 말랐고 개새끼라도 굶고 있는 것이 짠하다고 형네 집에서 데리고 간 게 두 달 전이니 떨어진 그 무엇을 물고 나올 리 없다. 연기를 이빨 사이로 흘리며 힐끔 안방을 바라본다.

성자는 바늘끝만한 움직임도 없이 이마를 땅에 박고 두 손으로 정수리를 감싸고 있다. 제멋대로 풀어진 머리카락 아래에서 시작된 체크무늬 셔츠는 얼마 가지도 않아 반으로 나뉘어 한쪽은 치마 속으로 말려들었고 남은 한쪽은 몽둥이질당한 걸레처럼 구겨져 밖으로 비져나와 있다. 허릿살이 삼각자만큼 보인다. 잔주름 가득한 아이보리 치마 또한 무릎께 허벅지 내놓는 곳에서 제 키를 마감하고 있다. 문환이가 두 손아귀를 다 벌려야 잡히는 종아리는 급하게 곡선으로 꺾어지다가 새끼발톱이 문드러진 발을 만들었는데 파란색 매니큐어 바른 발톱들이 가지런하기는 했다.

36

아직 아침이기는 하나 반쯤 열린 문으로 들어오는 햇살 때문에 아무래도 뒤통수가 편치 않으련만 마치 깎아놓은 돌상이다. 얼굴이라도 보았으면 싶다. 아무렇게라도 한마디쯤 내뱉었으면 싶다. 참으로 재주다. 용타, 저런 자세로 밤을 꼴딱 보내고 있는 게. 접때처럼 뒤에서 치마를 올리고 고쟁이를 걷어 내려볼까 하는 마음이 없지도 않건만 그때는 밤새 달래고 달래 어정쩡하게나마 풀어졌을 때였으니(말하면 대꾸라도 했으니까) 그렇다 치고 지금 멋모르고 달려들었다간 언젠가처럼 칼을 들이댈지도 모를 일이지 않는가.

한번은 지금처럼 틀어질 대로 틀어져 있는 것을 혼신을 다해 달래고 정성으로 다림질하고 다듬이질하자 마침내 녹슨 자물통이 열려 말대꾸라도 하고 웃기는 짓거리에 콧물 묻어나는 웃음도 지었다. 내친김에 서비스 차원으로 허벅지 안마도 해주었다. 퉁퉁 붇은 허벅지를 문어대가리 만지듯 주무르다가 기분도 풀어졌겠다, 또 하루만 걸러도 메워져버릴 것 같아 해만 지면 들춰올리고 벗기고 확인해보던 것이 바로 눈앞에서 출렁출렁 왔다갔다하고 있어 시원해, 아이고 시원해, 하는 것을 자반 뒤집기도 않고 그냥 뒤에서 접속해버린 거였다.

성자는 참으로 요상한 구석이 있었다. 한마디로 말해 얼음부터 시작하는 물방울이었다. 남자맛 몰라 꼿꼿이 얼어 있는 여자처럼 닦고 문지르고 해도 왜 이래 징그럽게, 싫은 내색만 내비치다가 점차 녹아서 슬렁슬렁 흘러가는 물이 되고 급기야는 펄펄 끓어 넘치는 냄비 속의 수증기가 되는 게 정해진 순서였다. 달려드는 문환이를 귀찮아하면서 삿대처럼 밀어내던 손은 고체에서 액체가 되면 노가 되어 슬슬 문환이의 팔근육을 쓸다가 액체에서 기체로 변할 때쯤은 아예 갈고리로 변해 손아귀에 들어오는 것들을 꽉 움켜쥐고 제 쪽으로 인정사정 없이 끌어당겼다. 한번도 먼저 원한 적은 없으나 한번 시동이 걸렸다 하면 되레 문환이가 코피 냄새를 내며 나가떨어져야 끝나는 것이었다.

그러나 사탕이 우는 아이에게 언제나 훌륭한 약은 아니었다. 또 한번은 골이 나 있는 것을 전례만 믿고 덤벼들었는데 불에 덴 듯 후다닥 몸을 일으키더니 사과 깎던 식칼을 집어들고 죽여버릴 거야, 번쩍이는 칼끝에 엄포까지 실은 적도 있었다. 알았어, 내가 잘못했어. 안할 거이께 그 칼 이리 내. 내려노랑께…… 했으니 지금 멋모르고 접속했다가는 풀어지기는 고사하고 더 틀어지고 배배 꼬이기 십상이다.

오늘 어장도 이미 틀린 것이다. 그는 멀리 여객선 있는 곳과 옹이 구멍 난 마루와 엄니가 부엌 입구에 걸어주고 간 시래기와 안방에서 제 성깔을 향해 오체투지하고 있는 성자를 교대로 바라보면서 쩝쩝 쓴 입만 다신다. 용수하고 흥남이 녀석이 참으로 섭하다. 성자가 들어오던 그 짝쯤 되어 사업한다고 뭍으로 나간 애들인데 첫대면부터 그러더니 들어와서까지도 이렇게 찾아와 성자 속만 뒤집어놓고 가버리곤 하여 섭섭하고 서운하기 짝이 없다. 친구라고 그래도 자주 보는 것들이 이순이 빼고 남자들은 그렇게 셋뿐인데 만나서 이왕지사 좋은 게 좋은 거라고 좋은 말 좋은 얼굴로 있다가 좋게 가면 좀 좋은가 말이다. 어제도 그랬다. 꼭 잘 개어놓은 그물에 똥 칠하듯

"예, 제수씨. 나는 금방 가불 줄 알았등만 그래도 참 오래 사요이."

가뜩이나 간당간당 위태로운 여자의 신경을 자르고 들어왔다.

"남이사 죽든 사든 무슨 상관이야."

"뭣 보고 문환이 저것이랑 사요? 나 같으믄 폴쎄 보따리 싸불었을 건디."

"댁네 앞가림들이나 신경쓰셔."

"이 집은 아직도 커피 같은 것이 읎는갑소이."

해가며 사람 속을 뒤집어놓을 것은 또 무언가. 하긴 그애들 신발짝 소리 비슷한 것이라도 들리는 순간 개 본 고양이처럼 독이 올라 신경질 부릴 만반의 준비를 한순간에 마치고 나서 술안주로 김치라도 한 보시기 차려내올 생각 한번 않고 말대꾸 대거리로 대접하는 게 성자니 누구만 찍어 탓할 수도 딱히 없는 노릇이었다. 그러니 즐겁게 만나고 아쉽게 헤어질 리 만무했다.

"하여간 그쪽 친구들은."

"그쪽이라고 하지 마아."

"……왜 섬사람이라고 안하고 섬놈들이라고 하는지 알겠다니까."

"너무 그러지 마."

"문환씨. 우리 나가 살아, 응?"

"어떻게 나가 살아?"

"솔직히 문환씨 친구들 맘 안 맞어서 못 살겠어. 우리 나가. 내 친구들이 훨씬 인간성이 좋아."

"쟤들도 나가 사는디? 우리도 나가믄 날마다 놀러 올 건디?"

"……에이 씨, 아이 짜증나."

베개를 장롱 쪽에 집어던지고 방바닥과 만난 게 어제였다.

처음부터 잘못 엮였다. 친구들 쪽에서는 아무리 여자가 없다고 저런 성질빼기 년이랑 사느냐 하고 성자 쪽에서는 아무리 섬놈에 뱃놈들이지만 친구들이 어떻게 저렇게 서로 짠 듯이 똑같이 싸가지가 없느냐 하는 직사포 사이에서 문환이 홀로 십자포화의 탄착점이 된 게 반년 전 성자를 데리고 들어와 댕기풀이를 하는 날부터였다. 그때부터 양쪽이 지금까지 이빨 끝 하나 변치 않고 상대를 입 떠난 가래침으로 여겨온 것이다.

저부터 해서 친구들이 배운 바 부족해 예의 운운의 요구에 아구가 안 맞는다는 것을 안다. 성자 또한 누구든 집에 발 들여놓는 것부터 손을 내젓는, 못된 성깔이라는 것도 문제긴 문제다. 그러나 첫 단추가 잘 꿰어졌으면 둘도 없이 친할 수도 있는 게 신랑 친구요 친구 각시인데 이건 영 말씀이 아니었다.

성자를 처음 데리고 들어오던 날 까딱 고개인사만 받고도 좋아서 헐헐헐 웃던 엄니는 우리 메누리 봤네, 어야 머시기네야 우리집 작은것이 메누리를 덴고 왔어야, 얼굴마다 긴히 만나며 형네로 올라갔고 곧이어 소식 전해들은 친구 용수와 홍남이가 몇몇 낱개로 남아 있는 후배 서넛을 대동하고 찾아왔다. 늘 있던 관례였다. 종일 흐뭇해서 가슴이 다 뻑적지근하던 문환이는 혼자 뛰어다녀 술상까지 보았다. 첫대면이라 성자는 일단 다소곳하게 앉아 있었다. 친구와 후배들이 줄담배를 입에 물고 얼굴과 몸매 감상 겸 공술 들이켤 때까지는 괜찮았는데 점차 말들이 풀리더니 그예 용수가 문환이 발목을 잡아올리고 홍두깨를 집어든 홍남이가 취조를 하는, 댕기풀이가 시작되면서 관계가 꼬이기 시작했다.

"봇씨요, 아가씨."

"아가씨가 뭐냐, 아가씨가. 아짐쎄제."

"못씨요, 아짐. 어디서 뭣하다가 이런 디를 들어왔는가는 몰르겄 지만 인자부터 나가 물어볼 말에 똑바로 대답을 하시요이. 대답을 안하믄 문환이 요 새끼를 작살내뿔 텡께. 알었소?"

성자의 눈에 반짝 가시 기운이 나타나는 순간이었다.

"대답 잘하시요이. 안하믄 콱 조져불랑께."

"멫살이요?"

"………"

"어이서 츰 만냈소?"

성자는 대답없이 같잖다는 얼굴을 했다. 벌겋게 취기가 오른 홍 남이 손에서 곧바로 몽둥이가 떨어져 아이고매, 비명을 뽑아냈다.

"그건 알어서 뭣하게요."

"어허, 우리가 알어야제. 그래야 문환이를 워떻게 알었고 뭣 땜시 살림을 하게 됐는가를 알제."

"………"

"그람 나가 하나씩 델 텡께 맞으믄 맞다 틀리믄 틀리다 하시요. 다방에서 만냈소?"

대답 없다.

"야, 대답 안한다. 한대 조져라."

딱.

"아이쿠, 나이트에서 만냈어 우리는."

"누가 너보고 말하라든. 너는 가만히 있음서 매나 맞어. 그람 뽀 뽀는 워디서 했소."

대답 없다. 딱.

"옴매 아픈 거."

"그람 워디 여관에서 첨 했소."

계속 대답 없다. 대답 대신 성자 입과 눈에 무게가 실렸다. 하는 짓이 같잖아서 그러잖아도 별로 풀릴 것 같지 않은 실타래가 더욱 꼬이기 시작하는 것인데 일행은 아무래도 눈치가 멍치였다.

"말 못 요?"

"아이, 버버린갑다요."

"야, 어이서 저런 말도 못하는 버버리를 델고 왔냐."

따악. 아이코호.

"말할 때까지 패 조져불자."

"너 버버리 꼬실 때 으차케 꼬셨냐 응?"

"할 때는 말하고 하나?"

달래조 없이 윽박조로만 나가니 술판이 오래 갈 리 없었다. 성자는 눈썹 사이에 강물을 그리며 온몸에 석고칠을 해버린 뒤였다. 시들해진 친구들은 맹탕처럼 심심하게 술잔을 돌리다가

"씨팔 놀자고 왔는디 기분 좆같구만."

"문환이 이 새끼가 간네(가시네) 하나 델고 왔다고 해서 어짠가 봤등만요."

"뭐 이런 뭣같은 경우가 있다냐."

어쩌고 하더니 급기야 일어섰고 혼자서 발목을 풀고 어중간하게 앉아 있던 문환이가 말리는 것도 마다하고 대문을 열어젖혔다.

"나 갈란다."

"좆도, 나도 갈란다."

문환이 쩔뚝거리며 따라나왔다.

"어디서 저런 싸가지 없는 년을 델고 왔냐?"

"똥치 델고 왔냐?"

"와따, 그러지 마야."

"너를 월매나 우습게 알믄 우리한테 그러겄냐."

"………"

"그래 좋다. 너 저 여자랑 보듬고 잘 묵고 잘 살아라."

다들 구시렁거리며 골목에서 멀어졌고 돌아와보니 성자는 성자대로 골목께를 노려보며 그 소리를 다 듣고 있었다. 결국 문환이는 어느 쪽에서도 축하나 다독거림을 받지 못하고 매와 성자의 찢어진 눈초리만 고스란히 받을 수밖에 없었다. 섬에 들어온 날이 섬과 이별하는 마지막 밤이 될 뻔했다. 골이 날 대로 난 성자는 다음날 당장 여객선으로 나간다고 밤새 성화였다가 오전에 찾아온 엄니의 곰살궂은 말투와 흰 손수건에 싸 밀어주는 은가락지에 일단 누그러졌고 재차 쫓아내려온 형수가 건네준 금반지 금목걸이를 받고 풀렸다.

문환이 같은 자리에서 담배 세 대를 피울 때까지도 성자는 꿈적 안했다. 여객선이 섬 떠난다는 기적소리를 길게 내보내고 파도를 일으키며 마을 앞을 지나간다. 문환은 비로소 안도의 한숨을 내쉰다. 어쨌든 오늘은 성자가 뭍으로 나가지 못할 것이다. 그래도 안심할 수 없는 일. 하루 공치기로 마음먹는다. 아니, 공칠 수밖에 없다.

그동안 성자가 그를 버리고 뭍으로 가버린 게 두 번이었다. 섬으로 들어온 지 보름 만에 성자는 새벽배 나가는 문환이를 보내고 조용히 보따리를 싸 여객선을 타버렸고 두번째는 대낮에 온다 간다 한마디 없이 뭍으로 나가는 옆동네 어선에 몸을 실어 섬의 명단에서 저를 빼버렸다.

첫번째는 제 옷가지랑 받은 패물이랑 모두 싸가지고 갔으나 이튿날 문환이가 나가서 찾아왔다. 성자는 제 푼수대로 멀리가지 못하고 맨 처음 만났던 곳에서 비슷비슷하게 생긴 친구들과 어울려 노닥거리고 있었다.

"조금 쉬다가 들어갈 건데 뭐하러 찾으러 와."

"이봐 성자, 뭐 섭섭한 것이 있었으믄 말을 해봐."

"돈 때문에 왔어? 추접스럽게."

"아니여, 그게 아니여."

"그럼 뭐하러 와. 남자가 쫀잔하게."

"뭐가 섭섭한지 말을 하랑께."

"으이그."

문환이는 엄니가 찔러준 이십만원으로 성자 하자는 대로 영화보고 레스토랑 가서 칼질하고 비엔나커피 마시고 옷가게 순례를 하며 쇼핑을 하고서야 이틀 만에 다시 데려올 수 있었다.

그렇게 들어와 살던 성자가 다시 나간 게 두 달 전이다. 서너 달 그런대로 정풀고 살붙이고 산다 싶다가 언젠가부터 파도에 얻어맞은 바위색을 얼굴에 깔고 밥도 통 먹지 않고 하더니 이번에는 패물이랑 옷가지랑 모두 두고 문환이가 월급 받은 돈만 챙겨 나가버렸다. 이 정도면 되겠다 싶어 마음을 놓고 살았기에 도망갔다는 사실을 알지도 못했다. 밤이 되어도 돌아오지 않았다. 마실이 아니었다. 섬에서 가면 어디로 가겠는가. 다음날 다시 뭍으로 나갔고 삼일 만에 만났다. 얼굴이 제법 상해 있었다. 제가 좋아한다는 커피숍에 들어가 자초지종을 들었다. 애를 뗐단다.

문환은 암 소리 안했다. 애가 생겼었구나. 내 새끼가 만들어지기는 했구나. 옛날 듣기에 엄니도 첨에 큰애를 뱄는데 밴지도 모르고 물질 다니다가 애가 그냥 피 한사발로 변해버렸다지 않은가. 암튼 좋다, 애를 가졌든 뗐든. 낳으면 더욱 좋기야 말할 나위 없지만 일단 애를 밸 수 있다는, 즉 또 밸 수 있다는 사실을 확인한 것만으로도 충분했다.

"지금 나 욕하지?"

성자는 제가 싫다는 것을 그때 억지로 거시기 하더니만 결국 그렇게 된 것 같고 저도 나름대로 고민고민 했으며 결국 이렇게 됐노라고 한동안 주정 겸 투정 풀어놓은 끝에 눈초리를 뒤로 뺐다.

"나 밉지?"

순간 문환은 성자가 예뻐서 죽을 뻔했다.

"아니랑께, 밉기는. 몸은 어쩌?"

"사실 나 그쪽하고도……"

"그쪽이라고 허지 마랑께."

"알았어. 문환씨하고 정도 들었어. 나한테 잘해주니까. 그래서 고민 많이 했어. 근데 애를 낳는다는 것은 우리 약속에 없었잖아. 나도 잘 모르겠어. 애를 낳자니 내가 그냥 평생 섬에서 썩어야 될 것 같고 그래서 그냥 뗐어. 나도 잘 모르겠어."

물론 성자가 취하기는 했다. 친구들이 다닥다닥 붙어 있던 관계로 모두 한식집으로 모셔 삼겹살에 소주를 대접했고 노래방 거쳐 호프집까지 돌고 나온 길 아닌가. 취할 만도 했고 친구들이 유독 그녀에게 권하기도 했으며 또 많이 받아마시기도 했다. 성자는 기분

좋게 취하면 순했다.

취해서 눈알 풀린 이 여자가 좀전까지 내 아이를 품고 있었단다. 배고 있었단다. 내 몸에서 나간 씨앗을 품어 싹을 틔우긴 했단다. 니기미 좆도 지화자. 하여간 그랬단다. 그래 이 여자가 누구냐. 바로 내 여자다. 내 씨를 받아 또다시 싹을 틔울 여자다. 누가 언제 그래줬던가. 이 여자말고 도대체 누가 그래줄 것인가.

"아프긴 안했어?"

"아펐어."

"성자……"

성자 눈에 눈물이 고였다.

"우리 나이트에 가, 응? 우리 처음 만난 데."

둘은 나이트에 갔다.

문환은 거기에서 처음 그녀를 만났다. 반년 전 문환이 탄 배가 뭍에 들렀었다. 장어를 푸고 나서 젊은 짝들과 술을 마시다 나이트까지 왔었고 정신없이 놀다가 이제 슬슬 역전 골목으로 갈 시간이 되어 몸을 일으킬 때였다. 그때 그는 옆자리에 앉아 있는 여자를 보았다. 눈꺼풀 따라 검은 선이 둘러 있고 코와 입이 조금씩 위로 웃자라서 예쁜 편은 아니었지만 조명발 하나는 괜찮게 받고 있었다. 여자는 취해서 울다 웃다 정신없어하고 있었다. 취중 배짱으로 문환은 남았다. 말을 붙이자 술을 사달랬고 술을 사자 더욱 퍼마셨으며 서울장 204호에서 같이 잤으며 아침에 여자는 깊고 길게 한숨이나 내쉬었으며 문환은 집에 간다는 여자를, 니미럴 선장이 찾든가 말든가 지미럴 배가 가든가 말든가, 잊어버리고 하루종일 구슬렸으며 저녁때 횟집에서 다시금 술에 취했을 때 이것을 인연으로 삼고 내

고향에 들어가 살자고 간청했으며 한동안 고개를 옆으로 돌려 바다 쪽을 바라보던 여자는 마침내 천만원을 주면 들어가 살겠다고 답을 했다. 문환은 오백만원밖에 없다고 했고 여자는 더 오랫동안 술을 마시고 생각하다가 그럼 그러자고 했다.

"아, 안 일어날 거야?"

여객선은 섬의 옹두라지에서 제 길이를 접는다. 성자는 여전히 기척이 없다. 참으로 재주다. 이 정도면 굼벵이 띠가 아니라 아예 겨울잠 자는 고치 속의 애벌레다. 이 여자는 저 성질에 저대로 죽을 지도 몰랐다. 그대로 바위가 되어 십수천년 비바람 파도에 깎여야 할지도 몰랐다.

쇠꽃(쇠) 같은 년이다이. 참말로 희한한 승질도 다보네.

둘째며느리가 들어왔다고 없는 이빨 내보이며 헐헐 좋아하던 엄니가 몇달 지나는 동안 집안어른이 지나가도 눈만 힐끗, 시엄니 집안에 들어서도 고개만 까딱하고는 곧바로 불 본 피조개처럼 입을 꾹 닫아버리는 그녀의 성깔에 질려버리고 나서 내린 평이었다. 언젠가 톳나물 다듬을 거리를 들고 들어와서 성자를 찾았다. 그때도 뭔가 토라져 있던 성자가 빽 부아를 내며 한줌 들었던 톳을 마루에 패대기치고는 방으로 들어가 바닥과 딱 달라붙어버렸는데 그저 없는 섬구석에서도 가난한 집, 못 배운 아들한테 붙여준 것만으로도 흡족해 성질빼기 새며느리 갖은 신경질을 잘도 참아주던 엄니가 그 많던 톳나물 다 다듬고 또 담밖 텃밭까지 알뜰히 매고 혹시나 하고 다시 들러볼 때까지 그 자리 그 자세 그대로인 그녀를 보고 내뱉은 말이었다.

문환은 낙지발처럼 몸을 일으켰다. 제가 탈 배는 이미 떴다. 재촉하는 전화도 이제 없다. 장어 통발 걷으러 여러 군데 돌자면 하루 족히 걸릴 어장이다. 간다 못 간다 이유를 제대로 대지도 못하고 전화오는 대로

"가께라, 금방 갈게라."

하다 말았으니 선장은 선장대로 날을 벼리며 나갔을 터였다. 앉아 있자니 몸은 떠난 배를 따르려 하고 나가자 하니 마음은 이곳에 붙어 있으려 한다. 선장한테 어떤 지청구를 듣더라도 그러나 성자를 놓칠 수는 없는 일이다. 지금 비록 반부처 되어 땅바닥과 붙었지만 그래도 이렇게 어장도 안 나가고 주변에서 말도 붙이며 어정어정하는 게 성자한테는 일가닥 위안이 될 거였다. 만약 어장 핑계대고 나가버리면 가뜩이나 독을 뿜어올린 여자는 어, 너가 가? 좋다, 그럼 나도 간다, 하고는 또 보따리를 싸버릴지도 모를 일이었다. 아니 십중팔구 그러고도 남았다. 하여 달랠 겸 지키고 있는 것이다. 아무리 좋은 배를 탄들 마누라만한 배는 없다는, 섬의 케케묵은 진리가 오늘도 그 위력을 발휘하는 중이다. 더군다나 사람 없어 배에서 쫓겨날 걱정 없는 판이니.

"잠깐 내려갔다 금방 오께이."

물론 대답 없다. 생으로 태운 담배꽁초를 옹이구멍에 다섯 개를 채워넣고야 문환은 조심스레 몸을 일으켜 밖으로 나왔다.

나갈 배들 나가고 들어올 배들 들어오고 난 섬은 가장 조용한 시간을 보내고 있다. 뛰노는 애들도 일부러 찾아봐야 서넛이다. 문환은 두어 번 뒤돌아보며 도랑 따라 마을 아래로 내려온다. 바야흐로 더워지는 날씨인데 초여름 더위는 돌담 껴안은 넝쿨들만 잘도 키워

낸다. 이파리 하나를 뜯어 씹으며 가게를 지나고 동백나무도 지난다. 쓴맛이 쓴 기분과 어우러져 입이 아리다. 뱉는다. 마을 앞 평지로 내려와 바다와 눈높이를 맞춘다. 마을 앞 바다는 수평평 홀로 낮게 앉아 퍼지면서 햇빛에 반짝반짝 다갈다갈 한참 볶아지고 있다. 볕뿐만 아니라 햇가루 몇알이 같이 떨어져 수면에서 푸시식거리고 있는 듯하다. 보고 있자니 눈이 시어 얼른 거둔다. 마을회관 앞에서 왼편으로 돌아 물기 하나 없는 골목을 걷다가 활짝 벌어진 녹색 대문으로 발을 디밀려는데 적잖은 목소리가 불거져나오고 있다.

"와따, 내 사정도 생각 좀 해주란 말이요."

"니가 먼저 우리 사정 좀 봐주라."

"벌려놓은 일이 안 있소. 그걸 그냥 냅두란 말이요? 들어간 돈이 얼만디."

"사업은 아무나 한다냐. 말 안 듣고 일 벌일 때부터 알아봤어야."

"와따, 깝깝하구만이."

보아하니 뭍에서 벌인 사업 자금 얻으러 온 용수가 한바탕 말소란을 벌인 직후인 듯하다.

"뭣하냐?"

용수가 고개를 들더니 이, 오냐, 건성으로 반긴다. 분위기가 불안하다.

"너 잘 왔다. 아이, 사업이란 것이 뭐하는 것이다냐?"

"돈 버는 거제라."

"맞어. 돈 버는 거 아니냐. 근디 쟈는 돈을 벌어오기는새로간에 들어왔다 하믄 돈을 내노란다. 뭔 그런 사업이 있다냐."

에이 씨, 용수가 눈살을 찌푸리는데 어머니의 훈시가 계속 날아온다.

"문환이 봐라. 착실하게 어장 나가고 장가도 잘도 가는 거. 델고 오라는 처녀 하나 못 델고 옴서 입만 벌리믄 돈타령이여."

용수는 발끈해서 뭐라고 대꾸를 하려다가 문환이를 힐끔 쳐다보고는 끄응 벌어지려던 입에 힘을 주고 만다. 문환은 성자가 아직도 그 자세로 그냥 있는지 어쩌는지 궁금증이 장마철 풀처럼 돋아난다.

"오늘은 미역 따러 안 갔소?"

구석에 몰린 친구도 풀어줄 겸 인사 삼아 묻는다.

"저 새끼 땜에 못 갔다야. 식전부터 즈그 아배하고 돈타령으로 말쌈을 해싼디 속이 무너져서 일 가겄냐. 아이. 요 앞전에도 와서 돈 해달라고 해서 있는 돈 읎는 돈 빗자루로 싹싹 쓸어 해줬는디 이번이는 염소를 풀란다. 저것이 속창아지가 있는 놈인지 읎는 놈인지 몰르겄다. 근디 너는 배 안 나갔냐?"

이번에는 문환이 대답이 궁해진다.

"어찌 허다봉께 그리 됐어라."

"또 마내래랑 쌈했냐?"

싸운 적은 없다. 언제나 성자가 일방적으로 화를 낼 뿐이다. 동네에 이미 소문이 돌아 알 것 모를 것 다 알지만 인사로 그렇게 묻는 것이다.

"아니요. 그냥 그리 되았어라."

"암튼 너 줄 돈 하나도 읎은께 그렇게 알어. 그렇게 갖다 썼으믄 다문 한푼이라도 좀 갖고 와 손에 잽혀줘봐라. 노름을 하나 뭔 놈의 돈이 들어가기만 하고 나올지를 몰라."

"아따, 엄니."

"염소를 폴아? 아나 염소다, 아나 염소."

어머니는 손에 들었던 수건을 머리에 힘주어 묶으며 호미 실은 광주리를 이고는 마지막으로 눈화살 한방을 아들 눈 사이에 푸욱 쏘아주고 나가버린다. 용수는 한숨을 히우 내쉬고는 담배를 빼어 문다. 작년 가을 뒷산에 염소 오십마리를 풀어놓았는데 돈이 궁했는지 그것을 팔자고 했다가 본전도 못 건진 모양새다. 돈이 급하긴 한 눈치다.

일전에 돈 좀 빌려달라고 문환이에게도 넌지시 전화를 걸어왔다. 그러나 주고 싶어도 줄 돈이 없었다. 그동안 장가갈 밑천으로 얼마 모아둔 것을 용수도 알고 있는지라 거절을 섭섭해했다. 여자를 거저 주워온 줄 아는 모양이다. 그러나 속사정을 말할 수도 없고 그렇다고 안할 수도 없어서 참으로 달린 입이 귀찮았다.

문환은 옆에 앉아 담배나 따라 피운다. 동네에서 홀로 바쁜 것은 담을 가운데 두고 수시로 넘나드는 갯잠자리들뿐이다. 햇살은 바다에서 반사된 것들까지 합쳐 에누리 없이 온 천지 것들을 밝게 만들고 있다. 물매를 잡아 발라놓은 콘크리트 마당에도 햇볕이 한 짐이고 담벼락과 마당 사이에 비틀배틀 올려놓은 꽃밭에도 남아도는 게 그거였다. 어린 동백나무 잎사귀만 참기름 바른 것처럼 반짝거리고 있다. 둘은 넘쳐나는 햇볕에 흰 담배연기만 보탰다.

"각시가 승질내든?"

용수가 꽁초를 바닥에 문지른 다음 화단에 손가락으로 퉁기며 얼굴에 각도를 준다. 쩝, 문환은 입맛만 다시는 것으로 그렇다는 표시를 한다. 그러면서 올라가볼까 싶어진다. 보고 있자니 꼴사납고 부

아나고 하지만 안 보고 있자니 붙고자 하는 마음이 새록새록 피어
오른다.

그렇다고 다시 핑 올라가자니 그것도 좀 그렇다. 쪼르르 쫓아올
라가보아 그새 조금이라도 풀어져 머리라도 빗고 있으면 일어났어?
해가며 굳어진 몸과 마음을 주물러라도 보겠지만 여지껏 같은 자세
라면 아니 본 것만 못할 일이다.

화를 못 낼 일도 아니다. 이러다가 언젠가는 한바탕 폭발을 하고
말지 싶을 때도 간혹 있다. 친구들을 위시해서 주변에서 은근히 옆
구리를 찔러대는 것을 모르는 바 아니다. 흔히들 술 한잔 따르며 말
하기를

한바탕 잡도리를 해서 승질을 고쳐놔야 쓴당께.

그것이 다 슴(섬)이라고 사람들을 우습게 알아서 그래.

목너매집 아재네 숙모도 츰에는 승질이 뭣같앴는디 우리 아재가
한번은……
하는 게 한마디로 줄이면 옆에서 보기에도 지랄맞으니까 마누라 버
릇 고치라는 소리이다.

문환이 저도 성질이라면 바득바득 고개를 앞으로 들이밀던 사내
였다. 스무 고개 이쪽저쪽쯤 옆동네 청년들과 패싸움 났을 때 수와
힘에서 밀려 친구 두 놈이 끌려가자 혈혈단신으로 칼 하나 들고 덤
벼들어가 세 놈 등짝을 따놓고서 구출해낼 정도였다. 치료비와 보
상비로 들어간 적잖은 돈을 혼자서 뒤집어썼지만 그만큼 그의 의리
와 배짱은 빛나는 바가 있었다. 서른이 되도록 한번도 그 배짱과 성
질을 손에서 놓아본 적이 없다. 지금 당장도 그건 그렇다.

그러나 성자 문제는 달랐다. 성질로 풀 문제가 아니었다. 그 많던

친구들은 이래저래 섬을 떠났고 아예 제 뿌리를 뽑아가지고 줄 떨어진 연처럼 바다 너머로 사라져버린 이들이 대부분이었다. 제집을 찾아 간혹 들어온 이들이 용수나 홍남이 정도이고 몇몇은 설이나 추석에 얼굴을 보는 한 학기짜리 친구들이었다. 지금까지 섬에 뿌리를 내리고 사는 초등학교 35회 동창은 이순이와 저뿐이다.

성자 말도 있고 해서 뭍으로 나갈 궁리를 안 해본 것은 아니다. 그러나 아무리 생각해도 마음이 동하지 않는다. 용수처럼 뭍에서 고등학교도 나오고 집에 돈이 그런대로 있어 장사라도 하러 나간다거나 또 누구처럼 집재산 모두 털어 전복양식 하다 몽땅 말아먹고 이판사판 아예 떠버린다면 모를까 저는 이도저도 아니라 이곳 떠나 살 자신이 없다.

성자를 보고 있으면 그 마음이 뒤집어서 다가오기도 한다. 섬에서 나가 뭍에 몸과 마음을 안치하는 것도 어렵지만 거꾸로 뭍에서 섬으로 들어와 그러기가 헐하게 쳐도 아마 열 배는 더 어려울 듯하다. 그만큼 엉덩이에 무게 싣기가 수월치 않을 거였다. 해 지는 바닷가를 하염없이 바라보고 있거나 텔레비전 쇼프로에 푹 빠져 있다가 끝나고 나면 연신 한숨만 내쉬는 모습을 보고 있노라면 뭔가가 된통 미안했고 또 미안한 마음이 거듭 넘치다보면 이것저것 닥치는 대로 한바탕 바숴버리고 싶기도 했다. 그러나 참는다.

이순이는 참으로 별난 경우였다. 여자 동창들은 하나같이 섬과의 인연을 뚝 자르고 나가버렸는데 이순이는 같은 마을로 시집을 갔다. 다름아닌 홍남이 형인 성남이에게 간 것이다. 그러나 이순이도 섬에서 나고 자라 섬에서 살림을 한다는 게 요즘 세상 젊은 여자들로서는 얼마나 힘들고 짜증나는 것인지를 일찍부터 몸으로 배워왔기에 급기야 방파제 공사장 소장 따라 뭍으로 도망가기도 했다. 근 일년을 채우고 이순이는 상한 얼굴을 화장으로 가리고 돌아왔다.

성남이는 아무 말 없이 돌아와준 것만으로 고마워했다. 문환이는 충분히 이해가 됐다. 흥남이는 멋도 모르고 벌벌거렸지만 그게 다 뭍에 나가 살다보니 흔하게 보는 게 여자라 그럴 거였다. 섬에서 사는 팔자에 내 집에 내 몸 맞출 수 있는 여자 하나 있다는 게 얼마나 큰 복인지 그는 잊어버리고 있는 것이다.

하여 성자에게 함부로 화를 내지 못할 노릇이다. 언젠가는 마음을 먹고(솔직하게 말하면 살 붙이고 사는 것도 시들부들해질 때쯤에는) 잡도리를 해야 하겠지만 지금은 아니다. 더 정이 들고 해서 떼려야 뗄 수 없는, 미역뿌리 같은 가시버시가 된 뒤라야 가능할 일이다. 성자가 뭍으로 나가버렸을 때 얼마나 깊은 허전함과 외로움에 몸을 뒤척여야 했던가. 시도때도 없이 일어서는 아랫도리는 마치 젖 달라고 보채기만 하는 눈치없는 갓난이였다. 하루종일 바다에 나가 일을 하고 왔을 때 내 집에서 내 여자가 기다리고 있다는게 얼마나 가슴 뿌듯하고 살가운 일인지.

그래서 그는 그동안 모아두었던 칠백만원 중에서 오백만원을 뚝 떼어주고 섬으로 데리고 온 뒤 지금까지 금갈세라, 구멍날세라, 또 사라질세라 노심초사하면서 받들어 모시고 있는 중이다. 물론 성자가 사람도 순하고 살림도 잘하면 얼마나 좋겠는가마는 월급 타서 오입을 하려 해도 할 곳이 없는 섬에서 집에 암내 풍기는 존재 하나 있다는 게 신주단지보다도 귀했으면 귀했지 덜하지 않았다.

히우.

다된 담배 끝연기에 한숨이 실린다. 그러고 있는데 흥남이가 들어선다.

"뭣하냐?"

"이, 오냐?"

"일 읎으믄 우리집 가자."

"뭐하게."

"행님이 이강망(규모가 작은 정치망) 걷었는디 숭어가 들었다드라."

이? 문환이는 귀가 번쩍 뜨인다. 숭어다.

성자 말에 의하면 그녀가 섬을 선택하게 된 동기가 돈과 섬바다에 넓게 깔리는 노을과 새벽에 물에 팅팅 불어 솟아오르는 붉은 해와 제가 끔찍하게 좋아하는 회 때문이었다. 그중 돈이야 숨기는 사안이었고 섬의 아름다움에 대한 환상은 들어오자마자 깡그리 깨졌는데 아직도 힘을 발휘하고 있는 게 바로 회였다. 그물에 이런저런 것들이 올라오면 몇마리 얻어 채비를 잘해놨다가 집에서 썰어주곤 했다. 성자는 그중 숭어를 유별나게 좋아했다. 남쪽 바다에서 잡히는 숭어는 흙내 나는 서해 것과 달리 살이 유난히 맑고 달기도 했지만 특히 숭어가 잘생겼다고 좋아했다. 그러나 간혹 길 잃고 홀로 들어와 그물에 잡히는 놈이 다여서 자주 보는 것은 아니었다. 일전에도 숭어타령을 했다.

"가서 숭어 좀 잡아와."

"뭐 잡고 싶은 거 있다고 맘대로 잡어지나."

"아니야 그럼?"

"고기가 있간. 아닌게아니라 참말로 걱정이당께. 숭어도 안 잽힌 것이 한 삼년 되았나."

그러다 문득 말을 멈췄다. 거기에서 자기도 모르게 이어질 말이
란 게

.인자 겨울에 삼치도 안 잽히고 여름에 멜치나 갈치도 잘 안 나고
지금 타는 배도 장어 통발 하나 간신히 하는디……
였으니 그 말 다 하고 나면 필경 그래 잘됐다, 그럼 우리도 나가서
살자 응? 하고 옆구리를 질러올 것이 뻔하기 때문이었다.

"많냐?"

"많겄냐. 딱 시 마리 들었드라. 소주 사러 왔응께 얼릉 가자."

한마리만 주라, 소리가 차마 나오지 않고 따르는 발걸음만 빨라
진다. 그러고 보니 집에서 내려오면서 본 그 반짝거리던 바다 비늘
이 숭어떼였나 싶어진다. 이미 숭엇배 없어진 게 여러 해이니 떼가
보인들 별 뾰족한 방법도 없지만 저 바다에 숭어떼가 득실거리는
것 같아 자꾸 눈이 간다. 괜스레 아깝고 손해본 듯하다.

해안 따라 가늘게 뻗어 있는 집들을 지나 방파제 쪽 마지막 집인
흥남이네로 들어서자 성남이는 벌써 뭉텅뭉텅 큼지막하게 회를 뜨
고 있고 이순이는 그 옆에서 초장을 젓고 있다. 아직 손 안 간 숭어
는 파닥거리는데 이미 난도질당한 놈은 맨입만 헐떡헐떡 뻐끔거리
고 있다.

볼 것 없이 마루에 빙 둘러앉아 먹기 시작한다. 모처럼 보는 맛이
다. 소주 한모금 하고 윤기 자르르 흐르는 살점을 초장에 푹 찌른
다음 입에 넣으며 문환이는 두 점씩 한꺼번에 집어먹는 이순이를
슬쩍 바라본다. 성자가 마음에 걸린다. 한마리 남은 저것을 들고 올
라갔으면 싶다. 칼 갈고 접시 닦아 곱게 회를 떠 정성으로 먹여주고
싶다. 그러나 다들 문환이처럼 아침밥을 걸렀는지, 모처럼 보는 숭

어맛에 빠졌는지 후닥닥 해치워버리고는

"에이, 요놈도 쓸어불어 말어?"

한다. 하다가

"아재네는 짱어나 멫마리 갖다줍시다. 영 고기가 땡기요."

이순이 말에 그래? 그람 묵어야제, 남은 놈에도 기어이 칼을 대고 만다.

"참 잘 묵는다이. 애뱄냐?"

용수가 장난조로 걸었는데 덜컥 물린다.

"진짜로 애뱄다이."

"옴매. 참말로?"

"그람."

성남이가 연신 벙그러지며 내처 대답한다.

"너는 입덧을 숭어로 한갑다이."

"몰라. 한점 묵어봉께 영 맛있다야."

이러쿵저러쿵 말을 주고받는다. 문환이는 슬슬 배알이 꼴린다. 저것을 당장 성자 입에 넣어주면 좋으련만.

그 많던 숭어는 어디로 갔단 말인가. 참 별스런 일이었다. 그렇게도 많이 잡히던 숭어 숫자가 줄어든 게 한 육칠년 전부터였고 누가 훔쳐가기라도 한 듯 해마다 줄어들더니 삼사년 전부터는 마을마다 숫제 숭엇배가 모두 없어져버렸다.

남쪽 섬에는 십이월부터 초여름까지 숭어가 왔다. 숭어떼가 오면 당연히 숭엇배가 앞다투어 떴다. 선장이 키를 잡고 경험 많은 선원이 히끼(야광충을 통해 물속의 고기들이 노는 모습을 살피는 것)를 보며 배를 몰아갔다. 조용하던 바다에 작은 소란이 일었다. 문환이가 탔던 숭엇배는 2톤 반짜리로 50코 그물목에 길이 250미터짜리 그물을 가지고 숭어를 잡았다. 히끼를 보고 떼거리를 따라 디젤엔진 소음기를 빼고 빵을 때리며(옛날에는 숭어떼를 몰기 위해 돌을 던졌는데 그 돌이 빵돌이다) 인정사정 없이 전진 후진을 해대면 땅땅 땅땅 시끄러운 소리에 놈들은 혼비백산 주르르 한쪽으로 쏠렸고 배 위 사람들은 바람맞은 갈대처럼 흔들리면서도 손에는 그물, 눈으로는 숭어떼를 쫓았다. 네코, 신호가 오면 그물을 풀어 잽싸게 고기떼를 말았다. 그리고는 그물이 땅에 들러붙기 전에 아바(그물 윗부분)를 잡는 이물 쪽에 둘, 유아(그물 아래 납이 달린 부분)를 잡는 고물 쪽에 둘, 넷이서 그물을 끄집어올렸다. 그러면 보통 오백마리에서 많게는 이천마리씩 들 때도 있었다.

작은 배를 탈 때는 그물 크기가 넉넉지 않아 가 쪽에서 노는 떼를 찾았다. 육지 쪽에 수말이(임시 닻)를 놓고 조용히 배를 뒤로 빼고는 빵을 때려 숭어를 감쌌다. 그러면 바닥이 얕아 배에 쫓겨 우왕좌왕하던 숭어떼가 움직이는 게 보이다가 순간 수면에서 사라져버린다. 영악한 놈들이다. 놈들은 자기들이 그물에 싸였다는 것을 알면 얕은 곳에서는 돌틈 사이로 숨는다. 그리고 움직임이 없다. 넓은 바다에서는 다르지만 속이 뻔히 보이는 가 쪽에서는 돌틈에 숨었다가 큰 바위 사이 같은 곳에 그물의 틈이 보이면 놈들은 줄을 맞춰 주르르 빠져나가버리는 숭악한 데가 있어 그것과 신경전을 하는 것도 재미였다.

그렇게 그물을 치고 나서

헛사 헛사.

정신없이 끄집어올렸다. 그물을 올릴수록 배는 한쪽으로 기울어졌다. 숭어는 빨리 죽지도 않는다. 갑판 물칸에 채워넣으면 개구리처럼 주둥이를 내밀고 보글보글거렸다. 어떤 때는 숭어 보고 그물을 쳤는데 성게가 가득 들 때도 있었고 게가 몇 바구니 걸릴 때도 있었다. 뭐가 들어도 들었다.

그런데 지금은 아니다. 고기가 들지 않으니 그물 펼 일도 없고 그러니 옆동네 배들과 그물싸움 할 일도 없다.

남은 한마리마저 썰어놓고 일행은 인사치레로 젓가락을 슬슬 거둔다. 이순이 혼자 바쁘다. 문환이도 입맛이 떨어져 막소주잔에만 연거푸 손이 간다.

"근디 느그 각시는 애 안 밴다냐?"

성남이가 흐뭇하게 이순이를 바라보다가 넌지시 눌러온다.

"승질 못돼서 애라도 제대로 배겄든."

용수다.

"너이 씨."

"야, 솔직히 말해서 안 그러냐? 말이라도 좀 이쁘게 하고 그래야 일도 잘 풀리고 복도 받고 그라제."

"그만 해라이."

문환이 얼굴에 납덩이가 얹힌다.

"애가 뭐 그렇게 금방금방 밴다냐? 암것도 모름서."

이순이가 거들지만 귀에 들어오지 않는다.

"느그들이 먼저 말 좀 좋게 해봐라. 느그들은 꼴리는 대로 지껄이는디 듣는 사람이 좋은 소리 하겄냐?"

"그게 다 마누라 버릇 잡으라는 소리랑 걸 모르냐? 그래야 니가 편해."

"오매, 그것이 뭔 소리다냐. 마누라가 무슨 똥개 이름인 줄 아냐 너는? 버릇을 잡고 말고 하게."

성남이는 멀찌감치 뒤로 빠졌는데 이순이는 손에 든 젓가락도 놓지 않고 판에 본격적으로 끼여들 참이다.

"너가 문환이 각시랑 말을 안 해봐서 모른당께. 이건 사람을 봐도 사람을 보는 게 아니여."

용수도 꼬인 데가 많아서 대답이 곱지는 않다.

"느그들이 하도 거시기한게 그라겄제."

"우리가 뭘 으차케 했간디. 하여간 좀 잡어봐야 써."

"저 드런 입 좀 보소. 마누라가 개여? 개냐고."

"버릇 안 잡어노믄 또 도망가븐디?"

용수가 내뱉고 나서 곧바로 아차, 싶은 얼굴이 된다. 한동안 정적이 흐르다

"누구는 뭐 그렇게 나가고 싶어서 나간다냐?"

이순이도 궁색한 답으로 꼬리를 슬그머니 내리더니 부엌으로 들어가버린다. 문환이 손은 술만 찾는다.

저만치 바다 위에 떠서 불타던 노을 기운이 슬슬 지면서 어둠이 내려앉는다. 성자는 보이지 않는다. 방에도 부엌에도 뒷간에도 없다. 종일 마을 앞 바다를 지키고 있었으니 멀리 도망갔을 리 없지만 당장 안 보이니 걱정이 먼저 내달린다. 성자, 성자, 다시금 찾으며 불러봐도 대답이 없다. 문환은 마루에 걸터앉으며 담배를 문다.

흥남이가 뾰로통해 있는 이순이를 달래 끓여 내온 찌개에 손도 대지 않고 소주만 마신 탓에 한숨 기운이 뜨겁다. 옹이구멍에 두 대

60

째 재를 턴다. 마음 한켠이 꼬이며 짜증이 인다. 이 여자가 어디로
갔을까. 소리만 열댓 번 삭이고 있는데 가만히 보니 대문 곁에 뭔가
가 있다. 이미 어둡다.

"성자?"

대답 안해도 성자다. 다가간다.

"어디 갔었어."

"………."

"어디 갔었냐니께."

문환은 이러면 안되는데 하면서도 저도 모르게 목청이 올라간다.

"산에."

대답을 한다. 그것만으로도 비비 꼬여 있던 마음 한켠이 순식간
에 파라락 풀린다.

"뭐하러."

"그냥."

"밥은 묵었어?"

대답 대신

"술 마셨어?"

물으며 성자 얼굴이 가까이 온다. 조금 풀어진 얼굴이다.

"이. 숭어에다……"

"숭어 잡었어?"

순간 어떤 힘이 문환이를 잡아흔든다.

"그래. 숭어 잡었어. 이리 와, 숭어 주께."

성자 팔목을 낚아챈다.

"왜 이래. 이것 놔."

팔을 빼며 악을 쓰든 말든 방으로 끄집어들인다. 그리고 허리를 꺾어 누인다.

"지금 뭣하는…… 이것 놔. 읍, 하지 마. 싫어, 헙."

문환은 앞뒤 돌아볼 생각 없이 성자를 누른다. 아이들 동네골목에서 싸우듯 엎치락뒤치락한다. 가만있어. 하지 마. 가만있으랑께. 이러지 마. 성자. 그러다 문환이 얼굴에서 땀이 뚝뚝 떨어질 때쯤 성자는 조금씩 흐르는 물이 된다. 천천히 수증기가 되어 스멀스멀 피어오른다.

"이것이…… 숭어야?"

"그람. 이것이 숭어여, 숭어랑께."

"이게…… 뭐가, 숭어야."

"하여간 숭어는 숭어여."

"흐응."

"맘 풀어, 응. 성자, 맘 풀어."

지게질을 하듯 버겁고 파도를 타듯 간지럽고 그물질을 하듯 힘들고 자맥질을 하듯 시원한 외중에도 문환은 내일 인근 섬을 다 뒤져서라도 숭어를 구해야겠다고 생각한다. 칼 갈고 접시 닦아 곱게 회를 떠 정성으로 꼭 먹여주어야겠다 싶다. 성자 손은 갈고리로 변해간다.

[한국문학 1997년 겨울호]

바람 아래

꼭지가 하얗게 부서지는 잔 파도를 거느리고 먼곳에서부터 불어온 바람은 모래밭을 지나 풀이 하얗게 말라붙은 언덕빼기를 만나자 갈 곳을 잃고 작은 소용돌이를 만들었다. 순간 라면봉지가 나선형으로 치솟아오르면서 모래알갱이를 털어냈다. 바닥을 기어가는 게처럼, 포로롱 날아오르는 물새처럼, 평생을 그저 하느작거리기만 하는 해파리처럼 비닐봉지는 살아서 바람을 탔다. 하늘로 솟았던 그것은 그러나 바람이 사라진 어느 지점에서 스멀스멀 땅으로 내려앉았고 그러다 다시 만들어진 소용돌이를 타고 하늘로 오르다가 이번에는 거리를 두고 저만치 멀어졌다.

한여름에는 피서객들로 그럭저럭 북적댔을 거였지만 늦겨울인 지금은 정말이지 사람 하나 없어 맨 처음부터 버려진 곳이 아니었을까 싶을 정도로 외지고 궁색한 곳이라 그저 저렇게 넓은 바다와

잔 파도와 바람과 하늘과 풀이 하얗게 말라 있는 언덕과 멀리 성긴 소나무숲 사이에 사람은 나 혼자구나 싶은 시간이었다. 그런 시간이란 대개 처음에는 호젓하여 사람 하나 없는 이 모든 풍경이 홀로 내 것이다 싶어 기꺼워지고 편안하고 푸근하고 담담하다가 그 시간이 지나면 사람 하나 없는 이 풍경을 홀로 내 것으로 치기엔 너무 크고 무겁고 대단해 조금은 쓸쓸하고 외롭고 심심해졌다. 이제 슬슬 그물 망태 짊어진 어부나 소쿠리를 인 아낙 한둘 눈에 걸리면 쓰겠다 싶어졌을 때였다.

봉지가 우쭐우쭐 날아간 곳에서 사람이 하나 나타났다. 사람은 분명했으나 때 전 겨울 외투를 머리가 거의 파묻힐 정도로 눌러쓴 데다 고개마저 숙이고 있어 그게 남자인지 여자인지 구분조차 할 수 없었다. 외투는 나를 발견하고는 몸이나 동작에서 만들어지는, 흠칫 놀란 표정을 하더니 곧바로 오던 길을 되돌아 언덕 너머로 급히 사라졌다. 나는 순간 집에 찾아온 낯선 손님을 맞듯 얼떨결에 엉덩이를 털고 일어났다가 사람이 사라진 곳을 한동안 멍하니 바라보았다.

몇시간 동안 저 꼭지가 바람에 벗겨지는 파도와 뭐 그리 깊은 그리움 같은 게 있다고 몰려오고 가는 바람과 잎을 떨어대는 소나무와 라면봉지와 모래만이 나와 함께 살아 있는 것들이어서 그것들을 바라보며 느긋해하다가도 적막해하고 있었던 거였다. 그러다 언뜻 나타난 사람이 어부나 아낙이 아닌, 일테면 동네 이장이거나 어촌 계장이거나 손주 밑닦개를 버리러 온 꼬부랑 할매라거나 타관바지 옭아매 술값 뜯어가는 근동 똘마니라 해도 일단은 상관없이 풍경의 한 장식으로 담아줄 수 있었는데 그 사람은 그렇게 부랴부랴 몸을 숨겨버렸다.

　그러나 사람 하나 없는 이 풍경의 시간이 거기에서 조금 더 지나면 다시 홀로 내 것이 되어 새로이 기꺼워지고 더욱더 마음이 가라앉아, 편안하고 푸근하고 담담한 걸 넘어 모든 게 정지되어 고요한 어떤 바닥에 앉게 되었다.

　나는 파도를 보거나 바람을 보거나 라면봉지를 보거나 끼룩거리는 갈매기를 보거나 소나무를 보거나 멀리 가물거리는 어떤 섬을 보거나 하늘을 보거나 그런 것들을 일정한 순서 없이 눈 가는 대로 되풀이하다가 종내는 어느 것 하나 보지 않고도 그 모든 것들을 한꺼번에 보는 지경에 이르렀다. 가방을 베고 누워 잠이 든 거였다.

　똑같은 풋잠이었지만 어젯저녁 서해여인숙에서의 잠과는 달랐다.

　어젯밤 읍에 도착한 게 열시 반경이었다. 도착해서 보니 주변은 깜깜하다 못해 이미 한밤중이었고 코딱지만한 저자에서는 대폿집 두엇의 위태로운 전등불만이 밤 추위에 아르르 떨고 있었다. 두 집 중에 더 오래되어 낡고 낮고 기울어지고 추워 보이는 곳의 문을 열었고 술에 취해 더 먹자 그만 먹고 가자 실랑이를 하는 중년남자들을 등에 두고 소주를 시켰다. 내 꼬락서니를 보고 진작에 작정을 했던지 주모는 김이 모락모락 오르는 술국 한사발만 퍼주고는 곧바로 아랫목으로 기어들어가 텔레비전에 눈을 박았다. 나는 잠시 행복해져서, 그날 장사가 도통 션찮았는지 제법 선짓덩어리가 보이는 국 사발을 손으로 감싸안고 소주를 마셨다.

　배고픔과 추위가 가셔서 저잣거리와 차부 주변과 마을이 끝나는 부분을 세 바퀴나 돌아보고 서해여인숙에 들었다. 그러나 그 넉넉한 술국에 소주 한병을 다 비웠는데도 잠은 쉬 들지 않았다. 피곤에 지쳐 언뜻 찾아올 것 같던 잠은 시간이 갈수록 점점 멀어져갔다. 그러다가 잠이 들었다 치더라도 누가 봤을 때야 잠이지 나로서는 비몽사몽 왔다갔다, 그날 봤던 모든 것들이 줄을 지어 나타나고 그것들끼리 괜히 뒤엉켜 나와 어떤 연관을 맺어 사람을 괴롭히려 드는 선잠이었으니 뜬눈으로 꼬박 새우는 것보다 되레 괴로운 시간이었다.

여인숙에서 뒤척이며 먼지가 잔뜩 낀데다 마름모꼴이 촘촘한, 녹이 슨 철망을 통해 오토바이 소리와 취객들의 주정이 들리던 잠과 파도와 바람과 하늘과 소나무와 라면봉지 소리가 들리는 잠은 같은 겉잠이면서도 너무나 달랐다.

나는 추운 줄도 모른 채 그것들을 내가 오래 전에 잃어버린 어떤 소중한 물건들의 울음소리거나 내가 오래 전에 잊어버린 어떤 사람들의 웃음소리로 여기며 들었다. 그 소리들 가운데 처음부터 있었던 모양으로 누이가 내 눈앞에 나타났으며 나는 그것을 현실로 받아들이고 있었다.

누이는 기미가 잔뜩 낀 얼굴과 노상 터 있는 입술에 다 낡은, 고려체육관 이름자가 박힌 하늘색 운동복을 입고 있었다. 버릇처럼 짧은 손가락으로 가르마 부근을 살짝 긁으며 왔니, 물었다. 괜찮아? 응, 괜찮아. 넓은 이마 밑의 초점 없는 동그란 두 눈을 눈치보듯 치켜뜬 채 누이는 가까이 다가왔다. 누나는 어디 있어? 그냥 여기 있어. 어디 안 갔어? 글쎄 갈 데가 없어. 왜 갈 데가 없는데. 모르겠어, 근데 너 아버지 산소 벌초했니? 못했어. 너야 노상 바쁘니까 뭐. 알았어 꼭 할게. 돈 있니? 있어. 먹을 것은. 있어. 알타리가 싸더라, 담가줄게. 누나네나 해먹어.

그러다 인기척을 느껴 잠이 깨었다. 나는 그게 사람이려니, 그래서 좀전에 보았던 그 두꺼운 외투 속에 얼굴을 묻고 사라졌던 그 사람이려니 싶어 얼른 눈을 떴으나 그것은 사람이 아니라 새였다. 내 머리로부터 두팔 길이만큼 떨어진 곳에서 노란 새 한마리가 깡충깡충거리고 있었고 내가 깨어난 것을 알았는지 약간 뭉그적거리다가 포르르 날아가버렸다. 나는 딱딱해진 눈을 억지로 뜨며 풍경들을 바라보았다. 누이는 보이지 않았고 그러자 그 풍경들은 그새 몹시도 단조로워져 있었다. 포르르 꽁지깃을 털며 날아가버린 그 새가 마치 누이처럼 여겨져 울고 싶어졌고 이미 목언저리를 칼로 베어 식초를 바른 듯 시큰한 기운이 생겨나 어느새 눈물이 흐르기 시작했다. 나는 어쩌면 마음놓고 울 만한 곳을 찾아 이곳까지 왔는지도 몰랐으므로 그대로 울기 시작했다. 누이가 죽고 처음으로 울어보는 울음이었다. 처음에는 흑흑 울다가 꺼이꺼이 울다가 엉엉 울다가 나중에는 펑펑 울었다. 스스로 말리고 싶은 마음도 없었지만 한번 생겨나온 울음은 걷잡을 수 없이 터져나와 누나, 누나, 통곡을 해댔다.

읍에서 이 섬의 끝마을까지 이어진 지방도를 따라 요란한 엔진 굉음을 내뿜는 버스를 타고 오다가 내려 서쪽으로 근 세 시간을 걸어온 길. 해수욕장은 한겨울답게 그 흔했을 발자국 하나 찾아볼 수 없었다. 바닷가 훨씬 못 미쳐 마을이라고 불러주기에는 빈약하기 짝이 없는, 사람의 집들이 서넛 있었으나 그 집들은 너무나 조용하고 한적하여 마치 누가 살다 떠난 집 같았다. 여름철에는 이곳까지 버스가 들어오기는 한다지만 진입로 공사를 하다가 날 풀리기를 기다리는 듯 거친 콘크리트 더미들이 들쭉날쭉한데다 크고 작은 나무와 널빤지 들이 사이를 메우고 있어 그나마 운행도 하지 않고 있었다.

살아 있는 것은 모조리 죽어 있고 대신 바람만 그 공허한 빈자리를 가득 메우는 곳.

모래밭에 앉았고 잠이 들었고 누이를 만났고 그러다 새를 보았고 울었다. 코를 풀고 나니 배가 고팠다.

단조로워진 저 풍경들 탓에 사실 나는 바다를 보는 게 아님을 알았다. 내가 본 것은 바람이었다. 어디에 그렇게 많은 공기가 응축되어 있다가 이렇게 밀려오는 것일까. 그러고 보니 정말 하늘에도 바람이었고 바다에도 바람뿐이었다. 그러자 파도나 소나무나 언덕빼기나 모래나 라면봉지 들도 그저 바람의 또다른 모양 정도로 여겨지기 시작했다. 말라붙은 눈물 때문에 딱딱하게 굳은 눈자위를 주무르다 잠시 내 오래된 가방 속에 있는 사탕 한 봉지 담배 두 갑 소주 한 병을 떠올렸다. 배가 고프다 못해 속이 아리고 쓰려왔기에 숙취로 끙끙거리던 새벽마다 누이가 떠다주던 물그릇을 떠올리며 아침 여인숙에서 담아온 물병을 꺼내 몇모금 마셨다. 햇살이 내리쬐는데도 물은 얼음장처럼 차가웠다. 흐물거려지던 몸과 정신이 조금 새로워졌다. 그리고 입술이 떨리기 시작했다.

해는 모래밭을 끝으로 바다를 향해 멀어졌다. 물이 났다. 썰물이 되면 바람도 자는 법이지만 이곳 바람은 여전히 파도를 만들고 모래를 헤집고 라면봉지를 하늘로 올렸다. 해가 멀어질수록 하늘에서는 숨어 있는 색깔들이 생겨나기 시작했다. 일어서야 했다. 계획대로라면 아니 계획이랄 것도 없이 어젯밤 생각대로라면 지금쯤 걸어 나가 지방도에서 버스를 잡아타고 섬의 끝마을까지 가야 했다. 그 곳에서 자야 다음날 오전에 있다는 배를 타고 인근 도시로 나갈 수 있었다. 그러나 내 몸은 바람에 꼬장꼬장 말라붙어버렸는지 도무지 일어나지지가 않았다.

지쳐 있었지만 그러나 이곳은 사람의 몸이 쉴 만한 곳이 아니었다. 아무튼 나는 나대로 골똘히, 이제는 온통 바람이라고 해야 될 그 단조로움에 빠져들어 있었고 해는 해대로 더 멀리로 가더니 바다 한가운데를 향하여 떨어지기 시작했다. 처음으로 서해바다에 놀러 왔던 이가 새벽 바닷가로 나가 일출을 보겠노라고 해서 사람들이 웃었다던가. 그러나 이곳은 해가 지기만 하는 바다. 멀리 동쪽에서 떠올라 산과 강과 다리와 논밭과 학교와 버스정류장과 가게와 시장과 놀이터와 공장과 사거리와 골목길과 집과 마당을 두루 지나쳐오다가 비로소 지친 몸을 저 푸른 물에 담그는 곳. 하루종일 보았던 것들을 이런저런 색깔로 만들어 마침내 그것들을 한바탕 펼치고 가는 곳. 그리하여 밤새 바다에 잠겨 있다가 떠오르는 동해의 해는 우리하고는 상관없는 저쪽 세계와 바다와 하늘의 해였고 서쪽으로 지는 해는, 노을의 해는 이곳에 사는 사람들의 해라고 불러도 무방할 것이었다.

노랗고 빨간 색들을 나는 홀로 보고 있었다. 갈매기가 날고 물은 저만치 달아나 제 걸음만큼 넓은 모래밭을 되돌려놓고 있었다. 땅바닥에 달라붙은 납덩이처럼 그것들을 바라보다가 주위가 컴컴해진 다음에야 간신히 몸을 일으켰다. 다리가 후들거렸다. 오랫동안 극장에서 영화를 본 뒤 바깥세상에 얼른 적응하지 못하듯 나는 앉아 있을 때의 세계와 설 때의 세계가 완연히 다르다는 것을 느꼈다.

밤이 오자 바람은 더욱 매섭게 불어젖혀 몸을 가눌 수 없을 정도였다. 이제 바다는 짙은 청동색을 끝으로 말 그대로 밤바다가 되어 있었다. 모래가 일어 휘장을 만들곤 하지만 이제 그것도 잘 보이지 않아 그저 눈이나 코나 귀나 입으로 들어오는 것으로 그것들의 맹렬함을 알 뿐이었다.

나는 떠밀리다시피 언덕을 걸어나왔다. 울 만큼 울었으니 이제 이곳에서의 볼일도 마친 셈이었다. 언덕을 넘자 밤바다는 저쪽이었다. 소나무숲은 미친 듯 휘웅휘웅 소리를 내며 성황신에게 발목 잡힌 잡신처럼 모가지를 이쪽저쪽으로 꺾어대고 있었다. 진입로 공사가 중단된 곳에서 걸음을 멈추었다. 너무 추워 턱을 덜덜 떨며 합판 쪼가리들이 널려 있는 그 너머의 길, 세 시간을 걸어가야 지방도가 나오는 그곳을 멍하니 바라보았다. 도무지 이 바람과 추위와 쓸쓸함과 배고픔과 그리고 죽어버린 누이를 이겨내며 그 먼길을 걸어갈 용기가 나지 않았다. 그대로 서서 떨었다. 목에는 힘줄이 돋고 입에서는 으다다다닥 소리가 저절로 나왔다. 바람은 머리카락을 몽땅 뽑아낼 것 같기도 하고 세포 하나하나를 뜯어내 끝내 뼈와 살을 분리해 허공 속으로 흩어지게 할 것만도 같았다. 바닷가에 여기저기 흩어져 있는 방갈로를 떠올렸고 바람을 피할 만한 곳은 그곳밖에 없기에 돌아서서 걷기 시작했다. 그러자 지금까지 내 등을 밀어대던 바람은 이제 얼굴과 목과 가슴과 배를 사정없이 때려왔다. 달렸다. 바람이 한아름씩 입과 코에 들어찼으므로 고개를 황소뿔처럼 숙이고 달리기 시작했다.

후다닥 구석으로 도망치는 것을 보고 순간 벼락맞은 나무처럼 온 몸이 굳어버려 나는 숨만 쎅쎅 내뱉을 뿐 말도 못하고 발도 움직일 수 없었다.

개다. 주인 잃고 갈 곳 몰라 배를 주려가며 여우처럼 돌아다니는 개다.

쉭.

개 쫓는 소리를 내보았으나 그것은 움직이지 않았다. 마음이 조금 진정되자 라이터를 켰다. 흔들리는 불빛에 보니 고개를 벽과 바닥이 만나는 모서리에 처박고 있는 것은 사람이었다. 보푸라기 같은 머리칼에 어깨의 선이며 부드러운 허리 모양새. 아마 내가 거칠게 문을 잡아채는 순간 깜짝 놀라 껐던지 초 하나가 촛농을 흘린 채 누워 있는 게 보였고 나는 주섬주섬 다가가 그것에 불을 붙였다. 그러나 열린 문으로 거센 바람이 몰아쳐 들어와 곧바로 불을 꺼버렸기에 미친 듯이 열렸다 닫혔다 되풀이하는 문을 잡아 근처에 있는 밧줄로 단단히 붙들어매야 했다. 안으로 들어오지 못하는 바람이 떼거리로 몰려서서 문을 열어달라고 아우성이었다.

"저기, 정말 죄송합니다. 사람이 계시는 줄도 모르고 무작정 이렇게……"

사람 손이 닿으면 제집에 쏙 들어가 문을 굳게 걸어잠그고 죽은 듯 침묵하는 달팽이처럼 몸을 잔뜩 오그리고 있던 그 사람것은 빠끔히 틈을 만들어 그곳으로 촉수를 조심스럽게 내미는 것처럼 슬금슬금 고개를 들어 보이기 시작했다. 나는 한참 동안이나 숨을 헉헉, 몰아 내쉰 끝에 오후에 모래언덕에서 보았던 사람이라는 것을 두꺼운 외투를 보고 알았다.

순간 어둠속에서 뭔가 날아와 내 이마를 맞췄다. 고기상자 조각
이었다.

"저 오해하지 마세요. 나쁜 사람은 결코 아닙니다. 너무 추워서
요."

조심스럽게 이쪽을 힐끗거리고 있던 고개가 좀더 윤곽이 잡히더
니 눈동자가 나타나 내 쪽을 쏘아보기 시작했다.

"당신 누구야."

긴장과 무서움이 섞인 여자 목소리가 그곳에서 쏘아왔다.

"너, 너무 추워서요."

간절한 목소리로 사과를 하자 그니는 촛불을 켜 붙이더니 찬찬히
나를 뜯어보기 시작했다. 그리고 나서 가슴을 한번 높였다 낮추면
서 손으로 그곳을 쓸어내리며

"하이고, 놀래라."

잠시 벽 쪽을 바라보았다. 그제야 찬찬히 살펴볼 수 있었는데 눈언
저리가 깊게 꺼지고 입과 볼이 추위에 터 허옇게 떠 있었다.

도대체 이곳은 사람이 있을 곳이 아니었다. 인근 주민 중 하나려
니 싶었던 그 외투 속의 사람이 이런 곳에서 저런 귀신 형상을 하고
있다니.

"아무리 그래도 그렇지. 그렇게 문짝을 잡아뜯으면 어쩌겠다는
거야."

촛불을 옆에 둔, 그래서 벽면에 자기 몸보다 몇배나 큰 그림자를
만든 여자의 탁한 목소리가 조금 커졌다. 나는 여자를 안심시키기
위해서 고개를 숙여 보였고 이번에는 내 속의 의심과 불안 때문에
주변을 살펴보기 시작했다. 삼각형 지붕과 벽은 온통 검게 말라 있

는 나무였고 바닥에는 그물과 동그란 스티로폼, 작업복 따위와 밧줄들이 쌓여 있거나 널려 있는 걸로 보아 그런 것들을 쌓아두는 창고나 고기막인 듯했다. 그런 건물이라면 나무 틈새나 구멍이 많을 법도 한데 자세히 보니 천조각으로 꼼꼼하게 모든 틈을 메워놓고 있었다.

여자는 한동안 가슴을 쓸어내리더니 내가 휴대용 가스레인지를 발견하고 거기에서 눈을 떼지 못하고 있자 굶었구만, 하면서 어디선가 쭈그렁 양은 함지박을 꺼내 1.5리터들이 소주병을 기울여 물을 붓고 불을 댕겼다. 나는 나도 모르게 불가로 다가가 나뭇가지처럼 굳어 있는 손가락을 쬐었고 그니는 그물 속에서 라면을 꺼냈다. 눈썹만큼 올라오는 파란 불빛이 너무나 따뜻하고 또 반가워서 눈물이 나올 뻔했다. 굳었던 손가락이 서서히 풀리고 바람을 피해 몸도 어느정도 녹자 마치 고향에 온 기분이 들어 휘유, 긴 숨을 내쉬었다. 밖에서는 아예 미쳐나고 있는 바람이 땅이고 건물이고 나무를 송두리째 뽑아낼 것처럼 쉬우웅 쉬우웅 난리였다. 집이 삐그덕거렸다.

라면과 물을 보자 나의 허기는 극에 달해 연신 쪼르륵거렸고 염치없이 손이 나가 생라면이라도 씹어먹고 싶은 것을 참느라 움찔 몸을 떨었다. 그러다 가방 속의 소주가 생각났다. 소주병을 꺼내자 저만치서 앉아 있던 여자가 꾸불텅 다가왔다.

"나부터 한잔 줘라."

이빨로 마개를 까주자 여자는 내가 라면을 보고 환장한 것보다도 더 절실한 눈빛으로 벌컥벌컥 몇모금 마셨다.

"큭."

물기없는 겨울햇살에 탔는지 까무잡잡한 얼굴이었으나 언덕 너머 바다로 흘러드는, 겉이 얼기는 했지만 몇줌 물이 그런대로 슬렁슬렁 흐르는 냇물이 있더니 그곳에서 세수는 하는 모양으로 구정물이 앉은 몰골은 아니었다. 코가 약간 벌어지고 윤기없는 입술이 그 밑을 받치고 있었는데 소주 한줄기가 그곳을 타고 흘러내렸고 여자는 손바닥으로 입과 턱을 쓸면서 으음, 신음을 내뱉었다. 한 마흔다섯쯤 되었을까.

이번에는 내가 병을 받아 그만큼 마시고 똑같은 신음을 내뱉었다. 여자는 안주로 라면 수프를 찍어 먹었고 나는 면발 한 귀퉁이를 헐어 씹었다. 뱃속을 훑고 내려가는 차가운 소주의 기운과 입안 골고루 번지는 그 녹말의 고소함으로 인해 부르르 몸을 떨었다.

"당신, 어디서 뭐하는 놈팽인가는 몰라도 허튼 수작 하면 죽어."

그녀는 쉰 목소리로 엄포를 놓았다. 그리고는 다시 병을 채가더니 벌컥거리기 시작했다.

"나를 죽이러 온 사람인 줄 알았어."

한참 만에, 허겁지겁 라면 먹고 국물 마시다 데어 일어난 입술 안쪽의 살갗을 혀로 이리저리 굴리고 있는데 그녀가 입을 열었다. 눈은 급하게 마신 술로 충혈되어 있었다. 술병은 둘이 서로 싸우듯이 마신 탓에 벌써 비어 있었다. 한동안 내 얼굴을 빤히 들여다보더니 담배 있어? 물었다. 한 개비 빼내어 불을 붙여주자 깊숙이 빨아들였다가 아까운 듯 천천히 내뱉었다. 그리고는 으음, 고개를 무릎 사이에 파묻었다. 어디가 아프냐고 물었고 그녀는 한동안 그러고 있더니 어지러워서 그래, 대답했다.

"소주하고 담배 먹어본 게 한 일주일 됐거든."

뿌직끈, 벽 너머로 나무 부러지는 소리가 들리고 휘우우웅 바람이 연이어 몰아쳤다.

"……오는 대로 죽으려고 했는데 말이야, 그것도 쉽지가 않더라야. 파도가 치면 무서워서 못 죽겠고 잔잔하면 너무 쓸쓸하고 외로워서 못 죽겠고 눈이 내리면 너무 추워서 못 죽겠더라."

소주에 목젖이 잔뜩 눌린 여자는 어둠을 사이에 두고 모든 것을 체념해버린 사람의 목소리를 냈다.

"우습지이. 죽을 년인데, 죽으려고 온 년인데 오늘은 이래서 못 죽고 내일은 저래서 못 죽고."

우지끈, 또 한번 나무 부러지는 소리가 났다. 수백년을 두고 원한을 품은 악귀의 군대가 이빨 사이로 피를 흘리며 복수를 하고자 바다를 건너오고 있는가. 바다를 두고 뭍을 타고 올라 평평치 않은 것들을 으허허헝 쓸어버리고 있는 것인가. 저 미친 듯 쳐불어대는 바람. 우지지끈, 피유우웅, 뿌쪄쪄쪄끄응, 또 작끈 부러져 나자빠지는 소리. 나무는 수십년을 두고 키워온 몸뚱이를 쪼개며 세상에서의 마지막 몸부림을 쳤고 비닐봉지도 모서리에 걸려 파르르르 고문 끝에 몸에서 영혼이 빠져나가는 비명을 질러대고 있었다.

"무슨 바람이 이렇게나 불어 그래."

무슨 바람이 이렇게나 불어…… 나는 죽을 여자가 죽을 것처럼 내뱉은 말을 천천히 곱씹었다. 정말이지 빌어먹고 나자빠질, 무슨 바람이 이렇게 부는 것일까.

"오늘은 바람이 불어서…… 그냥 저 바람 속에 몸을 던져야지 하면서 바다로 가다가 그쪽을 본 거야."

"왜 도망가는가 했죠."

"⋯⋯경찰인 줄 알았어."

"나는 아줌마가 갠 줄 알았어요."

여자는 웃지 않았다.

"정말로 경찰인 줄 알았어."

"진짜 경찰인 줄도 모르잖아요?"

내 주변에서 일어난 모든 일이 너무 무거웠기에 일부러 약간은
장난스러워져야 했다.

"경찰이 가방에 소주병을 넣고 다녀?"

"추우니까."

"그럼 수갑도 있겠네?"

"안주머니에 총도 있죠."

"어디?"

여자는 어둠속에서 몸을 내 쪽으로 움직여 잠바 안주머니를 살피
려 들었다. 나는 난생 처음 상을 받은 아이처럼 어정쩡하게 손을 뻗
어 그니를 안았다.

"장난치지 마."

온기라곤 전혀 없는 목소리.

"아무 남자하고 오입이나 하려고 여기 온 게 아냐."

우리는 취하기에 턱없이 부족한 한병의 소주를 나눠마시고 혹 달
아날까 싶어, 그 풀섶의 이슬 같은 취기를 꼭 부여잡고 있었다.

여자는 내 품에 엉성하게 안긴 채 울음 같은 한숨을 내쉬었다. 아

니, 내쉬는 게 아니라 천년 동안 한번도 햇빛을 받아본 적 없는 동굴 속의 습기 같은 숨이 목구멍에서 저절로 새어나오고 있었다.

바람소리. 바람은 높고 낮음을 두고 불어오는지 저 지붕 위를 쓸다가 어느 때는 아래쪽 벽으로 타다다다 모래를 뿌려댔다. 그러다 한동안 정적이 찾아오기도 했다. 울다가 꺽, 숨 멈추는 것처럼 조용했고 그것도 잠시 곧이어 쉬우웅 몰아쳐왔다. 무슨 모지락스런 절박함이 있기에 저것은 저렇게 급히 울어대며 어디론가 가야 하는가.

누이가 죽던 날도 바람이 불었던가. 불었었지. 누이는 바람 때문에 죽은 것인지도 몰랐다. 어쩌면 누이는 인부들 말대로 발을 헛디뎌서가 아니라 저 바람 때문에 4층 계단에서 떨어졌는지도 모를 일이었다. 4층에 모래를 부리고 나서 잠시 먼 풍경을 바라보고 있는데 거역할 수 없는 바람이 불어와 그대로 나뭇잎처럼 라면봉지처럼 바람을 타고 떨어져내렸는지도.

평생을 두고 자신을 향해 불어대는 바람을 맞고 살았던 누이는 사실은 이제 저 바람이 지겨워서, 그토록 쉴새없이 몰아쳐오는 것들이 끔찍해서 스스로 바람에 몸을 맡겨 저도 그냥 바람이 되어버렸는가. 바람이 되어서 잘 있거라 나는 간다, 찾지도 말고 생각지도 말라, 가버렸는가.

그리고 보니 누이의 몸이 몇줌 가루로 변했던 화장터에서도 바람이 불었었다. 누이를 태웠던 불이, 불로 변한 누이가 시커먼 연기가 되어 높은 굴뚝으로 나올 때 그것은 그대로 하늘로 올라가지 못하고 바람 때문에 어디론가 쏠려 사라져버렸다. 미련일 거였다. 주정뱅이 남편을 못 잊었는가. 그것보다는 일곱살배기 딸애를 두고 차

마 못 떠났겠지. 훨훨 떠날 수가 없어 그저 저는 바람이 되어 이렇듯 흘러다니고 있는지도.

"누나는 모래 치는 일을 잘했어요. 남양댁이라는 여자와 같이 삽을 들면 하루에 팔톤 트럭 한대 모래를 쳐냈죠."

내 입에서도 바람이 새어나오고 있었다. 목언저리에서 뜨뜻한 게 올라왔고 그 미지근한 품이 마치 누이의 그것처럼 여겨져 울었다.

이번에는 여자가 나를 안아주어서 내 목이 그니 어깨에 있었다. 젖가슴 위에 손을 얹었다. 숨을 따라 적당히 오르락내리락하고 있는 브래지어 속에서 많은 말들이나 느낌들이 조용히 숨어 맴돌고 있었다.

말라붙어 있는 젖꼭지에서 비린내가 났다. 살비린내 같기도 했고 물비린내 같기도 했고 어쩌면 암담한 시간의 비린내 같기도 했지만 나는 꽁치 비린내를 맡고 있었다.

햇볕에 바짝 말라 비틀어진 꽁치에게서 나는 그 야리야리한 비린내. 그것은 꽁치가 살았던 물의 비린내 같기도 했고 살비린내 같기도 했고 죽어 바짝 말라가던 시간의 비린내 같기도 했다. 아버지는 그것을 던져주고 집을 나갔고 누이와 나는 그것을 먹으며 시간을 보냈다. 나뭇가지처럼 바짝 말라 있던 꽁치가 침에 팅팅 불어 살이 흐물흐물해질 때까지 우리는 삼키지 않고 빨기만 했다. 누이보다는 언제나 내가 더 배가 고팠다. 꼬리지느러미까지 다 먹고도 칭얼대면 누이는 입속에서 그 흐물흐물해진 것을 꺼내주었다.

누이가 사람들에게 주지 않은 것이 무엇 있을까. 언제나 문패로만 남아 있는 아버지에게는 수굿이 집을 지키는 아내를 주고 내게는 어미를 주었다. 옷을 주고 익힌 밥을 주고 시간을 주고 잠을 주고 약을 주고 돈을 주었다. 공사장 함바에서 일을 하다 만난 남자에게는 여자와 아이를 주었다.

내가 고등학교를 졸업하고 취직을 하자 누이는 잠자리를 옮겼다. 함바에서 만난 숱한 사람들, 벌이가 괜찮은 목수나 미장이나 배관공이나 전기공 들을 두고 빼빼 마른 미장이 조수로 날마다 시멘트 모래 섞어 져나르기만 하는 남자와 가약을 맺은 것도 어쩌면 바람 같은 것인지도 몰랐다. 다음해 죽은 아버지도 바람일 거였다. 비린내 나는 바람, 어디론가로 끝없이 가야 하는 바람.

비린내를 맡으며, 누이의 눈을 생각하며 젖을 빨았다. 우지지끈, 휘우우웅, 소리를 들으며 우리는 입과 젖꼭지를 통로로 두고 말없이 만나고 있었다.

구멍가게가 상중(喪中)이어서 여자는 죽으러 왔단다.

가게 맞은편 집의 불은 꺼져 있었다.

그 개같은 년이 살았던 집이 저 집이래.

저 집도 그 개만도 못한 년 때문에 완전히 개판났다며?

사람들이 불가에 서서 말을 주고받았다.

"부탁이야. 나를 죽여주고 가. 내 손으로는 나를 도저히 죽이지 못하겠어."

모가지는 생각보다 가늘었다. 내 엄지손가락이 겹친 부분에서 꿀떡꿀떡 숨 넘어가는 소리와 움직임이 있었다. 커억, 미친 바람이 불었다. 죽었어도 죽지 않은 모든 것들이, 원한이, 분노가, 슬픔이, 미련이, 서러움이, 사무침이, 도무지 사람것으로는 풀지도 못하고 그렇다고 맺지도 못하는 것들이 죽음 뒤에도 고스란히 남아 저렇게 몰려다니고 있는 거였다. 소오온 놔아. 나는 너무 비감해져서 못 들은 척 계속 젖을 빨며 목을 눌렀다. 이이 씨빠아노오마아 커어억, 빠아아리 나아아. 계속 빨며 눌렀다. 이이 개애새끼이야. 여자는 덫에 걸린 짐승처럼 머리를 좌우로 틀며 내 손을 풀려고 애를 썼다.

손을 놓자 끄윽끄윽 몰리는 숨을 내쉬었고 그러다 헉헉 가쁜 숨을 내쉬었고 그러다 한동안 가만 있었고 그러다 허어어엉 울음을 내놓았다. 나는 쥐가 내려 뻣뻣하게 굳은 손아귀의 진한 통증을 그대로 두었다. 여자는 한참을 울었고 나는 이제 퉁퉁 불어버린 젖꼭지를 입에서 내놓았다. 그리고 혀로 눈물을 핥아주었다.

누이의 눈물도 이렇게 짰던가. 생각해보니 누이 우는 모습을 한 번도 본 적이 없었다. 누인 언제나 울듯 울듯 하는 얼굴이었지만 단한번도 세상에 눈물을 내보인 적이 없었다. 대신 매형이 울었다. 누이 대신 매형은 술만 취하면 울었다. 그래서 둘은 만났던가. 그래서 둘은 아이도 낳았던가. 그래서 매형은 바람에 떨어진 패널에 어깨가 작살났고 누이가 대신 그 일을 다녔던가. 그래서 누이는 하루종일 모래를 치고 매형은 하루종일 창문보다 지붕이 더 낮은 산동네 방에서 술을 마셨던가. 그래서 누이는 살이 푸석거렸고 매형은 까맣게 말랐던가. 그래서 매형은 때리고 누이는 맞았던가. 그래서 매형은 살고 누이는 죽었던가. 그래서 이 여자는 죽다 못해 울고 있고 나는 죽이다 못해 누이를 떠올리고 있는 것인가. 그래서 누이의 모든 것, 고려체육관 이름자가 박힌 하늘색 운동복과 언제나 모래가 한줌씩 괴어 있는 낡은 운동화와 계룡산관광기념 수건과 손바닥보다도 더 큰 꽃들이 수놓아져 있는 셔츠와 거친 손마디와 터 있는 입술과 기미 가득한 이마와 숱이 적은 가르마와 기운 없는 눈초리가 이렇듯 내 몸뚱이 곳곳에 달라붙어 있는가.

　여자는 바람이 났었다. 비구니도 되지 못할, 그저 죽을 각오나 하
던 여자가 연애를 걸었단다.
　외항어선 선원인 남편은 일년에 한번, 어떤 때는 이년에 한번 귀
국을 하였고 한 달을 지내다 바다로 돌아가곤 했다. 스물둘에 남편
을 만나 근 이십년을 그런대로 잘 참고 살다가 어떤 남자를 알았다.
남자는 그니보다 나이가 어렸고 키가 컸으며 예의 바르고 다정다감
했다. 평생 남자에게서 그런 즐거움을 맛보지 못했던 여자는 새벽
마다 가슴을 치며 도리질을 했지만 아교풀에 달라붙는 톱밥처럼 도
저히 뗄 수가 없었다. 쓰자는 대로 쓰고 달라는 대로 돈을 주다보니
그동안 착실히 모아둔 돈이 다 없어졌다.
　한번이라는데. 죽어서 설사 어디 좋은 데를 간다손치더라도, 그
곳에서는 노상 즐거운 일만 있고 맛있는 음식과 꽃과 시냇물이 있
고 푸른 날씨와 맑은 물이 있다 하더라도 이 세상에서의 삶은 단 한
번뿐 아닌가. 청춘처럼, 꽃 닮아 피어나던 청춘처럼 단 한번.
　겁이 났다. 어차피 이렇게 된 거 돈 좀 장만해서 멀리 뜨자고 남
자가 말했고 결국 고개를 끄덕이고 말았다. 돌아가기에는 너무 멀
리 와버렸다. 남자가 시키는 대로 계원들에게 선물을 줘가며 급전
이 필요하다며 곗돈을 끌어들이고 빚까지 얻었다. 이왕 갚지 않을
거 비싼 이자 준다고 속였더니 몇백씩 돈을 둘러주었다. 집 앞 구멍
가게 할머니에게서 삼부 이자로 오백만원을 받아든 날 열일곱 아들
을 방에 두고 도망을 쳤다. 가슴이 떨리고 울음이 나왔다. 그래서
더 멀리 가야 했다. 돌아올 수 없는 곳으로.

모든 게 끝이었다. 월급을 벌어들이는 것 외에는 어떤 삶의 즐거움도 같이 나누지 못한 남편과도 끝이었다. 남편을 생각하면 차라리 항구의 작부가 되는 게 나았다. 찢어죽일 쌍년이어도 좋고 천하에 더러운 잡년이어도 좋았다. 사기꾼에 도둑년이 되어서라도 이키 크고 예의 바르고 다정다감한 남자와 행복하게 살고 싶었다. 그렇게 살고 싶어서 뒤도 안 돌아보고 갔다.

그리고 근 보름 만에 여자는 슬그머니 밤중에 돌아왔다. 설악산 호텔에서 아침에 깨어보니 남자와 돈은 사라져 있었다. 아들 얼굴이라도 보고 싶어 거지처럼 돌아왔다.

구멍가게는 상중(喪中)이었다.

할머니가 손자 하나를 데리고 구멍가게를 하여 반평생 모은 오백만원을 앞집 개같은 년한테 사기를 당하고 화병으로 농약을 먹고 죽었다고 했다. 맞은편 집의 불은 꺼져 있었다. 그 개만도 못한 년이 저 집에서 살았는데 사기친 집이 한두 군데가 아니어서 저 집도 완전히 개판이 되었다는, 사람도 별로 없는 상가 모닥불 주위 취객들의 소리를 얻어들으며 자신이 저지른 짓이 얼마나 크고 무서운 것인가를 비로소 알 수 있었다. 내가 왜 여기에 왔는가. 뭐하려고 이곳에 돌아왔는가. 그녀는 흙이 잔뜩 달라붙은 구두와 텅 비어버린 핸드백을 바라보다가 발걸음을 돌려 이곳에를 왔다고 했다.

그렇게 또 시간이 갔다. 한참을 울다가 여자는 내 팔을 풀어냈다.

"물 좀 줘."

어둠속을 더듬어 그것을 찾았고 둘은 서로 빼앗듯이 1.5리터들이 소주병 속의 물을 벌컥거렸다. 그리고 담배 한대씩을 물고 누웠다.

차라리 이 여자를 죽여주는 것도 좋을 성싶으나 그것은 기분뿐이었다. 여자는 저 혼자 죽지도 못하고 그렇다고 죽임을 당하지도 못하고 있었다. 그렇다면 이제 무엇을 어떻게 해야 하는가.

바람은 여전히 거세게 불었고 우지지끈 나무가 쓰러졌으므로 우리는 고치 속의 번데기처럼 몸을 웅크리고 누워 담배만 피웠다. 사탕만 먹었다. 그러다 잠이 들었다. 꿈도 없는 잠이 들었는데 깨어보니 아직도 캄캄한 밤중이었고 여자도 그대로 누워 있었다. 얼마쯤 잤는지 분간조차 할 수 없었다.

오줌이 마려워 친친 동여맨 문을 열자 꽈당 열리며 한 떼의 바람과 햇살이 들이닥쳤다. 창고 안은 아직도 밤중이었는데 밖은 벌써 밝아 있었다. 바람을 피해 벽에 기대어 오줌을 누고 나자, 몸 밖으로 빠져나옴과 동시에 바람을 타 한쪽으로 부챗살처럼 퍼지는 오줌에 젖지 않으려고 오른발을 뒤로 빼며 아랫배에 잔뜩 힘을 주고 나자 간밤에 변해버린 풍경이 눈에 들어왔다.

끝없이 뭍을 타고 오르려는 바다와 하얗게 머리를 부수고 있는 파도와 모가지가 꺾이고 있는 나무와 모래밭에 나뒹굴고 있는 나뭇조각과 스티로폼과 시커먼 해초와 안개가 낀 듯한 하늘과 그 모든 것을 그것처럼 만들고 있는 바람 사이에 방갈로들이 작끈 무너져 있었다. 짚더미를 입혀놓은 지붕은 폭삭 땅바닥에 나둥그러져 있고 벽이며 계단 따위였던 판자와 못질이 되어 있던 문짝은 사정없이 부서져 폭격맞은 것처럼 뒤엉켜 있었다. 각목은 튀어나온 생선가시처럼 바람 속에서 울고 있었다. 나무는, 금방이라도 뽑힐 듯이 춤을 춰대고 있는 소나무는 그러나 어느 것 하나 상한 데 없이 성성한 모습 그대로였다. 간밤에 비참한 비명을 내지르며 요란하게 무너진 것들은 나무가 아니라 방갈로였다.

"보지 마."

잔뜩 잠긴 목소리로 창고 뒤에서 오줌을 누던 여자가 다가왔다.

"정말 대단한 바람이죠."

우리는 푸석푸석한 얼굴로 덜덜 떨며 서 있었다.

"어떻게 하실 건가요?"

내가 묻자 여자는 되물었다.

"그쪽은 어떻게 할 거야?"

"가야죠."

"………"

"저기까지만 같이 갑시다."

가방을 챙기며 손으로 저 먼곳을, 세 시간쯤 걸어야 나오는 지방도와 마을 쪽을 내가 가리켰다.

"거기 해장국집에서 제가 국밥하고 소주를 한잔 사죠. 너무 추워서…… 죽을 땐 죽더라도 굶어죽지는 말아야죠."

여자는 한동안 너부러져 있는 방갈로를 바라보다가 고개를 저었다. 이끄는 대로 주춤주춤 따라올 성도 싶었으나 고개를 젓기만 했다. 여전히 바람이 불고 나무가 춤을 췄다. 이 여자를 어쩔 것인가 싶어져 나는 숨을 길게 내쉬며 풍경과 그니를 번갈아 바라보았다.

"………"

"………"

나는 푸르르푸르르 떨며 합판 쪼가리들이 널려 있는 곳까지 왔다. 여자는 정말 죽을 것인가. 그런 생각은 하지도 않고 그냥 너무 춥고 배고프고 쓸쓸해 무작정 걷기만 했다. 그러다 합판 쪼가리들이 널려 있는 곳에서 나 홀로 걸어 들어가고 나왔던 곳을 잠시 돌아보았다. 여전히 바람이 불어왔고 나무는 미친 듯 머리를 흔들어대며 바람을 잘게 부수고 있었다.

거기에서 발길이 떨어지면 두번 다시 돌아봐질 것 같지가 않아 한동안 그렇게 서 있었는데 소나무 아래로 외투 하나가 걸어오고 있는 게 눈에 들어왔다.

나무들이 바람 따라 고개를 꺾어대는 모습은 돌아가는 여자를 불러세우는 것처럼 보이기도 했고 빨리 가라고 내쫓아 보내는 것 같기도 했다. 땅속에 제 키만큼의 뿌리를 내리고 있다는, 저렇듯 긴 밤내 미친 바람을 온몸으로 받아내고도 어느 터럭 하나 다치지 않고 서 있는 나무.

바람이 키우는 것은 나무의 부드러움인가. 뼈와 뼈의 이음새, 관절인가.

〔내일을 여는 작가 1996년 9 · 10월호〕

行魚

　틈 한군데 없이 꼭 다물고 있던 것을, 그저 저 목마를 때나 살짝 주둥이를 열어 새 물 받거나 내보내거나 하던 것을, 찔러도 바늘끝도 안 들어갈 것 같은 것을, 터럭 잡아떼고 물에 싹싹 씻어 불에 안쳐놓으니 곁에서 밀고 들어오는 열기 때문에 그런지 제 몸속에서 만들어지는 더운 기운 때문에 그런지 금방 김이 씩씩 뿜어져나오더니 발랑 제 가랑이를 벌리는 거였다. 손가락으로 벌려본다. 비취색 속껍질이 오도막한 고것을 감싸고 있다. 개고기에 소주 한잔 한 날 바람 없는 너럭바위에 내려앉는 달빛만큼이나 장하게 붉어오는 기운을 못이겨 주막집 옌네 고쟁이 벗겨 문지방에 차내버리듯 고것을 까내버리자 고 몽실몽실한 속살에서 하늘색 물이 주룩 흘러내리고, 물이 빠져 그런지 물에 팅팅 불어 그런지 흐물흐물 고들고들한 살이 양옆으로 벌렁 까져 도드라진 감씨가 솟아오르고 그 밑으로 꾸

불구불 겹겹 주름이 축 처져 있는데다 속터럭까지 삐쭉 솟아나 있는데 김이 슬렁슬렁 피어오르는 것을 성수 아배는 한입에 털어넣어 딱 두 번 우물우물하다가 꿀꺽 삼킨다. 그중 큰 놈 하나를 잡아 또 털어넣는다.

참 모처럼 보는 맛이다. 홍합배에서 홍합 넘쳐나듯 멸칫배에서는 남아나는 것이 멸치였다. 그물 다 걷어올리면 우선 소주 몇잔에 생멸치를 초장에 찍어도 먹고 솥에서 한 소끔 삶아낸 다음 상갑판에 널었다가 꼬들꼬들 마르면 가다가도 주워먹고 오다가도 집어먹곤 했다. 그러나 아무리 살로 가는 것이라도 하루 먹고 이틀 먹고, 한 달 먹고 두달 먹고, 일년 먹고 이년 먹고 그러다 한 이십년 먹어놓으니 언제 먹어도 입에 달라붙는 순한 맛 변함없건만 질리기도 했다. 멸치어장 할 때면 늘상 삼치니 방어니 다랑어니 하는 것들이 따라올라와 살 대 살로 가까웠으나 너른 바다 한가운데서 하는 그물질이라 같은 바다라도 껍질 있는 것들(貝類)은 만나보기가 어려웠다.

그러다가 모처럼 홍합 한 냄비 삶아놓고 가뜩이나 파도 잔잔한 곳에 앉으니 기분이나 맛이 새로울 수밖에 없었다. 그는 고소하기도 하고 뭔가 비릿하기도 하면서 말랑말랑 부드럽게 입에서 녹아나는 것을 몇개 연거푸 집어먹었다. 그 괴상한 생김새를 눈여겨보는 것은 물론 그 와중에 홀로 하는 짓이었고.

"있을 것은 다 있당께."

돌이 아범이 식칼로 개미더덕 하나를 도려내 속 짠물 버리고 껍질과 속을 한꺼번에 씹어돌리는데 이번에는 유근이가 따로 모아둔 해삼 하나를 걸터듬는다. 똥구멍을 따 노란 창자를 쭉 훑어내고는 한입에 흘딱 집어넣는다.

"좀 봐라야. 영감 것맹키로 추욱 처진 해삼 있지, 유근이 붕알만
한 오만뎅이(개미더덕) 있지, 그냥 뜨신 물이 줄줄 흐르는 합자 있
지."

"히히."

유근이는 웃는데 성수 아배는 홍합 하나를 더 꺼내다 말고 돌이
아범을 힐끔 째려보았다. 그 눈치를 아는지 모르는지 돌이 아범은
연이어 털어넣으며

"좋겠다야. 한바탕 분탕질이 일어나겠다야."

한쪽으로 기울어진 눈알을 휘돌리며 배운 바 부족한 말을 거침없이
내뱉는다. 그 말 막고자 잔을 내민다.

"한잔 따뤄."

유근이가 막걸리병을 기울여 잔을 채운다.

"커흠."

기분이 상한다. 낫살도 적잖은 것이 꼭 애들 앞에서 할 소리 못할
소리 분간도 못하고 있지 않는가.

"아이, 유근아. 합자랑 해심(해삼)이랑 붙어묵고 새끼치믄 고것
이 도대체 뭐겠냐?"

"어이그, 지금 총각 데리고 뭔 소리 하고 있다냐?"

저만치서 크림빵에 두유를 빨고 앉았던 산초댁이 애들 야단치는
표정을 보내온다. 그러나 말거나 돌이 아범은 끅끅 웃고

"하여간 뭔가가 맨들어지긴 지겠지라."

되바라지게 뵌다 싶은 유근이가 맞붙어 까진 티를 내는데

"그렇제이. 두 연놈이 붙어묵었응께 뭔가가 맨들어져도 맨들어지

겄지이."

하며 홀랑홀랑 해삼이며 홍합을 입에 쑤셔넣는다.

끄음. 성수 아배는 제 또래와 어린것이 음탕한 농지거리를 주고 받는 게 눈에 걸려 멀리로 눈을 돌렸다. 가뜩이나 잠잠한 얼굴로 앉아 있는 정심네가 자꾸 걸린다. 저 여편네는 어쩌자고 저 나이에 이 배를 타고 있단 말인가. 그동안 무엇을 하고 살았기에 쉰 줄에 안방 물림도 못하고 이렇게 반뱃년이 되었단 말인가…… 흐릿한 구름을 머리에 인 돌산도가 저만치 보이고 그 너머로 펼쳐진 가막만(灣)에는 길거나 짧거나, 높거나 낮은 배들이 부지런히들 오고가고 있다. 그러고 보니 오동도에서 떴지 싶은 관광선도 노랫가락으로 노를 저어 느물느물 멀리 지나가고 있다. 근 두 시간 동안 일하느라 써버린 근력이 막걸리 두 잔에 새로이 돌아오는 것이 느껴지는데 그러나 정심네를 봤을 때의 그 연한 충격이나 홍합 속살 만지며 생긴 그렇고 그런 기분이 가셔지는 것은 아니었다.

"요물아, 요물아."

돌이 아범이 그예 홍합 하나를 까들어 벌려보고는 요설을 풀어놓는다.

"빤스도 있고 시커먼 터럭도 있고 제에미할녀르 감씨도 있고 구리스 물도 있는 요물아. 오물르믄 동네 애들 거고 벌리믄 뒷집 할매 거냐, 이놈의 요물단지야. 나가 너만 만나지 안했어도 옥돌 위에 금돌로 지은 집을 진작 샀겄닫만 어쩌다 너랑 인연이 되어서 요날 요 때까지 요 모냥인지 몰르겄다."

"히히히."

"그만 못하오."

"이 구멍이 무슨 구멍이냐. 집이고 밭은 고사하고 돈뭉치 다발다발 실은 배를 한척 갖다넣어도 차지 않는 구멍 아니냐. 용왕님 주둥이도 너만은 못할 거다, 내 요물아."

"에헤헤. 아저씨 잘하시네."

"잡녀르. 그렇게 양기가 주둥이로만 올라가 붙었으니께 그 나이에 그 모냥 그 꼴이제."

듣다 보다 못한 산초댁이 눈심지에 힘을 주고 쏘아붙였다. 그렇거나 말거나

"합자야, 세상천지에 너같이 짚고 씬 것이 어디에 또 있겄냐."

제 흥에 겨웠다. 돌이 아범이라 하여 돌이라는 자식이 따로 있는 게 아니다. 평생 잡일하며 홀몸으로 사는 사내인데 일찍이 자리잡아 가정 일굴 생각 못해보고 몇푼 버는 족족 밤 깊어 길거리에 나선 여자를 찾으며 살아온 이였다. 언젠가, 누구 입에선가 돌이 아범이라는 말이 나온 이래 나이 대접으로 그렇게들 불렀다.

"합자도 남자가 있고 여자가 있어. 까봐서 하얀 놈은 암컷이고 노란 놈은 수컷이라등만. 뭘 모른게 헛소리만 하고 자빠졌제."

산초댁 목소리가 급기야 커졌다.

"큼, 크음."

성수 아배는 남은 막걸리를 들이켜고 나서 콧김만 내뱉고 있을 따름이었다. 돌이 아범의 돼먹지 않은 사설을 듣고 있노라니 말인즉 틀린 게 하나 없지만서도 그 소리를 막 듣고 나서 홍합을 먹기가 뭐했기 때문이었다. 언뜻 잡으려다 무춤거리는 것을 보고는

"워째 안 묵으요."

돌이 아범이 고개를 돌려 접지르고 들어왔다.

"크음, 빵이나 하나 묵지 뭐."

별로 손이 안 가는 크림빵에 손을 뻗는다.

"사실 말이야 바른말 아니요. 이것이 요물이지 뭐다요."

선장이 한마디 한다. 이건 또 무슨 소리냐고 산초댁이 멀뚱한 얼굴을 하자

"분명 어저께까지 알이 좋아 따자고 했는디 밤새 샛바람 좀 불었다고 살이 쑥 내려버리니 요물이지 뭐다요."

넌더리 난다는 표정을 한다.

홍합처럼 날씨 변화에 민감한 것도 없다. 샘플 채취해 보면 통통하게 부풀어 있다가도 밤사이 샛바람이 한번 불기만 하면 살이 쑥 내려버려 삶아 까보면 화냥년에게 서방 뺏긴 본각시처럼 몸통은 바짝 줄어들고 엉덩짝 부분에 까만 똥만 가득 차 있었다. 그러다가 마파람이라도 불어오면 언제 그랬냐는 듯 똥이 살로 변해 변비 걸린 강아지 같은 것이 포실포실 둥글넓적 모양 좋은 것으로 돌변해 있었다. 날씨 변화야 우선 뉴스에서 자세히 나오지만 동네 귀퉁이 바다에서는 언제 갑자기 바람이 돌아 샛바람이 부는지, 마파람이 몰려오는지, 하늬바람이 생기는지, 된바람이 터지는지 일일이 짐작하기 어려웠다. 설사 이 바람 저 바람 생겨나고 없어진들 고만고만한 동네바람이라 별 상관없을 텐데도 꼭 홍합만은 제 방에 붙어앉아 마파람에 화장하다가 샛바람에 오만 인상 찡그리며 요강 타고 앉은 꼴을 손바닥 뒤집듯 해대니 그것을 따 팔아먹는 입장에서는 요물이라고 할 수밖에.

"자, 또 합시다."

"하긴 뭘 해."

"히히히."

"아, 그만 좀 해."

　새참시간이 끝났다. 먹고 마시던 자리를 대충 치우며 각자 제자리로 돌아가는 중에 성수 아배는 정심네 옆모습을 바라보았다. 순간 눈이 마주쳤으나 정심네 두 눈은 머릿수건 그늘 아래로 숨고 만다. 흐음, 자신도 모르게 턱에 힘을 주며 숨을 얇고 길게 내놓았다. 어쩌자고 저 여편네는 저 나이에…… 하면서도 반가운 마음은 사실이었다. 엊그제 연락이 닿아 선장이 전화로

　"일하기 괜찮으실 거요. 기계시설도 다 돼 있고 지금 같이 일하는 사람이 모두 한동네 사람들인께라. 돌이 아빠라고 알제라?"

했을 때도 그저 돌이 아범에 갑수 아배 정도로 아는 낯바닥들이려니 싶었는데 아침에 정심네를 본 순간 그는 망치로 가슴을 한대 얻어맞은 기분이어서 제대로 인사도 못 차렸다. 아니 본 것보다 반갑기는 하지만 그러나 그 반가움이라는 게 늘 마음속에 담아두던 그런 것은 아니었다. 이를테면 오랜만에 장광을 뒤지다가 돈이라든지, 말라비틀어진 인삼뿌리라든지, 누렇게 변한 성수 상장 같은 것을 발견했을 때의 기분 같은 거였다.

　선장이 양식장 닻줄을 피해 길을 찾아들어 바다 위에 뜬 스티로폼 부표를 잡고 쇠고리가 달린 줄을 던져넣자 묵직하게 물속으로 가라앉았던 홍합 무더기들이 롤러를 따라 착착 올라오기 시작했다. 종패(種貝) 작업 뒤로 단 한번도 물 밖 구경을 못해본 놈들은 햇살과 바람에 소스라치게 놀라며 맑은 물을 쭉쭉 뿜어냈다. 돌이 아범, 유근이, 선장 셋이 그것이 올라오는 자리에서 낫으로 본줄과 홍합

덩어리가 연결된 연승줄을 잘라 컨베이어 벨트에 쳐대는 것으로 일은 다시금 시작이다. 바닷속에서 몸을 키운 홍합덩어리는 매끈거리는 겉과는 달리 뭉쳐진 속무더기에 뻘을 한아름 보듬고 있는데 매우 쳐대 낱개로 흩어진 그것들은 벨트를 타고 오르다 세척기 속으로 들어가면서 깨끗하게 씻겨졌다. 세척기 안에서 뺑뺑이를 돌면서 씻긴 홍합은 다시 두번째 세척기에서 한번 더 때를 벗은 다음 출구를 통해 까만 망에 한 보따리씩 담아진다.

산초댁이 중간에 서서 파래 청각 같은 잡물이나 멋모르고 딸려 올라온 굴 해삼 미더덕을 골라내면 놈들은 까맣고 반짝거리는 보석 닮은 모양이 되었다.

이게 이처럼 기계화가 되어 사람 수고가 덜 들게 된 것이 불과 일이년 차라는 것을 성수 아배는 알고 있다. 멸치 어장이 유독 시들했던 이년 전 평생 멸치나 걷어올리는 짓거리가 괴롭기도 했거니와 당시 고등학교 다니는 성옥이 학자금 한푼이라도 더 벌어보고자 알음알음으로 이 홍합 작업선을 탔다. 그때까지만 해도 홍합 따는 배 따로 있어 기다렸다가 홍합 들어오면 배 갑판이나 조그마한 바지선에 그것들을 한바탕 패대기를 친 다음 물 주어 씻고는 손으로 직접 삼태기에 담았다. 반나절 하고 나면 허리가 뻐근하다 못해 시큰거렸고 온나절 하고 나면 몸뚱이가 끊어져나가는 것 같았다. 근 석달 그 일을 했고 이번에는 아예 멸칫배를 내리고 나서 다시 찾아온 거였다.

그때 멸칫배로 돌아가면서 자신이 빠져나가 생겨난 빈 곳을 채우려 한동네 살다가 일찌감치 새 바다 찾아 여수로 나간 갑수네를 불러들였는데 그것이 인연이 되어 그랬는지 이년 만에 찾아와보니 한

마을 출신인 정심네와 산초댁 그리고 옆동네 출신인 돌이 아범이 그 배를 타고 있었다. 그러고 보니 이렇게 한 배를 타게 된 것도 모두 제 탓인 듯싶기도 하다.

롤러와 세척기가 돌고 경운기 대가리로 뽑아올리는 바닷물이 철철 넘쳐나자 배 안은 순식간에 시끄러워졌다. 각자 제 위치를 잡고 서서 바다에서 올라오는 홍합 다루기에 여념이 없다가 새참 전에 했던 것과 합쳐 근 사백개를 채우고 나니 점심시간이었다. 기계를 모두 끄자 정신없이 돌아가던 갑판에는 바닷바람만 순간 가득했다. 귀도 조금 멍멍하다. 소경도(小經島) 돌아나오는 유람선의 노랫소리가 가늘게 잡힌다. 물옷 벗고 나니 일하다가 시간 나는 틈에 밥 안치고 했던지 곧바로 정심네와 산초댁이 점심을 차려냈다. 성수 아배는 무표정한 얼굴로 밥그릇을 건네주는 정심네에게서 어정쩡하게 제 밥을 받아들었다.

이 여인네와 이렇게 먹을 것을 사이에 두고 앉은 적이 있었다. 그때가 언제였던가. 한 삼년 되었나 싶다. 청춘에 고향 떠나 여수로 시집간 여인네를 중앙시장 지하 어판장에서 만났을 때 여인네는 파마머리에 빈 시장바구니를 든 채 반갑게 알은척을 했다.

이게 누여이.

오매, 세상에.

잘 살었는가.

잘 살았소. 어치케 살았소?

그리고 누구나처럼 다방이나 이런 데를 들어가지도 못하고 한동안 머뭇거리다가 한식당으로 들어갔다. 밥때가 아니어서 둘 다 밥은 도리질을 쳤다. 다시 나갈까 했으나 딱히 갈 곳이 없어 그것도 우스운 일. 좋은 거 잡수시요, 말에 얼떨결에 불고기를 시켜버리고 말았다.

어여 좀 들게.

얼릉 잡수이다.

스스로 생각해봐도 그렇게 정신이 모자랄 수가 없었다. 팔천원씩 이인분 만육천원에 소주 한병 이천원, 근 이만원을 쓰고도 고작 한 짓이라곤 홀로 마늘 몇쪽에 소주 반병 마신 게 다였다. 영 아깝소이. 그도 아까웠다.

그들에게 옛날이란 게 그저 떠올리고 떠벌리기에 좋은 여럿의 추억거리로만 남아 있었다면 불고기 아니라 소금에 맨밥을 먹어도 거리낌없이 웃고 떠들고 할 거였다. 그러나 그들은 어쩌다가 이토록 우연히 만났는데도, 정작 반가워 식당 자리에 엉덩이를 붙이는 데까지는 자연스러웠으나 누구부터 그랬는지 몰라도 뭔가 어색한 공기가 흘러 비싼 불고기 국물만 말짱 태우다 말게 되었는가는 모를 듯도 했지만 사실 잘 알고 있었다.

그는 소주 한잔을 마시고 나서 물었다.

그래 어치 산가.

잘 살으요.

애들은? 애 아배는?

또 한잔 부어넣고 물어보았다. 동네에서 추렴이 있거나 어장 때 선주 기분풀이로 얻어걸리는 불고기가 눈앞에서 지그르지그르 하는데 어째 손은 꼭 반쯤 말라비틀어진 마늘에게로만 향하는지.

딸만 둘이요. 이녁은 어치요.

그건 들어서 알고 있구만. 큰딸이 정심이랬지 아마.

되묻고는 여인네 고개 끄덕이는 것을 보고 뒤미처 대답을 달았다.

　나는 아들 둘에 딸 하나구만.

　잘했소.

　잠시 조용했고 그가 소주 한잔을 더 따르자 고기 좀 잡수이다, 하고는

　근력은 좋으시요?

물어왔다.

　좋소. 아들놈이…… 성수가 지금 군대 가 있는디……

하고는 저도 모르게 자식자랑을 꺼내놓았다. 여수에서 공고를 나와 곧바로 여천공단에 취직을 했고 이년 착실히 월급 벌어들이다 지금 철원에서 군대생활을 하고 있는데 제대할 때가 반년도 채 남지 않았으며 가운데 딸아이는 여수에서 친구와 자취를 하며 상고에 다니고 있고 막내아들놈은 지금 고향 남면에서 중학교 다니고 있다고 한달음에 풀어놓았다. 소주 몇잔에 생선비늘 같은 흥이 났던지, 그저 뭔 말이라도 해야겠어서 그랬던지 곧잘 자식자랑과 근력자랑을 한꺼번에 묶어서 하던 이야기까지 나왔다.

　그러니까 군대 가 있는 성수놈이 초등학교 3학년 때였다. 두 부부 하루는 인근 마을에서 볼일 보고 나서 둘째 걸리고 셋째 업고 와보니 대문은 열렸고 성수 책가방은 땅에 아무렇게나 내팽개쳐져 있는데 책이며 공책이며 필통이 다 쏟아져나와 있었다. 무슨 일이 일어난 게 틀림없었다. 자그마한 놈이라도 제 행동 뒷갈수가 여간 튼튼한 게 아니었으니 이렇게 제 책보따리를 팽개치고 놀러 갔을 리 만무했다.

성수야. 서엉수야아.

한달음에 마당으로 뛰어가보니 끄응, 어엄니, 다 죽어가는 신음이 들렸다. 참으로 희한한 장면이 그곳에 펼쳐져 있었다. 마당에는 기진맥진하다 못해 코피까지 흘리고 있는 성수가 누워 있는데 그 옆에 크기가 어른 팔 벌린 길이만한 문어가 너부러져 있었다. 문어발 몇개가 성수 팔이며 다리를 감고 있고 성수는 성수대로 두 팔로 문어 모가지를 부여잡고 있는데 그중 문어발 하나를 물어뜯고 있었다. 성수가 흘린 코피에 문어가 갈겨놓은 먹물로 사방이 떡칠이었다.

오매, 이것이 뭔 일이다냐.

아내가 단숨에 내달려 손에 잡히는 대로 돌멩이를 주워 문어를 쥐어팬 다음 성수 감은 다리를 풀어냈고 성수 아배는 서둘러 낫을 찾아들어 눈치를 보며 꾸물꾸물 담 쪽으로 도망가는 문어의 먹통을 쫓아가 따놓았다. 사리 때 밀물이 들면 길 코높이까지 차는데다 이웃도 여러 걸음 떨어진 한갓진 곳이라 문어가 올라온 모양이었다. 성수 말로 학교에 갔다 와보니 마당에 이만한 문어가 한마리 들어와 있는데 도망가려고 하는 것을 가방 내팽개치고 달려들어 죽자살자 싸웠다는 거였다. 문어는 문어대로 성수를 잡아끌고 물속으로 들어가려고 하고 성수는 죽어라 붙잡고 버티었다는 것이다. 잡고 보니 보통 큰 놈이 아니었다. 마침 건어물 장사 들어온 것을 들었던 그는 말려 팔 생각이었으나 기진해 누워 있으면서도

아부지하고 어매하고 잡수라고 나가 잡았당께라. 폴지 말고 잡수시요.

기특한 소리를 듣고 그날부터 하루에 다리 하나씩 팔일, 몸통과

대가리는 이틀 해서 열흘 동안 아주 훌륭한 보신(補身)을 했다.

아들자랑이면 으레 나오던 것이지만 그렇게 심심한 자리에 혼자 떠들고 보니 영 맛이 아니었다. 정심네는 두 눈에 흰자위를 살리기도 하고 고개를 끄덕거리기도 했지만 이런 자리에서 자식자랑이란 게 좀 그랬다. 특히나

좋겠소. 좋은 아들 둬서.

여인네가 어둡기도 하고 쓸쓸하기도 한 웃음을 보내올 땐 이크, 싫었다. 겉모습을 보아하니 아주 몹쓸 것 같지는 않은데 좋은 데 시집갔다는 소문에 비하면 있는 집 마나님 풍경은 아니었다.

그게 그랬다. 누군가 군대 간다고 또래들 모두 모여 술마신 날 밤이었다. 사람들 눈에 들키지 않고 용바위 밑까지 온전히 간 것은 하늘이고 땅이고 눈을 질끈 감은 그믐밤 덕을 본 것인데 그래서 사람들 떠드는 소리만 뭄뭄뭄 멀리 떠다녔는데, 여순사건 때 총살당한 재석이네 아재들이 살살살 피어나올 것 같기도 하고 나와봤자 눈에 뵈지도 않을 것 같기도 해서 그랬는지 어쨌는지 아무튼 서로 입부터 맞추고 봤다. 아니 처음부터 입을 맞췄던 것은 아니었다. 헤프기가 통지기 오입판인 요즘도 앞동작 없이 수캐처럼 달려들기만 하면 작게는 발정기 도진 촌놈 취급이요 크게는 강간범인데 술 한잔 마셔도 어떻게든 사연 만들고 담배 한대 빨아도 유행가 가락 건드려보는 시대였으니 초장에 입맞춤이라니.

둘은 먼저 배배 꼬기도 하고 그냥 뭉그적뭉그적 어깨도 건드려보고 궁둥이도 옆으로 맞춰보고 하다가 솟구치는 마음을 타고 오르며 그중 장(壯)하게

나는 앞으로 큰 일을 해볼랑만. 지미랄 것. 날 때부터 선주 부자 종자가 따로 있다냐. 까짓 것, 나도 큰 배 선장 선주 한번 해볼 모양이구만.

하다가 순간 기분이 바뀌면 떨리는 가슴을 누르며 그중 실(實)하게

우선 광성호 일 열심으로 해가지고는 엔진 하나 반짜리 배를 한 척 살 모양이구만. 고것으로 또 열심으로 고기잡어 돈을 벌 것이여. 더 큰 배도 사고 밭도 사고 할 모양이구만.

하다가 온 몸뚱이가 불에 달군 듯 뜨거워지는 것이 말로는 잘 안 풀어지고 왠지 답답증이 일자 그중 승(勝)하게

씨팔, 안되믄 마랑께. 좆겉이. 칼을 뺐으믄 한번 멋지게 찔러봐야제.

하다가 더이상 몸만 배배 꼬고 있다가 뼈 부러지겠다 싶어 그중 중(重)하게 입을 갖다붙였다. 입과 입을 대보는 거야 광성호에 갑판보조원으로 올라탄 열여섯 이래 꿈꿔온 것이니 상상도 많이 해봤고 상상이 과하다보니 나는 어떻게 해야겠다 싶은 흐뭇한 다짐도 충분했으나 말 그대로 그게 그랬다. 뭐가 어떻게 돌아갔는지 알 수 없이 그저 입술에 제 입술을 급작스레 부딪쳐봤는데 돼먹지 않은 비명 비스끄레한 외마디 소리를 지르고는 여자는 그냥 허물어져버렸다.

허물어졌다 하여 바로 누웠던 것은 아니다. 일테면 도리질 정도로 마지못해 하는 마음이나 동작을 내보였던 것인데 그게 부젓가락으로 소라 찌를 때처럼 꼬로록 속으로 안겨들었던 것이다.

황홀하고 달콤한 등등의 기분은 나중 일이었고 당시는 그저 이 계집 입술에서 입을 떼면 나는 죽는다 싶어 유리창에 반창고 들러붙듯이, 화로에 엿가락 녹아붙듯이, 물바가지에 깨 달라붙듯이 죽

을 각오로 붙이고 있었는데 그것도 일분 이분 지나자 방법이 생겨 입속에서 내 것 닮은 것을 찾게 되고 그러다보니 이래저래 가늠도 생기게 되었다.

아마 한참이 지났을까.

젖을 만질 때까지는 그럭저럭 낚아놓은 우럭새끼처럼 숨만 폴딱 거리더니 산 오르면 그 너머로 내려가고 싶은 법, 미끄러지기 딱 좋을 만치 각도 둔 곳을 타고 내려오다가 고쟁이 끝에 손가락이 닿으니 여자는 무슨 결딴이라도 나듯 아랫도리를 비틀어대며 저항을 했다. 그저 본능적인 앙탈이었을 텐데도 여자의 당장 마음은 사생이 왔다갔다하는 것이었고 당시 그로서도 이곳에 손을 밀어넣지 못하면 쇠사슬에 묶인 감옥은 고사하고 맷돌 짊어지고 물속 자맥질할 것 같아 이판사판 용을 쓰다가 고진감래로 결국 손을 집어넣게 되었다.

오매, 오줌을 싸부렀네이.

그는 여자가 오줌을 지린 줄 알았다. 암말 안했다. 숫보기라 그렇 겄제, 생각했다. 방어 아랫배처럼 매끄러운 살갗을 용을 쓰며 꾸물꾸물 지나자 까실까실한 김발이 드러났고 김발을 헤치자 긴긴 여정의 끝이 마침내 나타났으며 그는 그곳에 안착하여 손을 쉬면서

간네가 워째 오짐을 지렜을까.

궁리도 잠깐 해보았다. 그 와중에 여자는 낙지처럼 몸을 훼훼 비틀어대며 홍야홍야 신음을 내뱉고 있었다. 그는 이윽고 여자를 누이고는 제 몸을 여자 몸에 맞추었다.

똥심아…… 개똥심아.

급기야 저도 모르게 여자의 별명을 불렀는데

워째…… 하필이믄…… 벨멩을…… 불러.

여자 또한 혼수상태에서도 타박을 했다.

이쁜께, 이쁜께.

그래도…… 벨멩은…… 부르지…… 말어.

좋응께, 좋응께.

손가락이 닳고 닳도록 약조를 하고 백날 천날 같은 말로 입에서 단내가 나도록 언약을 하다가 여자는 여수로 시집을 갔다. 어장 나 갔다 근 보름 만에 돌아와보니 갔다 했다. 남긴 편지도 없고 별다른 연락도 없었다. 집안 누구누구를 통해 선을 보았는데 신랑 쪽에서 갑자기 서두르는 통에 후닥닥 갔단다. 동네 사람들 말로는 어디 선 주 사모님 자리를 찾아간 것이고 성수 아배가 그동안 풀어놓은 말로 한다면 선주 사모님 호강자리를 박차고 간 거였다.

몇년간 간혹 보기는 했다. 신행차 한복 곱게 입고 올 때도 보고 이런저런 집안 대소사에 찾아올 때 먼발치에서 넘겨다보거나 어떤 때는 가까이서 까르르거리며 친구들과 한곳에 섞여보기도 했다. 세 월이 약이라던가. 처음에는 여자를 볼 때마다 저놈의 용바위가 차 라리 무너져내렸으면 했는데 한해 가고 두해 가고 하다보니 만나더 라도 별다른 회한이 없었다. 여자네 집안도 여수로 나갔고 몇해 지 나 녹동인가 고흥으로 이사를 갔다는 풍문이 들리기도 했다. 그도 이웃말로 장가를 들어 처가살이를 했다.

청춘 때는 모르겠더니 한번 얼굴에 세월의 기운이 실린 뒤로는 하루가 다르게 늙어가는 게 보이는 법인가. 그는 일을 하다가 정심네가 망에 담아 보내오는 홍합을 질끈 묶으면서 흘끔거려보았다. 아직 흰 기운은 없지만 흑단 같은 머리는 윤기가 빠진 파마머리였고 감성돔 속살 같던 얼굴은 말려놓은 가자미 껍질이었다. 시장에서 만났을 때도 세월 많이 갔구나 싶었는데 이번에 보니 참으로 남은 게 보낸 세월뿐이지 싶다.

세상은 한번만 사는 것이라 내가 살아온 것 외에는 뭐가 어떻게 변했을지 도무지 알 수가 없지만 만약 내가 저 여자와 그때 혼인을 하고 살았으면 지금 어떻게 되었을까 싶은 마음도 들었다.

우리 둘 같이 애 낳고 살았으믄 지금쯤 나는 선주가 되어 있을랑가……

자신이 없다. 선주는 고사하고 멸칫배 선장도 자신이 없다.(선장은 아무리 작은 배라도 자격증 시험을 봐야 한다.) 왜 그런가. 지금 성수 어매랑 살면서도 그는 열심히 일했다. 어장철 한번도 빼놓지 않고 일을 나갔으며 어장 없는 날에는 무엇이든지 돈벌이를 찾아 신발끈을 묶었고 돈 될 일마저 없으면 집에서 망태기 삼고 텃밭이라도 매며 살아왔다. 일은 이미 일이 아니라 하루의 시간 자체였다. 아내도 바지런했다. 아들딸 셋 낳고 지금까지 살아오면서 그들은 그러나 마당 끝 담벼락 너머가 바다인 집 한채가 전부였다. 그 집도 처가살이하다가 장인 장모 세상 버리고 난 뒤 자연스레 물려받아 사는 거였으니 그 또한 장담대로 된 것인지 아닌지 알 수 없었다.

정녕 모를 일이라 정말 선장 되고 선주 되었을지도 모를 일. 그것도 그것이지만 영영 남의 사람 되어 간 사람을, 그것도 좋은 데로 팔자 피어 갔다고 소문까지 난 사람을 이 나이에 이런 홍합 작업선에서 만난 이 지경이 정말이지 별스럽기도 하고 야속하기도 하고 결국 이런 것이구나 싶기도 하다.

글쎄 홍합 같은 패류(貝類)들은 그저 평생을 한자리에서 보내지 않는가. 어미 품에서 세상에 있거나 말거나 흔적조차 찾아보기 어려운 존재로 태어나, 기선 화통에서 올라오는 구름 같은 연기 속의 물방울 하나처럼, 아이들 뛰노는 운동장의 흙알갱이 한알처럼 그지없이 작게 살아 있는 것으로 생겨나 해류 따라 태어나자마자 멋모르고 여행을 하다가 그저 내 몸이 닿는 곳에서 뿌리를 내리고 살지 않는가. 그 여행이라는 것도 물속에 제 어미가 저를 뿜어내어서 어쩔 수 없이 떠밀려가다가 처음 발 닿는 곳에 제 평생의 자리를 잡는 것. 그러다가 사람 손에 들켜(또는 캐여) 물 밖을 난생 처음 구경하는 동시에 세상을 하직하는.

성수 아배는 잠시 생각한다.

제가 반평생 탔던 멸칫배의 멸치를 떠올렸다. 그것은 나자마자 바닷물을 타고 흘러 헤엄을 치는 게 죽을 때까지의 일이다. 옛사람들이 멸치를 행어(行魚)라고 일렀던 바 그저 평생을 행행행 어디론가 흘러다닐 수밖에 없는 팔자를 고스란히 제 명부에 타고난 게 아니더란 말인가. 가만히 앉아 있거나 서 있지 못하고 끊임없이 움직일 수밖에 없는.

성수 아배는 거듭 생각이 떠오른다. 그럼 저 여편네가 홍합처럼 제자리에 붙박여 살았고 내가 멸치처럼 바다를 별볼일 없이 마냥 떠돌 수밖에 없는 인생을 살았는가. 아니면 내가 붙박여 살았는데 저 여편네가 나를 두고, 저 살던 섬을 두고 밖으로 떠돌았는가. 둘 중 누가 꼬리를 가지고 태어났으며 누가 뿌리를 가지고 태어났는가.

생각하다가 고개를 주억거린다. 뭐 그게 그거겠지 싶은 거다. 가고 싶어 간 놈 없고 있고 싶어 있는 놈 없지 않나. 아들 성수놈만 해도 공고니 군대니 이런 데를 저 가고 싶어서 갔나. 그럼 정심네가 시집을 가고 싶어서 갔나? 이 대목 자신이 없다. 그럼 정심네가 배반한 게 아니란 말이지 않나. 하긴 배반이니 뭐니 하는 게 우습지만 말이다.

아무튼 새로운 뿌렝이를 찾아갔거나 멀고 넓은 디로 꼬리를 치고 갔거나 잘 살아야 되지 않겠는가 이 말이여 나는. 나야 평생 할 줄 아는 짓이 빠치망(멸치잡이배) 타는 것인디 멸치 어장 안 나고 가뜩이나 그나마 좀 나는 것도 저 동쪽에서만 몰려서 나니 조업권에 발목 잡힌 선주들이 마냥 죽어 나자빠져서 인자는 배까지 내리게 되았고 아직 근력은 남아 이 일이라도 하러 왔지만 이 여편네는 어쩌자고 여기를 왔단 말이여 그래…… 니미랄 것.

항에 배 대고는 홍합을 트럭에 옮겨싣고 나자 일은 끝났다. 오늘 바다에서 건져올린 홍합은 이제부터 서울까지 난생 처음 육지여행을 하고 가락동 농수산물 시장을 거쳐 포장마차 같은 데서 팔려나갈 것이다. 모양새 때문에 술좌석에서 육담도 나올 것이고 소주에 시달린 술꾼들 속도 풀어주고 할 거였다.

일을 마치고 성수 아배를 모처럼 보아 반갑다며 선장이 한잔 산다고 했으나 유근이는 배 내리자마자 옷 갈아입고 바로 내빼버리고 그예 뭍어갔는지 돌이 아범도 보이지 않는다. 같이 뭍어 올라가자고 정심네가 간절히 붙잡았는데도 산초댁은 오늘 구례에서 딸네 온다고 총총걸음으로 서둘러 가버렸다. 산초댁 따라가겠다는 정심네

를 한동네 사람 만났으니 심심치 않게 이야기나 하고 가라며 잡아
세운 것은 선장이었다. 선착장 인근 주막 겸 식당에서 소주 한병 사
이다 한병 참치깡통 하나 열어놓고 앉자 선장은 잠시 나가 누군가
와 말을 한다. 그러고 보니 단둘이다.

　말을 해야 했다. 그런데 아무리 기침을 해대고 궁리를 해보아도
옛날 불고기 앞에 두고 했던, 그저 그런 인사말밖에 떠오르지 않았
다. 그저 한다는 짓이 주모가 놓고 간 젓가락이니 김치 보시기니 마
늘 종지를 서로 하나씩 눈앞으로 당겨오는 게 다였다

　어쩌자고 이런 날이 온 것인가. 물론 살다보니 이렇게 뜻밖의 상
황이 적잖이 생기곤 했던 것도 사실이다. 이를테면 이 어장 하다가
션찮아 저 어장으로 돌 때 나중에야 이 일 하다가 저 일도 했노라고
말하기 쉽지만 당시는 고민고민 하다가 우연히, 어디 술막으로 술
마시러 갔다가 옆좌석에 앉은 누가 말을 꺼내 이러쿵저러쿵하다가
말이 맞춰져 새로운 일을 하게 되는 그 어떤 우연함들이 많았다. 어
쩌면 그 우연히 생겨난 일 때문에 세상만사가 제 마음대로 되지 않
게도 되고 또 어쩌면 그것 때문에 세상만사가 저도 모르는 어떤 통
로로 이끌어지는 것인지도 몰랐다. 그때 중앙시장 어판장에서 이
여인네를 만난 것도 그랬고, 세상에 어쩌다가 이렇게 대처 나와 한
홍합배를 타게 되었는지 그 속은 알 수 없지만 아무튼 이것도 그런
것이지 않나 싶다. 그러면서도 뭔가 딱히 그런 것만은 아닌 것 같기
도 하다.

　누구네 집안이 잘못되어 빚을 얼마나 지고 나자빠졌네 하는 말이
들릴 때가 특히 그랬다. 자신은 자식들 잘 두고 내외 근력 좋아 뭔
가 다른 팔자 속 곁가지 한가지라도 있을 것 같았는데 막상 더 살아

보니 결국 같은 말 들을 처지였다. 물론 조상 잘 만나 피어나는 집안이 주변에 아주 없는 것은 아니지만 요즘은 듣자 하니 유명짜한 대학 나와도 별 소용없고 아들이 그저 무슨 고시나 합격하든지 어떤 사업에 성공을 해야 될 판이었다. 못 배우고 못 벌어 제대로 가르치지는 못했지만 효성 지극하고 착한 아이들 있어 집안이 피려니 싶었는데 하나 제 자신도 이 나이에 홍합배 타러 나왔지 않는가. 같은 물속인데도 멸치가 이쪽보다는 주로 저쪽에서만 나는 것만 봐도 뭔가 우연보다는 어쩔 수 없는 필연 같은 게 사람을 이 지경으로 만드는 것 같기도 싶다. 더군다나 아들 성수놈은……

할말이 없어 그는 또 술을 홀로 따랐고 마셨다.

"술은 여적 잘 드시요이."

"가만 생각해보니께 이것 빼놓고는 잘하는 게 없구만."

제딴에는 그래도 잘한 농담이다. 그런데 정심네는 그저 잔잔히 웃을 뿐이다. 괜히 맘이 급해진다.

정말이지 어쩌자고 이렇게 만났단 말인가. 아침에 배에 오를 때 언뜻 보고는 이렇게 앉아 대면하기를 은근히 기대하기도 했는데 막상 사람들 없이 단둘이 앉아 있자 이만저만 어색한 게 아니었다.

"빠치망 타신다등만……"

"이번에 완전히 내려부렀구만. 돈이 돼야 말이제."

"애들은……"

잠시 무초롬하게 앉아 있다가 다시 입을 연 이는 정심네였다.

"그 효자아들은 잘 있소?"

"잘 있구만."

성수 이야기만 나오면 기분이 좋은 그였지만 지금은 어깨에 힘이 들어가지 않는다. 제대를 한 성수는 광양제철에 입사원서를 냈으나 되지가 않았다. 어쩐 일인지 그곳은 같은 말투를 쓰는 곳이었지만 저쪽 동쪽 말투를 쓰는 사람들로 꽉차 있었다. 다시 여천공단 쪽을 뚫었으나 여의치 않은 것은 매일반이었다. 대학교 나온 이들이 성수와 같은 줄에 서서 원서를 내고 있더란다. 근 이년간의 경력도 사주지 않아 우는 상을 하고는 신입사원으로 다시 들어갈 때만 해도 살다가 툭하면 찾아오는 그런 손해쯤으로 여겼다. 그런데 시간이 갈수록 평탄할 것 같은 성수놈 앞길에 안개 같은 것이 낀 기분이었다. 그애는 이제라도 전문대를 가야겠다고 일년 반 번 것을 몽땅 들고는 석달 전에 광주로 올라가버렸다. 상고 나온 딸애도 취직이 안 돼 집에서 놀고 있다. 막내는 저희 형이 시킨 대로 인문계를 보냈지만(대학을 갈 수 있을지, 또 보낼 수 있을지 우선 생각지 말고 무조건 인문계로 보내라는 제 형의 간곡한 부탁이 있었다) 아직 한번도 통신표를 안 가져오는 것 보니 형편없는 모양이었다. 하긴 여수에 있는 인문계 고등학교에 합격한 것만도 대견했을 정도였으니.

"공단 댕기요?"

"……광주에를 올라갔구만."

정심네는 더 물을 듯 한동안 이쪽을 바라보다가 입을 다물었다. 목소리에서 힘이 빠져나간 것을 느꼈던 탓일까.

"정심이는 뭐하고 지내는감?"

정심네가 대답이 없어서 이번에는 성수 아배가 더이상 묻지 않았다.

선장이 들러 남은 소주 마시고 일어섰을 때 성수 아배는 취기를 느꼈다. 싫다는 것을 뿌리치고 정심네의 짐을 들었다. 평상시 짐이라야 별것 없지만 배에서 골라낸 굴이랑 홍합 합쳐 근 한 망이 그녀 차지로 떨어져 있었다. 대야라도 있어 담아 이고 간다면 모를까 적잖은 무게 나가는 것을 여자 혼자 들고 가기에는 벅차기도 했다.

"그만두란 말이요. 얼릉 들어가시란 말이요."

만류했으나 성수 아배는 앞장서서 걸었다. 말없이 걸어 버스를 탔고 망에서 물이 떨어져 운전사가 좋지 않은 눈짓으로 힐끗거리는 것을 그는 모른 척 그래 너는 나를 봐라 나는 창밖 본다, 태연하게 버텨냈다. 시내를 지나 중앙동 로터리에서 내린 정심네는 다시 한번 돌아가라고, 여기까지 와준 것도 고맙다고 간곡하게 말했으나 듣지 않았다. 이왕 부리는 배포라 더 가겠다는 고집도 있었지만 버스에서 내리고 보니 이번에 여수로 이사 나올 요량으로 새로 얻어놓은 전셋집 가는 길이기도 했다.(이사가 보름 남아 있는 그는 전날부터 선장이 자는 여관에서 같이 자고 있다.)

"집이 이짝인가?"

"………"

정심네는 뭉그적거리며 돌산 선착장을 지나 얼음공장 옆 골목을 타고 연등동 산동네를 오르기 시작한다. 따르다 보니 가관이다. 도착해서 보니 기가 막힌다. 보증금 천만원에 월 팔만원 주기로 하고 계약해놓은 제집 윗골목 아닌가.

"집 다 왔소. 인자 그만 가시요."

골목 입구를 막고 서서 정심네는 숫제 우는 얼굴을 해왔다. 그것도 그것이지만 제가 얻어놓은 집이 바로 아랫골목에 있다는 소리를 해야 좋을지 안해야 좋을지 알 수가 없어 고개를 돌려 둘이서 올라온, 경사진 골목을 내려다보았다. 좁다란 골목에 낮은 슬레이트 집들이 촘촘히 들어서 있고 아이들과 강아지들이 비슷한 숫자로 어울려 몰려다니고 있다. 그 밑으로 냉동공장과 고기상자 야적장, 철공소들이 깔려 있으며 얼음을 받아싣고 있는 중선배와 썰물이 빠져나가는 물살이 보인다. 그러고 있는데

"엄마. 인제 와?"

부르는 소리가 뒷전에서 들린다. 돌아다보니 모녀임을 한눈에 알 수 있을 정도로 제 엄마를 빼다박은 새댁 하나가 애를 업고 있다. 정심이가 분명했다. 무엇 때문인지 갓 백일이나 지났을 아이가 제 엄마 등에서 자지러지게 울고 있다.

"그래 인자 왔다. 애가 왜 운다냐. 아따, 얼릉 가시요."

정심네가 빼앗듯 망을 잡아든다. 그리고 자꾸 이쪽을 흘겨보는 딸애를 손으로 밀며 골목 속으로 사라진다. 제자리에 붙어 있어보거나 죽으라고 돌아다녀보거나 결국 이렇게 되는 것인가 싶어 성수 아배는 순간 마음이 허전해진다. 몸이 무겁다.

〔평범한 물방울무늬 원피스에 관한 이야기, 도서출판 강 1997〕

1996 겨울

"이봐, 지금 서?"

사내는 또 물어왔다. 서다니…… 추워 미칠 지경인데.

"응? 스냐고오."

"당최 추워서요."

사내의 입에서 풍겨나오는 술냄새를 향해 나도 술냄새 풍기는 주둥아리를 길게 내밀며 고개를 가로 저었다. 보아하니 사내는 서는 모양이거나 아니면 서고 싶은 모양인지 아무튼 입김에 덥고 진한 기운이 실려 있었다.

싸락눈 내리는 겨울에 이처럼 이본 동시상영 극장에 와본 사람은 이곳이 얼마나 추운 곳이라는 것을 알 것이다. 나는 막국수에 반주로 소주 반병만 마신 것을 잠시 후회했다. 한병 다 마셨어야 했다. 어느 무엇으로도 내 얼어붙은 몸을 데우지 못할 바에는 그 불이 들어 있는 물이라도 마셔 열을 만들어내야 했다. 전기난로를 켜두기는 했지만 내가 이곳에 들어서서 어둠에 익숙해진 다음에 살펴보니 자가용 바퀴만한 난로 옆 좌석에는 이미 세 사람이 자리를 잡고 있었다. 손바닥만한 따뜻함이라도 탐해보고자 사람 드물어 빈자리만 가득 찬 곳을 두고 그들 옆좌석으로 가기가 보통 저어되는 게 아닌 탓에 그냥 찬바람 도는 곳에 엉덩이를 붙였는데 앉고 보니 두 칸 너머에 청년이 앉아 있었고 뒷좌석에는 사내가 있었다.

나는 꽁꽁 얼어오기 시작하는 두 발 중에 더 엄살을 부리는 오른발 구두를 벗겨내고 그놈을 잡아당겨 왼쪽 엉덩이 속으로 심으며 지금까지 턱주가리를 쭉쭉 빨던 주둥아리를 내려 허옇게 돋아난 여자의 젖무덤을 배고픈 돼지처럼 철철 핥고 있는 남자를 바라보았다.

그 녀석은 친구의 마누라를 핥고 있었다. 녀석은 네 시간쯤 전에 외출을 했는데 그러니까 그림 전시장에서 시뻘건 배경색 속에 풍덩 빠져 있는, 노란 집과 짙은 계열로 덧칠이 되어 있는 숲을 들여다보고 있는데 모자를 쓴 입술이 두꺼운 여자가 다가왔고 둘은 잠시 하이 어쩌고 파인 저쩌고 아는 척한 다음 집과 노을과 숲에 관해 대화를 몇마디 나누다가 같이 밥을 처먹고 와인도 처마시고 음악도 처듣고 한 끝에 일테면 가볍게 껴안고 여관을 가든지 하는 개나 소나 다 아는 장면은 넘어가고 바로 씬이 바뀌어 외투를 벗기고 속옷은 입술 두꺼운 여자가 스스로 흡흡, 하며 벗고 브래지어는 녀석이 닭털 뽑듯 거칠게 벗긴 다음 털이 나지 않는 부분을 골라 핥고 있는 중이었다.

알몸을 남편 친구의 혀에 대고 있는 여자는 입술만큼이나 젖통도 매우 커 손으로 움켜쥐면 바람 빠진 풍선처럼 한쪽이 무진장 볼록해지곤 했으며 젖통 큰 여자가 그렇듯 발기력이 약한 젖꼭지를 가졌으며 또한 그 두툼한 입술은 잔뜩 성난 소음순 모양을 하고 있었고 신음이 그곳에서 흘러나오고 있었다.

나는 이제 오른발을 다시 아래로 내려보내고 그동안 변방에서 떨고 있던 왼발을 불러들여 내가 너희들 중 누구는 따뜻하게 해주고 누구는 춥도록 내버려두지 않는다는 점을 강조하면서 오른쪽 엉덩이 밑에 따뜻하게 묻고는 녀석에게 연민을 보냈다. 녀석은 이제 허겁지겁 여자의 아랫도리를 벗기기 시작했다.

"저것 봐, 벗긴다."

사내는 숫제 내 어깨를 건드리며 화면에 손가락질을 했다.

"확 벗겨, 확."

나도 꿀을 발견한 개미처럼 눈알이 화면으로만 쏠려 있었기에 미처 그에게 답해줄 시간이나 동작의 여분이 없어서 그냥 있었는데 사내는 이번에는 내 두 칸 옆 청년의 어깨를 손바닥으로 치며 확, 확,거렸고 그는 그럴 때마다 헤헤 웃어주고 있었다.

카메라는 붉은빛을 띠는 여자의 젖통을 잔뜩 클로즈업하더니 젖과 뱃살이 만나는 비탈을 거쳐 배꼽을 지났다. 화면은 그러나 우리가 이 싸락눈 함부로 휘날리는 겨울밤 추운 극장에서 오돌오돌 떨면서 그토록 학수고대하는 부분, 그러니까 한 5초만 아니 1초만이라도 보여주면 평생 정말 괜찮은 명화였노라고 말할 수 있는 그곳을, 말하자면 배고픈 거지에게 한그릇 밥 같고 목마른 자에게 한잔의 감로수 같고 수험생에게 모범답안 같은 그곳을 보고 싶어하는, 그지없이 간절한 우리의 소망을 인정사정 없이 무시하고 넘어가버린다. 녀석은 이제 여자 배 위에 올라 방아질을 시작했다.

"이런 씨팔놈들."

사내가 욕을 했다.

나는 마음속으로 사내에게 응원을 보내며 담배를 피웠다. 씨팔놈들, 옳은 말이다.

그토록 중요한 부분을 끝내 보여주지 않는 놈들, 인생의 전부를 섹스라고 믿지 않을 것 같기는 하지만, 대신 여자가 없는 놈들에게 우선 되는대로 팔아먹어 푼돈이라도 쥐어보자는 의도만은 분명한 감독이나 시나리오 작가나 조감독이나 촬영감독이나 기타 등등의 놈들이 아닌, 올바른 국민정서와 청소년의 건강한 의식함양이란 쉰내나는 문구(文句)만으로 평생을 밥 빨아먹고 살 게 뻔한 공연윤리 심사위원들에게 우리가 할 수 있는 게 그 한마디 말 외에 무엇이 있 겠는가.

대음순 소음순을 보자는 것이 아니다. 공알을 보여달라는 것도 아니다. 요도구도 아니요 질구도 아니요 똥구멍은 더더욱 아니다. 그럼 자궁경부? 나팔관? 난소? 난자? 웃기지 마라. 그런 것은 아구창에 칼이 들어와도 아니다. 우리는 그저 터럭이나 몇가닥 보여달라는 것이다. 아아, 우리는 그저 그 터럭이 대가리에 난 터럭하고 색깔이 같은가 다른가나 한번 보자는 것이다.

사내와 내가 담배를 피우는 순간 우리 앞 좌석에 있는 청년도 핏핏, 바람 빠진 소리를 내며 담배를 피웠다. 나는 우리 셋이서 네모반듯한 금연 글자를 옆에 두고 줄담배만 뻑뻑 빨고 있다는 것보다 뭔가 더 크고 의미심장한 공통의 그 무엇이 있다는 생각이 들어 잠시 기분이 좋아졌다. 이 좁은 극장 안에는 두 암수가 뱉어내는 신음소리만 가득했다.

사내는 목소리나 입냄새나 언뜻 느껴지는 표정으로 보아 중늙은이였다. 그 나이에 나처럼 소주잔이나 빨다가 그저 손때 먹은 젖통이나 보려고 이런 곳에 왔다는 사실 자체가 그도 주머니 허전하고 누울 자리 썰렁한 인생을 살아온 게 분명했다.

어쩌다 돈 있네 싶은 사내들도 들어오지만 그런 자들이야 약간은 구부러진 욕구 때문이거나 너무 심심한 나머지 옛 생각이나 더듬어 보려는 수준이라 입 딱 봉하고 행여 아는 사람이라도 만날까 제 가슴을 잔뜩 누르고 앉아 있으니 사내처럼 이봐, 지금 서? 따위의 말을 할 이유가 없었다. 나는 그 사내가 궁금해져서 아주 잠깐 동안 사내의 인적사항과 환경에 대해 짐작을 했고 곧바로 그렇고 그런 중늙은이라는 결론을 내렸다.

여자는 녀석과 하고 나서 밤과 새벽이 엇섞여 기묘한 색채를 띠는 시간에 집에 돌아왔으며 그동안 남편은 잠도 자지 않고 있었으며 둘은 말다툼을 했으며 급기야 남편이 그동안 들고 있던 술잔을 던졌으며 술잔은 허공을 가르는 날카로운 파열음 따위는 내볼 생각도 못하고 곧바로 벽에서 몸뚱어리가 터져 작살났으며 붉은색 술이 흘러내렸으며 본능적으로 위험에서 벗어나려고 여자가 몸을 급히 돌리자 남자도 본능적으로 손이 나가 지난밤 자신의 친구가 뭐라고 끈적끈적한 말을 속닥이다가 입술로 핥기까지 해 더욱더 끈적끈적해진 볼따구니를 야무지게 후려갈겼으며 여자는 바보 천치 등신처럼 흑흑 울기만 하다가 샤워를 하고 저 홀로 침대에 누웠으며 동물적인 아픔과 식물적인 서러움이 잦아들어 슬슬 졸리기도 하자 지난밤 정사장면을 떠올렸으며 다시 반복되는 그 장면에서도 바람 빠진 풍선 같은 젖퉁이와 젖꼭지만 잔뜩 내비춰주다가 여탕 수챗구멍에는 흔해빠지고도 남았을 터럭 몇가닥은 끝내 보이지 않고 그러다가 바보 천치 등신처럼 다시 몸이 달구어져 홍홍 소리를 내뱉고 있었다.

참으로 가녀린 짓이다. 우리보다 높은 곳에 앉아서 사람들의 볼거리와 들을거리와 생각거리를 잘라주고 막아주고 재단해주는 놈들 때문에, 결국 구경조차 할 수 없을 거라는 것을 뻔히 알면서도 저 닳아빠진 여인네 터럭이나 몇가닥 구경하고자 이토록 추운 겨울밤 한겨울 얼음장 같은 의자에 엉덩이를 붙이고 앉아 있단 말이냐. 쥔 자가 행여 실수로 흘릴 빵가루나 바라며 옴짝달싹도 못하고 고양이눈만 하고 있으니.

가만히 따져보면, 따질 것도 없이 저 여자는 보여주고자 돈을 받고 나는 보고자 돈을 냈는데도 우리의 거래는 이렇게 허술하기 짝이 없는 것이다. 왜 우리의 거래에 엉뚱한 자들이 끼여들어 농간을 부린단 말인가. 아아, 왜 우리에게는 그런 일을 할 수 있는 기회가 오지 않는단 말인가. 왜 우리는, 그들에게 그런 일을 해주십사 부탁도 안했건만 한번도 관여해보지 못한 것 때문에 이름하여 우리의 일용할 양식인 몇가닥의 터럭도 상관해보지 못한단 말인가.

그렇다면 방법은 하나뿐이다. 검열당하지 않은, 제대로 된 작품을 제대로 보기 위해서 외국까지 나가야 하거나 그 터럭이나 질구나 공알을 보기 위해서는 세운상가를 기웃거려야 할 것이다. 그렇지만 내가 외국엘 나가는 것은 외국사람 누군가 괜히, 너무 심심한 나머지 한국사람 한명을 찍어, 그게 하필 나여서 정말 일 없어 쓰잘데없는 일 하나 만들어볼 요량으로 비싼 비행기삯 물어가며 나를 찾아와 만나고 싶었노라고 흰소리를 늘어놓는 것만큼이나 가능성이 없는 것이고 세운상가를 기웃거린다는 것은 스스로 이 도덕 찬란하고 품위 무쌍한 땅에서 손가락질을 벌어들이는 초라하고 볼품없는 범죄자를 자처하는 길뿐이다.

살 속에 똥 있고 화장(化粧)발 밑에 독(毒)발 있는 법이라서 그런가. 세운상가는 외로 두고 요즘 중고등학생 사이에 미국 일본 포르노가 딱지나 구슬처럼 돌아다닌다는데 눈 가리고 아웅도 유분수지 참으로 애들이 웃을 일이다. 이놈의 사회적 교육적 국가적 각종 적적적(的的的) 윤리라는 게.

더할 수 없이 불쌍하고 서글픈 짓이어서 나와 사내와 청년은 다시 말없이, 조금씩 몸이 얼어가는 상태로 돌아가 있었다. 나는 다시 소주를 반병밖에 먹지 않았음을 후회했다.

그동안 여자는 남편과 억지로 한번 하고 녀석을 만나서 두번이나 더 하고, 그러는 동안 남편은 키가 큰, 작되 탄탄해 뵈는 젖퉁이를 달고 다니는 비서와 한번 하고 그러는 동안에도, 한눈에 봐도 알 수 있듯 싹둑싹둑 가위질된 필름 넘어가는 장면이 나오고 그럴 때마다 귀에 듣기 괜찮은 노래들이 턱턱 잘리고 그러다 여자와 녀석이 손 잡고 멀리 벌판을 달려나가며 무슨 알 수 없는 노랫가락으로 영화는 마무리되고 있었다. 우리 같은 홀몸들에게 정작 그들이 보여주고 싶었던(유일하게 흥행에 승부를 걸 수 있겠다고 생각했을) 장면들이 뭉텅뭉텅 잘려나가버린 것은 꿈에도 짐작 못하고 그저 사랑이라는 아름다운 이름 아래 색이나 쓰는 장면을 쓰고 배우 구하고 레디 액션, 하고 대본 외고 섭외하고 의자나 그림 구해놓고 모터 돌려

비 뿌리고 했던 놈들의 이름이 참으로 지루하게도 잔뜩 솟아오르며
천장으로 사라지고 있었다.

"어 춰…… 에이, 씨발놈들."
사내가 다시 혼잣말인 듯 나에게 말을 건 것은 서너 번 일어설 듯
말 듯 가문 날 콩줄기 같은 기운을 쓰다가 달걀 속 흰자 같은 상태
로 돌아가버린 물건을 받들어 모시고 오줌을 누고 있을 때였다. 나
는 웃음을 머금고 사내를 바라보았다. 짐작대로 윤기없는 머리카락
이 머리에 달라붙어 있고 눈 코 입이 적당히 가로로 누워 있는, 말
그대로 그렇고 그런 인물이었다.
"에이 개새끼들, 보여줄려면 싹 다 보여줄 것이지 말이야."
옛날에 영화를 처음 본 촌장군의 사연에 김지민가 누군가가 냇가
인가 어디선가 목욕을 하는데 겉옷 다 벗고 막 속옷을 벗으려는 찰
나 하필이면 빠아앙 기차가 가로막아 지나갔고 기차가 다 지나가고
나니 물속에 퐁당 들어앉았기에 너무나도 속이 타 끙끙 앓다가 읍
내 나가 기차 타보면 시간이 오분 늦춰지기도 하고 어떤 때는 한시
간 늦춰지기도 한 것을 생각하고 저 놈의 기차가 다음번에도 설마
꼭 그 시간에 나타날까 싶어 여러 날을 그 영화만 꼬박 보았다는,
누군가 만들어낸 이야기임이 거의 분명한, 그러되 정말이지 남 이
야기 같지 않은 이야기가 있었는데 이 사내가 마치 그 촌장군같이
여겨져 마음이 조금 안쓰러워졌기에 얼른 대꾸를 했다.
"그러게 말이죠."
"그렇지? 어차피 벗고 찍은 건데 말이야."
"어른대접이 영 말씀이 아니죠."

"맞어."

그러고 있는데 일이 묘해 그때 청년이 들어와 우리가 오줌을 다 누고도 어중간하게 서서 이야기를 나누는 변소의 고즈넉한 분위기에 몸을 적셔왔다. 거 참 속이 허(虛)하기가 태평양 같은, 참으로 별난 놈이라는 생각이 들 정도로 그는 오줌을 누고는 담배를 물고 남자와 여자의 성기가 커다랗게 그려져 있는 회벽을 천천히 둘러보더니 히히 웃으며 자연스럽게 우리들 옆에 선 것이다. 이런 싸구려 영화관에 들어온 사람들은 홀로 들어와 홀로 보고 홀로 나가는 게 전부라 이렇듯 괜스레 사람들을 바라보거나 말을 붙이는 것은 참으로 드문 일이었다. 드물다고는 하나 그래도 일어날 수는 있는 일. 우리는 잠시 말을 멈추고 멀뚱하게 그를 바라보다가 그가 우리 옆에 서자 다시 말을 이었다.

"군대 갔다 왔지 착실히 예비군 훈련 받았지 선거 때 투표권 있지……"

그렇지 않은가. 아무리 생각해보아도 어른대접 받을 권리가 있는 거였다. 식전 담배부터 해서 종일 밥먹고 일하고 차타고 새벽달 머리에 인 술좌석에서까지 끊임없이 이 나라와 사회가 굴러갈 세금을 생산해내지 않는가. 그런데 꼭지 덜 떨어진 애들 대접이라니. 털옷 입은 양반들 고기반찬에 이밥 먹고 누워서 기생 계집종과 그 짓할 시간 돈 벌어주고 저는 정작 솟아나는 정력 풀 길 없어 장기나 씨름으로 달래야 하는 머슴들의 심정이었다.

"그런데 아저씨, 스긴 섰어요?"

"아저씨는 왜 자꾸 스냐고 물어봐요?"

나와 청년이 동시에 물어보자 사내는 조금 부끄러운 표정을 지었

118

다.

"스면 뭐해. 스지도 않지만."

"흐."

"쩝."

"근데 자네 땐 저런 것 조금만 봐도 막 스고 그럴 텐데."

사내가 청년에게 묻자

"저야말로 스면 뭐해요."

대답해 우리는 낄낄 웃었다. 그때 중년남자 하나가 들어와 오줌을 누고는 이 지린내 풍만한 극장 변소에서 헤헤거리고 있는 우리 셋을 힐끔거리고 나갔다.

우리 셋은 뭐 그리 대단한 허전함이 쌓였다고 그저 담배나 빨며, 쳐다보고 있으면 눈부터 시린 새시 유리창 사이로 갈 곳 잃고 흘러들어오는 싸락눈이나 바라보면서 영화에 나왔던 여자들의 젖가슴 품평회나 하다가 뭐 그리 훌륭한 동지라도 만났다고 주르르 들어가 나란히 앉게 되었다.

다음 프로는 한국 영화였다. 화장하면서도 신음인지 한숨인지 가늠이 안되는 소리부터 내뱉고 보는, 작은 유방에 젖꼭지 하나는 확실히 큰 여자들이 나와 쓸데없이 흥분만 하고 있었다.

"저 새끼 왜 저러냐. 세상에 성질 급한 놈들이 한국놈들인데 뭐한다고 다리만 저렇게 빨고 자빠졌냐."

나와 청년 사이에 앉은 사내의 말. 것도 옳은 말이다. 화면에서는 살이 제법 넉넉한 남자가 흥분만이 나의 살길이요라고 마음먹은 듯한 여자의 팔과 다리를 천천히 핥고 있었다. 여전히 유방 하나는 마음껏 선심을 쓰고 있었고 이름하여 우리의 일용할 양식은 역시 나오지 않았다. 나는 잠시 사내의 말과 숨소리를 흘려들으며 유방이 대접을 받은 것인지 아랫도리가 대접을 받은 것인지 생각에 잠기기도 했다.

나부터 술이 부족해 서운한 마음이 있었지만 사내가 먼저 술 한잔 하자며 나를 잡아끌었고 덩달아 그 청년까지 덧붙게 된 것이다. 술 마시자고 호기롭게 극장을 나온 것까지는 좋았지만 사내는 딱히 잘 아는 술집이 없는 모양인지 어디로 갈까, 어디가 좋을까, 휘날리는 눈을 보면서 중얼거렸고 보다 못한 내가 잘 아는 대폿집이 있는데 술값이 헐하다고 말했다. 둘은 군말없이 나를 따랐다. 꽃집과 체육사와 구두가게와 중국집과 며칠 전에 들어선 무슨 가전제품 가게의 으리으리한 간판 아래를 지나 도착한 대폿집에서 우리는 정식으로 인사를 했다.

사내는 인근 공단에 잡부로 다닌다고 했고 청년은 삼수생이라고 했다. 나는 잠시 머뭇거리다가 성은 박이며 소설을 쓰고 있노라고 했고 그들은 약간 의외라는 표정을 보내왔다. 굳이 말하지 않아도 됐겠지만 우리가 술집까지 걸어온 풍경, 즉 겨울바람 속을 뭐하나 내세울 것 없는, 서지도 않거나 서봤자인 세 명의 남자로 인해 1964년 서울의 그 허허롭고 스산했던 겨울을 이야기한 소설 하나를 떠올리며 조금 솔직해졌던 거였다.

그리고 내가 이름 없는 삼류소설가라 말 그대로 이름을 들어보지도 못했을 거라고 자수를 막 하려고 했는데 청년이 성질 급하게 무슨 책을 냈어요? 물어와서 아직 내 이름으로 나온 책은 없고 몇몇이 어울려 낸 게 두어 권 있다고 대답했다. 그러면 그렇지 하는 얼굴을

120

그 청년은 지었고 나는 그것 때문에 조금 새무룩해지긴 했지만 나도 재수의 경험이 있었으며 그리고 아저씨처럼 잡부생활로 몇년간의 인생을 구차하게 이어왔다고 밝히며 결국 청년과 아저씨의 중간쯤에 서 있는 셈이라고 말해 그들을 조금 웃겼다.

그런데 우리들은 이야기를 하면서도 당신은 왜 하필이면 소설을 쓰게 되었는가라든지 왜 아저씨는 아직도 잡부생활을 못 면하고 있는가라든지, 왜 자네는 한가지 공부를 꼬박 사년 동안 했으면서도 그 흔한 대학도 못 들어가고 오년을 채우고 있는가에 대해서는 한마디도 물어보지 않았다. 그것은 저절로 그렇게 안 물어보게 되어 있었다. 궁금하지 않아서라기보다는 예의였으며 사실 별 관심이, 즉 무슨 대답이 나와도 별 재미는 없을 것이라는 것을 알고 있었기 때문인지도 몰랐다. 하긴 대답 또한 궁색할 것이었다. 우리는 제 스스로도 별 생각 없는, 상대방의 그런 빈 곳을 동물적으로 느끼고 있었다.

참새가 있었다면 몇마리 구워달라고 해볼 만했지만 선술집이나 포장마차나 대폿집에서 참새(그나마 병아리) 사라진 게 옛날이라 나는 혼자 조금 섭섭해했다. 그 대폿집은 국수와 술과 시장에서 나오는 해물과 돼지머리를 파는 곳이었다.

"나는 있지, 사실 스는가 안 스는가 볼려고 가봤어."

동태찌개에 소주를 마시면서 사내의 눈꺼풀은 힘이 아래쪽으로 쏠렸다.

"이게 안 서서 죽겠어."

그는 고개를 가로저었다. 나이 든 사람이 그런 말을 할 때 젊은이 누가 말대꾸를 하겠는가. 나와 삼수생은 가만히 앉아 있었다. 자세

히 말하자면 나는 사내의 내리깐 눈초리와 옆에서 떠드는 사람들의
말소리와 수시로 탁자 위에 나타나는, 물에 불었으되 메마른 주모
손과 오늘 새벽 신한국당 단독으로 노동법과 안기부법을 기습 처리
했는데 시간이 육분밖에 걸리지 않았다는 뉴스 소리와 토막난 몸뚱
어리가 얇은 껍질로 간신히 이어진, 파리똥 앉은 천장만 멍하니 바
라보는 동태눈깔과 살을 풀어헤쳐놓고만 있는 삼수생의 젓가락을
거의 동시에 듣거나 보고 있었고 삼수생은 양복에 금뱃지를 단 인
간들이 초등학교 조회 때 학생이나 논산훈련소 신교대 훈병들처럼
일제히 일어섰다 앉았다 하는 텔레비전 화면과 옆좌석 사람들과 사
내를 번갈아 힐끗거리고 있었다.

"형씨는 결혼했수?"

홀로 고개를 주억거리던 사내가 눈을 뽑아올리며 나에게 물어와
서 아직 안했으며 그리고 이렇게 만난 것도 인연인데 말씀 낮추라
고 정중히 일렀다.

"결혼 안했으면 아직 잘 모르겠구만…… 이게 말이야, 마누라하
고 잠자리가 말이야."

사내는 얼른 오른손의 엄지를 검지와 중지 사이에 넣어보이며 말
을 이었다.

"나이가 들어갈수록 잘 안된단 말이야. 그런데 그냥 나이가 들어
서 그런 것 같지만은 않고……"

그런 고백이란 재미가 있기는 하지만 아무래도 옆좌석 손님들과
옆구리를 비비며 술을 먹어야 하는 좁아터진 대폿집에서는 참으로
껄끄러운 이야기가 아닐 수 없었다. 나는 자꾸 옆사람들이 신경쓰
였는데 아니나다를까 시장 상인들임이 분명한, 주꾸미를 데쳐놓고

소란을 피우던 그들은 말을 줄이고 이쪽을 힐끔힐끔 훔쳐보는 눈치였다.

사내의 말은 이랬다. 일을 해보면 근력은 아직 살아 있는데 막상 마누라 옆에만 가면 흥이 죽는다는 것이다. 그렇다고 다른 여자를 염두에 두는 것도 아니었다.

"반평생을 한 이불 속에서 뒹굴고 살았는데 말이야, 이상하게 집에 가서 마누라를 보면 뭔가 주눅이 든단 말이야. 이게 되지가 않아, 참."

"………"

"같이 일하는 사람 중에 고씨라고 있는데 술 먹다가 내가 그런 소리를 하니까 극장 가서 영화를 봐보라는 거여. 그러면 진짜로 스는지 안 스는지 알 수 있다고 그러데."

"어떤 것 같아요?"

"잘 모르겠어."

"그래도 느낌이 있을 것 아녜요."

"니미, 슬 만하면 넘어가버리는데 뭐."

사내가 너무 의기소침한 것 같아 나는 잠시 화제를 돌리고자 삼수생에게 술을 좋아하냐고 물었고 그는 좋아한다고 했다. 우리 때는 목숨 걸고 술을 마셨지만 요즘 신세대들은 술을 별로 좋아하지 않지 않으냐고 물었고 그래도 마실 만큼은 다 마신다고 그는 대답했다. 심지어

"저는 술을 벽장 속에 감추어두고 마셔요."

라고까지 했다.

"노인네여? 벽장 속에 숨겨두게."

내가 놀렸으므로 그는 잠시 눈을 멀뚱거리다가 동태살 한점을 다시 분리해놓았다.

"숨겨두지 그럼 어떡해요."

"뭣을?"

혼자 멍하니 앉아 있던 사내가 불쑥 끼여들었다.

"술요."

우리는 세 병을 비웠고 네 병째로 넘어가고 있었다.

이런 시장 중간쯤에 있는 대폿집이란 게 오래 앉아서 노닥거릴 곳은 못 되었다. 탁자가 긴 것 하나뿐이라 시장 장사꾼들끼리나 단골들과 잠깐 앉거나 서서 막걸리나 소주 몇잔 마시고 나가는 곳이었다. 으레 그동안의 안부를 묻거나 그날 시세, 또는 시장일로 간단한 이야기나 할 수 있는 곳이었는데 우리는 내가 단골이다보니 안면으로 버티며 죽치고 있는 거였다. 딱히 갈 곳도 없는데다 뭔가 그냥 헤어질 수는 없는 기분이었으므로. 냉장고 위 텔레비전에서는 거듭 야당의 대응이 어떻고 특히 노동계의 반발이 예상된다는 말들이 흘러나와 술잔을 따르거나 국숫발을 빨거나 안주를 지분거리는 사람들의 귀와 눈을 붙잡고 있었다. 텔레비전은 거대한 눈(眼)이다. 저기 위에서 전국에 퍼져 있는 사람들의 동태를 살피고 있는.

거듭 들어오는 손님들의 이마에는 가느다란 눈의 흔적이 묻어 있었다. 시장 천막틈 사이로 바람소리가 날카롭게 파고들었다. 사나운 날이 될 모양이다. 우리는 좁은 이곳이 갈 곳 없는 나그네가 간신히 발견한 움막 같아 더욱 나갈 엄두가 나지 않았다.

사내는 서지 않는다고 했고 삼수생은 공부가 전혀 안된다며 마음잡아야죠, 소리만 연거푸 뱉어냈으며 나는 소설이 써지지 않는다고 말했다. 내 구형 워드프로세서는 몇달째 여백으로만 채워져 있다. 아니 뭔가 적혀 있기는 하다. !(*) % !* …… !(*& ^ !) …… !((^ …… 뭐 이런 게 적혀 있다. 나의 언어는 어디로 갔는지 찾아볼 수가 없다. 언젠가부터, 생각해보면 소설을 쓰기 시작하면서부터 그랬던 것 같기는 하지만, 나의 언어는 지하 광속에 자물쇠로 채워져 있으며 대신 형태를 알 수 없는 것들로 가득 차 있다. 워드프로세서라는 놈이 제멋대로 그런 것을 만들어놓았는지, 내가 단단한 삶의 한 귀퉁이를 허물어내보고자 어두운 골목들을 돌아다니다가 쓴 소주에 취해 돌아와 그런 것도 말이랍시고 쳐놓았는지, 아니면 나는 온건한 말로 소설을 쳐놓았는데 알 수 없는 그 무엇이 그런 해독 불가능한 기호로 바꾸어놓았는지 짐작할 수 없다. 어쨌든 난 소설을 쓰지 못하고 있는 소설가였다.

그리하여 나는 밤마다 몹쓸 꿈만 꾼다. 이를테면 석달 열흘 태풍처럼 소설을 쓰는 꿈인데 쓰고 나면 얼마나 실하고 장한지 스스로 겨워서 이제 나는 죽어도 원한이 없겠노라 세상에 대하여 가벼운 유언까지 하는데 그러다 용(龍)의 창자 같은 곳을 정신없이 미끄러져 나오면 바깥세상이 망치처럼 나를 맞이했다. 쓰러진 소주병과 계란이 누렇게 달라붙어 있는 냄비만이 나를 지켜주는 것들이었다. 병이 들어도 단단히 든 것이다.

나는 내가 소설을 쓰지 못하는 증세와 사내의 그것이 서지 않은 증세가 서로 터널을 두고 만나고 있는가에 대하여 잠시 궁리를 해보았다.

그러다보니 말을 해야 했다. 우리는 다시 영화로 돌아왔다.

"흔한 게 털인데 말입죠. 안 그렇습니까? 사람 몸에서 가장 흔한 게 털 아닙니까?"

"때도 흔해요. 히히."

"가만있어봐."

삼수생이 끼여들었으므로 나는 술기운이 돌아 화기애애해진 분위기를 믿고 그를 가볍게 윽박질렀다.

"그런데 그 흔한 것 하나 마음놓고 못 본단 말이죠."

"그렇지, 그렇지."

사내가 즐거워라 맞장구를 쳤다. 나는 흥이 났다.

"더러운 세상입니다. 지들은 볼 것 다 보고 말이죠, 우리들한테 너희들은 이런 것 보면 못쓴다, 괜히 꼴리기만 해서 엉뚱한 짓만 하고 다닌다고 사흘 굶은 개새끼도 안 물어갈 소리나 하고 말이죠."

"맞어 맞어. 누가 저들더러 똥을 눠달랬어 밑을 닦아달랬어."

우리는 기분이 아주 좋아졌다.

"우리가 저희더러 잘러달라고 했어 보자기로 가려달라고 했어? 지랄한다고 벗어제끼는 영화는 수입하구 또 너무 벗었다고 가려버리구 말이야."

"맞어요. 나쁜 놈들."

기분이 좋아졌고 매우 취했고 또 주모의 눈이 그만 일어나주기를 바라고 있어서 우리는 밖으로 나왔다.

겨울은 유난히 길다. 시때 없이 눈이 휘날리고 바람마저 세차다. 술집에서 나오기 직전에 들은 뉴스에서는 저 덩치 큰 나라에도 저 주처럼 눈이 쏟아져 여럿이 꽁꽁 동태처럼 얼어 뒈졌다고들 한다. 각 절기마다 그 절기의 날씨가 가장 승할 때는 그런 기후가 몇년이고 변치 않고 이어질 것 같은 기분인데 이놈의 겨울이 바로 그러고 있었다. 줏대없이 휘날리는 눈은 시장의 거대한 포장마저 들추고 들어와 비닐로 덮이고 발목에 쇠사슬까지 채워져 있는 리어카와 동아줄로 잔뜩 묶여 있는 좌판의 틈새에 제 하얀 몸가루를 쌓고 있었다. 늦은 밤의 시장은 칙칙하게 내려앉아 스스로의 얼굴을 가리고 있었고 우리는 사람들에게 버림받은 듯한 그 거리에서 잠시 서 있었다.

갈 곳이 없었다. 그저 흔하게 만나는 술꾼들의 생리대로 한다면야 서로의 조상이 누구인지 상관없이 형님 어쩌고 아우님 어쩌고 한바탕 인사를 나눈 다음 지금까지의 일을 잊기 위해 곧바로 집을 향해 걷거나 택시를 잡아타련만 우리는 뭔가 다른 일이 일어나주기를 바라면서 한동안 그대로 서 있었다. 아무 일도 일어나지 않았다. 나와 사내는 좌우로 몸을 조금씩 흔들며 담배를 한대씩 피웠으며 삼수생은 혼자 노래를 흥얼거렸고 그러는 동안 취객 서넛이 종종걸음으로 멀어졌고 입에서 허연 김을 싸움소처럼 내뿜으며 X벨트를 가슴에 매단 환경미화원이 장갑차만한 수레를 끌고 느릿느릿 지나갔다.

"우리 오입이나 하러 갈까?"

수레 위에 고봉으로 쌓여 있는 쓰레기를 바라보고 있는데 사내는 갑자기 생각났다는 듯이 입을 열었다.

"아니, 스셨어요?"

"글쎄, 그런데 될 것 같기도 해."

그러고 있는데

"어디로요?"

삼수생이 눈을 반짝였다.

"아무데나."

아무데나…… 사내는 나와 삼수생 중 누군가가 먼저 자신의 소매를 잡아끌어주기를 기다리고 있었던 모양이었다. 말이라도, 시늉이라도.

"아무데나 가면 무조건 오입하나요?"

"아니 있잖아."

사내는 간절한 눈빛을 했다.

"노랑집이나 오팔팔이나 완월동이나 이런 데 말이야."

그렇지만 이 지방 소도시에는 사창가가 없었다.

"참나, 아저씨도…… 알고 있는 데라도 있는 줄 알았네. 옛날에는 차부 뒷골목에 그런 집이 있었는데 지금은 하나도 없어요."

"그래?"

사내는 실망하는 눈치였다.

"아저씨 돈 있어요? 돈만 있으면 오입하는 거야 사실 시간문제죠."

삼수생이 나섰다. 사내는 술은 취했으되 뭔가 자신이 없거나 마땅한 대꾸가 떠오르지 않을 때 흔히 하듯이 숙였던 머리를 들어올려 삼수생을 붉게 바라보았다.

"여자야 많죠. 다방에 가서 티켓 끊어도 되고 단란주점 가서 데리고 나와도 되고."

"그럴 돈이 되나."

나는 사내의 입장도 대변해주고 동시에 나의 사정을 알리려는 의도에서 그들 사이에 끼여들었다.

"얼만데?"

"친구들이 그러는데 최하 십만원은 줘야 된대요. 그것도 술값 빼고."

녀석은 넓죽넓죽 대답을 잘도 했다.

"뭐가 그리 비싸."

"아저씨 돈 없어요? 돈도 없으면서 여자를 찾기는."

"돈 없으면 여자 찾아보지도 못하나?"

"그런데 말고 어디 좀 싼 데 없나?"

"그렇죠. 싸고 좋은데."

"유방만 보여주는데요?"

"히히."

"호호."

세 사람 주머니 깊숙한 곳에 꼬불쳐둔 돈을 모두 합하면 한명은 그 짓을 할 수 있을는지도 모르지만 우리는 여자 살 돈을 얻기 위하여 남의 것을 뺏거나 훔치는 위인이 못 되는만큼 '달라면 줘라'를 실천하는 성자(聖子)도 못 되는 까닭에 그저 고개나 흔들거리고 추위에 언 낯바닥이나 문질러댔다.

"술이나 더 마실까요?"

삼수생이 제안을 했으나 취한 사람에게 술은 해결책이 아니었다.

그리하여 우린 다시 갈 곳이 없었다. 이렇게 산탄총알처럼 찔러오는 눈(雪)을 피해 사람 사는 따스한 기온이라도 몸짝에 붙여보려면 나는 그 정리되지 않은, 시작과 끝은 물론 중간 마디마디가 제대로 맞물려 있지 않은, 살아 있는 시체나 다름없는 언어들로 가득 찬 방으로 돌아가 영원히 만들어지지 않을 소설을 쓰거나 왜 못 쓰고 있는가 고민이나 할 것이요 사내는 세월이 갈수록 커져만 가는 마누라의 몸집과 눈빛과 말과 고쟁이 속의 그것 눈치나 보면서 눈까지 내리는데 미쳤다고 술까지 퍼마셔! 따위의 꾸지람을 들으며 혹 오늘도 물에 젖은 손으로 말라버린 가슴을 쓸어오지 않을까 은근히 걱정하다가 개잠이나 들 것이었다. 그렇다고 삼수생 또한 별수 있나. 고무줄처럼 늘어나 있는 시간의 강에 빠져 허우적대다가, 들이켠 시간의 물줄기나 웩웩 게워내다가 벽장 속에 감춰둔 독주나 한 잔 빨아보고 갑자기, 돌연 솟아나는 성욕의 강에 빠져 군대 간 친구가 선물로나 던져주고 갔을 옷 없는 여자의 사진 들여다보며 바람 맞은 갈대잎처럼 수음(手淫)이나 하다가 그래도 시간의 줄은 길고도 긴 탓에 참고서에 대가리나 처박고 헛잠이나 청할 것이었다.

"어디 불난 데 없나?"

내가 무심코 입을 열자 기다렸다는 듯 둘은 나를 바라보았다.

"무슨 소리여?"

"불 말입니다. 불나면 구경가게요."

나는 나도 모르게 1964년 겨울을 이야기한 소설을 떠올린 거였다.

"좋지, 불구경."

"요전에 우리집 앞 카센타에 불이 나 몽땅 탔어요."

"그래, 사람도 죽었나?"

"사람은 없었는데 하여간 집은 몽땅 타버렸어요."

"그거 재밌었겠다."

젠장, 불이라도 났으면 했는데, 그러면 나는 호기롭게 그들과 택시를 타고 불자동차를 따라가서 간판글자가 타들어가거나 순식간에 사람을 죽여버린다는 독한 가스의 색깔을 보거나 날름날름 이 겨울의 추위를 핥는 불의 혓바닥을 따라 몸을 비틀어보기도 할 것이지만 그러나 끝내 이 도시 어디에서도 불은 생겨나지 않았다. 우리는 죽은 지 석달은 됐을 바퀴벌레처럼 찬바람에 바짝 말라가고 있었다. 아니 덕장의 명태처럼 뭔가 저 하늘에 걸린 창살 같은 것에 주둥이와 턱과 목울대와 식도가 한꺼번에 꿰여 말라가고 있었다. 덕장 명태의 눈에도 하늘은 푸를 것인가. 그러나 우리들의 눈 위로는 살찐 과부의 엉덩이처럼 팅팅 불은, 개기름기 도는 하늘이 잔뜩 몸을 낮추고 있고 거기에서 오줌소태 걸린 오줌발같이 가늘고 잡스럽고 균(菌)스러운 눈발이 아무렇게나 뿜어져나오고 있었다. 너절했다.

그렇다고 눈이 멈추기를 바라지는 않았다. 눈이 멈추고 바람 불어 하늘이 개면 달이 떠, 거대한 눈(眼) 같은 달이 떠 또 우리를 내려다볼 게 분명했다.

우리는 그 너절한 눈을 피하기 위해 눈을 향해 아무렇게나 걸어가기 시작했다. 비틀비틀 몸을 흔들며 빙판에 꽈당 넘어진 사내를 붙잡아 일으켜세우며 어디론가로 걸어가기 시작한 거였다.

〔실천문학 1997년 봄호〕

입덧

입덧이라 하여 여편네 먹는 게 그냥 음식 취하는 것하고는 전혀 다르다고 하지만 볼 때마다 새로운 풍경이다. 셰퍼드 밥그릇만한 사발단지에 국물이 그만큼, 면발이 그만큼, 모락모락 김이 그만큼, 진종일 돌짐 진 장정이나 먹을 만한 것을 여편네는 냠냠 쩝쩝 후르륵 잘도 먹는다. 땀을 뻘뻘 숨을 씩씩 시원 거뜬하게도 넘긴다.

"그지가 들었어."

"그지면, 그 그지를 나 혼자 만들었남."

"말은 잘한다."

"후룩…… 어허."

"배 불러?"

"배야 처음부터 불러 있는데 뭐."

"너 먹는 거 보면 밀농사 져야 하는디이."

사실 옥이는 마른 체질이 흔히 그렇듯 밀가루 음식을 별로 좋아하지 않았다. 라면보다는 밥을 찾았고 짜장면보다는 볶음밥을 챙겼고 칼국수니 수제비보다는 차라리 떡이나 이런 것을 밝혔다. 그런 체질이 아무리 입덧이라고 해도 이렇듯 한순간에 밀가루 체질이 되는가. 둘은 서로가, 먹는 모습을 보거나 아니면 제가 정신없이 먹고 난 그릇을 보거나 엉뚱스러워했고 괜히 제 자식이 가난을 머리에 통째로 쓰고 태어나는 징조인가 싶어 가슴 졸인 웃음을 짓기도 했다.

이번 생강만 그런대로 됐으면 한 백만원 출산 준비로 저축해둘 셈이었던 은이는 그런 계획이 물거품이 되어버린 탓에 허전한 마음으로 옥이의 이마에 송글송글 맺히는 땀방울을 바라보았다.

계획에 없던 임신이었다. 피임에 신경을 썼는데도 애가 덜컥 들어선 거였다. 며칠을 두고 미적거리다가 병원에서 그 사실을 들었을 때 둘은 한동안 대리석 벽만 바라보았다. 미안해요. 내가 미안하다야. 그리고 풋, 웃었던가. 그러나 궁하면 통한다고 했다. 도무지 애를 가져서는 안될 것 같던 마음이며 주변 상황은 시간이 지남에 따라 자연스레 애를 낳아 기르는 쪽으로 바뀌어갔다. 조화였다.

"우리나 느네나 생강이 저래서 워떡헌다니."

그의 걱정을 익히 알고 있다는 듯 옥이는 별 표정 없이 후후 면발을 불어가며 대꾸를 한다.

"까짓 것, 꾹 참고 자연분만 하면 퇴원도 빨리 하고 돈도 거의 안 든다는데 뭐. 언니 말대로 입덧도 싸구려로만 하잖어."

"그렇게 먹고도 자연분만 할 자신 있니?"

은이는 웃음을 머금고 묻는데 옥이는 고개 박은 모습 그대로 대답한다.

"하면 하는 거지 뭐."

어린것이 처녀것이 되었다가 이렇게 엄마것이 되어 앉아 있는 모습을 지그시 바라보다가 은이는 손을 뻗어 옥이 목덜미에 묻은 흙가루를 닦아준다. 그들은 오전 내내 생강 수확을 하고 나온 참이었다.

어제의 용사들이 다시 뭉치기는 했는데 한마디로 아니 뭉친 것만 못했다. 일거리 생기면 어떡해서든지 혼자 힘으로 넘기려는 장인과는 달리 이만큼 키워놨는데 하다 못해 일품 하나 거들 생각도 안하느냐, 너희 아버지 근력이 어제 다르고 오늘 다르다 못해 참먹기 앞뒤로도 차이가 난다, 공일날 빈둥거리지 말고 집구석으로 찾아와봐라, 노상 찌르고 어르고 보듬고 해서 노임 한푼이라도 아끼려던 장모마저도 이번에는

올 것 읎다. 우리 둘 놀면서 해도 반나절이면 끝난다.
손을 내저을 만큼이나 실제 일거리가 없었다. 그 말을 역으로 받아들였는지 그냥 일거리 없다는 말에 심심풀이 나들이로 생각했는지 몰라도 인천 사는 큰처남부터 아르바이트 한다고 대전에 남아 있던 처제까지 빠짐없이 모였다.

"애덜이, 오랄 때는 태평양 건너 이민간 놈들처럼 소식도 읎더니 일 읎다닝께 왜 우르르 다 몰려온 겨. 청개구리 새낀겨?"

모두들 대처로 나간 뒤로는 하루 스물네 시간이 모자랄 정도로 바쁜 모내기 벼바심 할 때도 이 일이 생겼다, 저 일이 벌어졌다 핑계대다가 막상 별일 없다는 데 굳이 일하겠다고 몰려온 자식들에

대해 서운하다거나 어쨌든 딸 아들 사위 며느리에 손자까지 보니 눈은 좋다거나 그런 기분도 읽을 수 있겠으나 일 없으니 올 것 없다 할 만큼 작황이 바닥을 기는 밭의 사정이 그대로 옮아 있는 목소리요 얼굴이었다.

사실 생강밭은 한눈에 봐도 아니올시다였다. 천평 남짓 심은 생강은 지난 장마철에 기름가게 불나듯 번진 부패병에 일격 정도가 아닌 말 그대로 초토화를 당해 그 밭이 처음부터 생강밭이었는지도 의심이 갈 지경이었다. 물정 모르는 이가 지나다 보면 꼭 드문드문 시누대가 솟은 묵정밭으로 알아 혹 죽순 없나 둘레둘레 살펴보지 않을까 싶은 정도였다.

지난 오월 초순에 심어 얼마 있지 않아 어른 한뼘 정도로 사이를 둔 잎들이 다섯 마지기 온 들녘 덮어놓은 짚을 뚫고 장하게 솟아날 때만 해도 얼마나 보기 좋았나. 40만원짜리 100킬로그램 종자 다섯 짝을 들여 일일이 눈 따라 엄지만하게 분질러 소독하고 온 식구 두둑을 타고 앉아 식목일 새로 심은 나무에 물 주듯 이마에 땀을 흘려가며 그것들을 심었다. 애들 팔 벌린 너비만한 두둑에 줄을 맞추어 종자를 넣고 두루 흙을 덮어주고 나서 한뼘만큼 전진해가는 일이니 차 몰고 가면서 하는 일도 아니요 배 타고 가면서 하는 일도 아닌 탓에 늙은이들은 노상 휘유 숨소리로 일의 진척을 알렸고 젊은것들은 끄응 아이고 신음으로 화답을 했다. 그것은 시간과의 싸움이었다. 속도감있는 일이라면 내 가야 할 곳을 저만치 짐작해보고 손질 발질을 서둘러보는 재미도 있겠지만 이건 코를 박고 한참을 끙끙대다가 고개 들어보면 그 자리가 매번 그 자리라 두둑 끝이 손에 닿을 듯 바로 저긴데도 도통 흥이 일지 않아 그저 저 지루한 해가 뚝하고 떨어져 어서 날 저물기만 바라게 되니 호미질과의 싸움도 아니요 거리와의 경쟁도 아니요 마냥 늘어터진 시간이라는 놈만 원수삼아야 했다.

그러나 그렇게 시간이라는 놈을 이빨 사이에 두고 질겅질겅 씹다 보면 서역만리 같던 천평 밭에 생강 종자가 두루 제자리에 가 박히고 이불처럼 짚더미가 그 위에 놓이는 넉넉한 풍경이 마침내 찾아왔다. 흙놀이에 까슬해진 손을 씻고 서둘러 차려 내온 장국에 봄나물에 동태찌개에 온 가족 먹고 마시고 하다보면 저 너른 밭일을 언제 다 했나 싶은 느긋함이 찾아오는 거였다. 밥 내려갈 때까지 손자 재롱도 보고 아들이 사온 여름 속옷도 펴보고 딸이 들고 온 청주잔도 돌리고 올 생강작황 좋으면 막내딸 치워버린다는 말도 하고 하다가 연속극을 마지막으로 스르르 잠이 드는 재미가 있었다.

그렇게 이틀을 고생해서 심은 생강이었다.

"거 자꾸 보고 있으믄 속만 상한데 뭐한다니. 왔으면 빨리 뽑지 않고."

아버지의 신호로 다들 말없이 작업복으로 갈아입고 두둑을 타고 앉았다.

"아니, 노랑병(부패병)이 이리 들어도 약이 없다니. 도대체 방법이 없는 거야?"

인천에서 회사에 다니는 큰처남이 맨땅이다시피 한 밭을 바라보며 은이에게 입을 열었다. 이럴 때면 은이는 생강이 감염되어 줄줄이 죽어 나자빠진 게 제 탓이기라도 한 듯 막막해졌다. 생강의 부패병에는 아직 치료약제가 없다.

은이가 인근 농고와 대전에서 농대를 나온 탓에 어른들이 요량을 알 수 없는 새로운 병에 대해 물어오면 깜냥껏 대답해주기도 하지만 해양대 나온 이 낚시질 변변찮듯이 농대를 나왔다고는 하나 교실에서 배운 농업이 현장 농군의 경험을 따를 수는 없는 일이었다. 그래서 평생을 땅과 붙어사는 이들의 경험을 중시하여 일러주기보다는 한가지라도 가르침받는 것을 기꺼워해왔으며 다리품 전화품을 팔아 새로운 품종의 특성이나 병의 방제에 관한 정보를 얻고자 힘썼다.

그러나 농군들의 농사정보가 일류기업 신기술정보 접수만큼이나 신속해 그들에게 방법이 없으면 농촌진흥청에도 방법이 없기 일쑤였다. 생강 부패병만 해도 그렇다. 은이가 나온 농대 연구진들이 방제연구를 하고 있다는 것만 알 뿐이었다. '하고 있다'는 것은 아직 안됐다는 증거 아닌가. 벼도열병 약이 효과가 있다는 소문이 번져 다들 그 약을 쓸 때도 있었지만 효과는 별로 없었다. 지금까지 나온 유일한 방법은 '돌려짓기'를 하여 병 자체를 방지하는 것뿐이었다.

예년 같으면 작은 동산을 이루었을 생강이 올해는 개수를 헤아릴 수 있을 정도인데다 중국에서 생강이 대량 수입되고부터 생강금까지 바닥이라 도통 일할 맛이 나지 않는데도 일은 말 그대로 반나절만에 끝났다. 줄기를 잡고 뽑아 가지는 버리고 생강에서 그것의 씨가 되었던 구강을 떼어내 먹거나 내다팔고 생강은 굴에 저장만 하면 됐다.

"배고파."

옥이가 수건으로 차양친 모자를 벗고 한쪽 얼굴을 찌푸렸다. 눈가에 땀방울이 또르르 맺혔다.

"또?"

"응."

"뱃속에 그지가 중대병력으로 들어앉았어요."

생강잎을 한쪽으로 모으며 은이는 웃음 반 타박 반 얼굴을 했다.

"이번엔 뭔데?"

"칼국수."

"또?"

"응."

"뭐 다른 것 좀 먹고 싶어해봐라. 맨날 칼국수 막국수 콩국수 수제비 또 뭐냐이, 부침개……"

그러고 있는데 둘째를 가져 두 달 뒤가 산달인, 배가 물지게 항아리만한 처형이 참견을 했다.

"가난한 집 표시난다 얘."

"가난한 집 애덜이 왜 밀가루 찾어? 고기 찾지."

"그래 너 시집가 부자 돼서 밀가루 음식만 찾니?"

"그래. 언니처럼 뭐? 꼼장어, 족발? 그런 걸로 입덧하는 사람이 가난한 티 내는 거지 뭐. 아이고 생각만 해도 넘어올려고 그런다."

"애가 효자긴 효자다. 어떤 놈이 나올는지는 몰라도 값싼 밀가루만 찾는 거 보니."

"지 아빠 사정을 알아주는 거지."

일을 끝마쳤는데도 도무지 일한 것 같지가 않았다. 거둬놓고 보니 심었던 종자량 가웃에도 못 미쳤다. 생강굴에 그것을 넣고 가지와 잎을 치우고 나니 이젠 이 밭에 일이라곤 없는데도 점심때가 일렀다.

은이는 바로 어제 자신의 집 뒤에 있는 이만큼의 밭에서 꼭 이만

138

큼의 생강을 뽑았다. 본가 처가 생강꼴이 말이 아니니 이것도 공평하다면 공평했다.

드넓은 땅과 현대시설을 갖춘 부농이 아닌 다음에야 농꾼들은 밭에 씨를 심는 순간 이것을 잘 키우고 힘껏 수확하여 제값 받은 돈의 쓰임을 염두에 두게 된다. 물론 절기가 돌아 한가지 작물 파종 시기가 오면 버릇처럼 땅을 갈고 파종을 하지만 종일 씨 뿌리거나 심는 일을 하고 나면 눈곱 같은 이것이 어느새 땅에서 터지고 뿌리를 내리고 잎을 틔우고 꽃을 벌리고 열매를 맺어 돈이 되고 있었다. 그러나 해마다 빠짐없이 그만한 땅에 그만한 양을 심어온 터라 이 정도면 얼마 돈이 된다는 가늠이 있기에 마치 그 돈을 겨누고 쓸 곳이 생겨나는 것처럼 끊임없이 돈 쓸 곳이 기다리고 있어 꼭 빚갚는 느낌이었다. 생활비가 그랬고 농협빚 이자에 마이너스 통장이 그랬다. 아이들 학자금이 그랬고 자취방세가 그랬다. 노모 칠순잔치가 그랬고 분가한 아들 새 가게 전세금이 그랬다. 장성한 딸 시집보낼 요량이 그랬고 큰집 시제 비용이 그랬다. 그러니 어쩌다 천재지변으로 작황을 망치거나 시절을 잘못 만나 가격이 똥값이 되면 집안일이 돌아가지 않았고 억지 모양새라도 내려면 다시 빚을 끌어다 쓸 수밖에 없었다.

은이는 텅 비어 있는 밭을 쓸쓸히 바라보았다. 저렇게 비어 있는 곳에 무엇이든 다음 작물을 심어야 이 쓸쓸한 느낌이 사라질 거였다.

밭 저쪽으로 꼭 그만큼씩 스산한 생강밭이 널렸고 너머로는 산이다. 소나무가 울창한 저 산과 비교해보면 네모 반듯한 이것은 분명 사람의 먹을거리와 나아가 크든 작든 세상살이의 밑천을 뽑아내는 밭이지만 산보다 못해 보였다. 소나무 저것은 도대체 무엇에나 쓸

모가 있나. 전쟁 때 부황난 이들이 저것의 껍질을 먹었다고 하나 그
것은 굶어죽기 직전에 돌을 삼키는 것보다는 그중 나을 것 같아, 독
기를 품고 씹든 넋 나간 얼굴로 우물우물거리든 그저 죽지 못해 죽
을 각오로 하는 짓이었으니 처음부터 사람 먹을 게 못 됐다.

석탄합리화 정책으로 석탄산업이 망하자 갱목으로도 못 쓰고 집
마다 부삽 없어진 게 옛날하고도 하냥 옛날이니 이젠 불쏘시개로도
소용없었다. 한여름에 그늘 만들어 시원한 바람을 이끌지만 키 있
는 나무 치고 그렇지 못한 것이 없으니 그것 또한 저 혼자만의 미덕
이 아니다. 지금은 추석에 솔잎 깔아 송편 찌는 것도 있는 집에서
어쩌다 옛 생각으로 해보는 풍류로나 이어지고 그렇게 소용없어진
솔가리가 지천으로 쌓여 땅은 더욱 산성화되어 딱딱하게 굳어져갔
다. 중학생 애들 국어책에 소나무는 산성에도 강하고…… 운운하
는, 솔잎이 산성이라 토양이 산성으로 변하는, 앞뒤 분간도 못하는
글이 버젓이 실려 있으니 그 사정 모르는 아이들의 앞뒤 분간을 교
실에서부터 막고 있는 셈이었다.

저것이 쓸모있는 것은 옛부터 지조있다는 사대부들이 독야청청
운운하며 그 푸르름 하나에만 저를 갖다붙여 스스로 겨워하거나 배
부른 양반들 마름 불러 농꾼 닦달해놓고 저는 정자 지어 소출 감시
와 아울러 바라보는 풍경으로나 쓰일 때였다. 물론 찾아보면 수도
에 정진하는 스님들 밥으로도 잎이 쓰이며 풍맞은 환자에 잎 달인
물이 약으로도 쓰인다고 하나 앞의 것은 낳고 늙고 병들고 죽는 순
서를 이미 땅것(작물)들로부터 배운 농사꾼에게는 다른 차원의 삶
이며 뒤의 것은 당자나 가족들이 쓰러지기 전까지는 담 너머 이야
기일 뿐이다. 그러니 정자 아래서 일년사시 허리 구부려 땀 쏟아야

하는 농꾼들에게는 그것처럼 쓸모없는 게 없었다.

그런데 은이에겐 그 솔숲보다 이 밭이 더욱 쓸쓸하고 소용없어 보였다. 텅 비어 있기 때문만은 아니었다. 힘들인 만큼 노력을 배신하지 않고 수확이 된 논이나 밭은 비어 있어도 비어 있는 게 아니었다. 그것은 땅의 쉼이었고 다음 시기 그만큼의 수확을 의미했다. 그러나 지금의 밭은 은이에게 학원비 과외비 교재비 받아가며 공부했다가 시험에서 다섯 등이나 뒤로 처져 성적표에 코 빠뜨리고 있는 학생처럼 제풀에 머리 박고 있는 무녀리로 보였다.

한번의 작황실패는 다음해 더 열심히 지어 손해를 벌충하면 되지만 그런 것은 계산상의 의미이거나 홧김에 술 마시고 아침에 새로이 마음을 다잡을 때나 하는 거였다. 아니, 물론 그렇게 해야 하고 그럴 수밖에 없고 또 지금까지 그렇게 해왔기에 작황실패 자체가 큰 문제가 되는 것은 아니었다. 문제는 바로 품목이 생강이기 때문이었다. 이 지역에서는 생강이 각 농가 주 수입원이었고 이번 부패병으로 전 농가가 당했으며 불난 데 기름 붓고 물난리 때 수도꼭지 트는 셈으로 중국산이 무더기로 수입되고 있었기 때문이었다. 수입되고부터 한 짝에 이미 15만원선으로 떨어져 있었다. 갈 길 멀고 돈쓸 곳 지천인데 믿었던 생강이 이렇게 나자빠졌으니 누구나 그와 같을 거였다.

흐음.

은이는 낮은 비명처럼 신음을 내뱉었다. 농촌지도소 항의방문 하기로 한 날이 오늘이었다. 모두들 다 나오려나……

그는 일찍이 사는 것의 근본을 농사에 두었다. 짐승의 똥구멍을 쫓아 광야를 질주하다가 비로소 씨를 품고 싹을 틔우고 열매를 맺

게 해주는 우주의 이치를 깨달은 농경사회의 자손답게 그는 뿌리고 땀흘린 만큼 거두는 땅의 질서를 사랑하여 농고를 다녔다. 고등학교를 졸업하고 곧바로 다섯 마지기 자작에 삼십 마지기 소작인 아버지의 대를 이을 생각이었다. 입술로 흘러내리는 콧물을 스스로 닦을 수 있을 때부터 반농꾼으로 살아 이런저런 농사일을 다른 애들 쉬는 시간에 공 차듯 해왔던 터라 심고 뿌리고 매고 자르고 뽑는데 막힘이 없었다. 그러나 어린 나이에 심고 거두는 일의 이치를 깨달은 직감답게 대한민국 땅농사의 헛헛함과 농정의 기괴스러움도 금방 알아챘다. 그것은 학교 가서 교과서 외우는 것보다 쉬운 일이었다. 아침저녁으로 듣는 아비 어미 한숨소리의 원인을 찾아보면 그게 게으름도 아니요 실수도 아니요 땅 파먹는 이 끝내는 흙 먹고 죽어 나자빠질 수밖에 없는 우리나라 농정이요 생산분배 구조 때문이었다.

뭐가 올랐네 뛰었네 해도 밭에서 거둬들인 작물 출하값은 그것과는 도통 상관없는 남의 집 자식이었다. 오늘 아침 백원 받고 넘긴 배추가 다음날 저녁에는 스무배인 이천원으로 뛰어 백화점에 누워 있었다. 농산물 유통이 보통 다섯 단계를 거치기 때문이었다. 언젠가 가락동 농수산물시장에서 경매하는 이들의 자격요건을 문제삼아 경매자 시험을 치러야 한다는 둥의 말이 나왔을 때 농꾼들은 그게 또 그저 불 없는 화로에 딸 없는 사위꼴이려니 하면서도 유통구조 개선에 일말의 희망을 걸었었다. 그러나 혹시가 역시였다. 중간상인과 경매꾼들이 우르르 들고일어나 경매 자체를 안해버리니 물건이 있어도 팔리지가 않고 그렇기 때문에 물건 보낸 이는 팔지도 못하고 소비자들은 사지도 못하는, 정말 뭣같은 꼴이 되어버렸다.

결국 처음부터 안한 것만 못했다.

　유통구조가 그런데다 나라것들이 농사 알기를 똥 친 바가지로 알고 도시것들이 농사꾼 대접하기를 퍼다놓은 똥으로 취급하지 않는가. '農者天下之大本'은 관에서 주최하는 무슨무슨 기념행사장의 들러리 설 때 죽은 이 기리는 지방처럼 허공에 서 있는 글자로나 찾아보게 되고 농꾼들의 땅을 사랑하고 아끼는 마음은 산 넘고 강 건너로 옮아가면서 사랑은 사랑이되 이상하게 변질되어 복부인 품에 안겼다.

　이미 죽탕 끌탕이 되어버린 농정과 유통구조는 낱개로 흩어진 농꾼들이 더 허리띠를 움켜쥐고 땀을 흘린다고 해결될 게 아니었다. 그래서 그는 더 원대한 꿈을 키우고 가꾸고자 대전에 있는 국립대학 농대로 진학했다. 그의 유학 주춧돌은 가난이었다. 뿌린 만큼 나오지 않는 농사였다. 보낸 만큼 돌아오지 않는 유통구조였다. 정부의 살농(殺農)정책이었다.

　그는 가난한 집안 사정을 면학의 등 뒤 바위요 집 뒤 산으로 삼아 졸업할 때까지 한번도 장학금을 놓치지 않았다. 그렇다고 해서 세상의 현안문제에 벙어리 귀머거리 봉사가 되어 집과 도서관에 아예 뿌리를 내린 샌님들과는 층과 격이 달랐다. 농고 때부터 해오던 풍물을 키워보고자 1학년 때부터 풍물패에 들었고 시국문제가 결국은 집안 밥그릇 문제이자 자신의 삶의 문제라고 일찍이 자각하여 사회과학 학습을 하고 여차하면 거리로 뛰어나가 최루탄을 생일잔치 촛불로 삼고 지랄탄을 축포 삼아 목청껏 함성을 지르고 달음박질을 했다.

　그는 좋은 세상을 그렸다. 마음속에 심어져 있는 아름답기 그지

없는 세상을 그렸다. 군사정권의 폭정에 힘써 싸우며 끝내 오게 될 새 세상을 머릿속으로 그렸고 가슴으로 기대했다. 그 세상은 당장에는 없지만 저만치서 보였고 손을 뻗으면 만져질 것 같았고 두 팔 벌려 안으면 오롯이 안길 것 같았다. 그 세상이, 대동세상이, 평등세상이, 자유세상이, 민중세상이, 노동자세상이, 농민세상이, 미륵세상이, 용화세상이 바로 저기에 있어 그는 집회가 있는 날 그 세상을 부르는 출정의 꽹과리를 신명나게 두드렸다. 군중이 모여 파도처럼 움직이며 목청껏 구호를 외치고 노래를 불렀다. 요동도 안할 것 같은 군사정권의 진지가 흔들렸고 그렇게 흔들려 금이 가고 끝내는 허물어질 것 같은 그 진지는 그러나 동기에게 세습되어 새로운 방어진을 쳤다.

함께 길거리를 질주하던 그들은 아픈 마음을 가슴에 담아 졸업을 했고 각자의 길을 선택했다. 어떤 이는 노동현장으로, 누구는 길고 긴 도망자의 길로, 따라서는 시민단체로, 또 따라서는 훗날을 기약하고는 학원강사로, 대학원으로 회사원으로 또는 백수로 놈팡이로 흩어져갔다. 은이는 누구보다도 먼저 자취방을 정리해 고향으로 돌아왔다. 그것은 대처에서 살다가 귀향하는 게 아니라 반대로 견문을 넓히느라 잠시 대처를 다녀온 셈이었다. 집의 흙벽에는 금이 늘어 있었다. 더욱 주름이 깊어진 아버지 어머니는 그에게 농사를 물려주고 싶어하지 않았다. 이미 우르과이라운드가 한국을 포함한 3세계 농업의 숨통을 조여오고 있었고 정부는 처음부터 손도 못 대고 있었다.

그는 우선 사람들을 만났다. 긴 말들이 필요치 않았다. 군사정권의 폭정 아래 모두들 피해자였고 당한 자는 자신이 왜 당하고 어떻게 당했는가를 잘 알고 있었다. 사람들과 농민회를 만들었고 간사가 되어 사업을 해나갔으며 생활비 벌이의 수단으로 한겨레신문 배달원이 되었다. 그외 시간에는 아버지와 함께 농사를 지었다. 그렇게 새 세상에 대한 꿈을 포기하지 않고 계속 키워왔다.

그런데 이 순간은, 농꾼의 마음이 농민회 운동원으로서의 마음보다 앞서는 것이어서 대정부투쟁의 실패에서 오는 쓰라림보다는 이렇듯 황폐한 밭을 쳐다보는 게 더 마음이 아팠다.

"냅둬요. 나가서 먹을게요."

옥이가 입덧으로 칼국수를 찾은 게 어머니 귀에까지 들어갔는지 어머니는 부엌에서 밀가루포대 주둥이를 벌리고 있었다.

"좋은 집이 꺼 먹지 왜 돈 주구 식당 꺼 먹어."

장모는 양은으로 그것을 푸다 말고 눈을 오목히 떠 옥이를 바라보았다.

"엄마보다 더 맛있게 하는 집이 있단 말이야."

"거긴 뭘 넣구 허는디 내 것보다 맛있댜?"

"몰라, 하여간 그 집 께 먹구 싶어."

"하긴 입덧이란 게 그런 게지 뭐. 입덧이 뭐 음식으로 먹간. 변덕으로 찾구 기분으로 먹는 게지. 그렇게 혀. 암튼 말 나온 김에 우리도 칼국수 해야겠다. 얘 막내야, 밀가루 반죽 좀 허여. 접때처럼 물 너무 많이 넣지 말구."

섭섭한 눈치를 모르는 척 안녕히 계시라, 그려 잘 가라, 잘 살펴 올라가시라, 그래 꼭 아들 낳아라, 딸이 어때서? 아들 낳아야 로타리 치지. 깔깔 에이 오빠는, 작은언니네 조카가 크도록 농사짓겠어요? 저니가 농민회 허니깐두루 아무래두 얘두 농사짓겠지 뭐, 아버님 농민회 모임이 있어서요, 그려 가봐야지, 그런디 이번 생강파동은 워떻댜? 그러잖아두 그것 때문에 회원들 만나기로 했어요, 하고는 헤어져 시내로 나온 거였다.

옥이는 멀국을 들고 마시던 그릇을 내려놓으며 휴우, 숨을 내쉬고 있다. 은이가 휴지를 건네자 그것으로 이마와 콧잔등에 달라붙은 땀방울을 닦더니 조금 부끄러운지 눈을 살짝 치켜뜨고는 슬그머니 웃음을 흘린다.

처음 입덧을 시작할 때는 무엇을 먹든 무조건 토하던 여자였다. 구역질을 하고 나면 그게 병은 분명 아닌데도 그렇게 무섭고 심각한 병이 따로 없을 정도로 샛노랗게 질려 부들부들 떨었다. 뭐 먹은 게 없으니 노상 끙끙 앓으며 누워 지내기만 해 은이 듣기로 저렇게 모지락스럽게 입덧을 겪는 이들은 병원에서 포도당 주사나 맞으며 지낸다고 하니 이만저만 걱정이 아니었다. 그러나 그것도 잠시, 어느날인가 다 죽어가는 목소리로 국수를 찾더니 그때부터 원기를 회복하고 이래로 지금까지 밀가루 탐만 해대고 있는 거였다. 밀가루가 몸에 좋을 리 없지만 그것이라도 잘 먹어주니 고마울 따름이다.

옥이를 처음 본 게 옥이 고등학교 3학년 때였다. 이곳으로 내려와 농민회를 만들며 곧바로 시작한 게 YMCA 고등학교 풍물반이었다. 고등학생을 대상으로 풍물회원을 모집하자 여드름이 퉁겨나올 것 같은 선머슴애들과 까르르거리기 좋아하는 새침데기들이 모여들었다. 꽃 같은 애들이었다. 이른바 천재니 수재니 우수니 4년제 진학이니 하는 재원은 아니었지만 북풍한설에 대가리 한번 솟구쳐보지도 못하고 우우 바람 따라 다 몰려가 그것이 좋은 길이라고 여겨 쏠리는 세태에, 대처 유행보다는 집안 사정에, 날마다 변하는 가수나 탤런트 옷가지보다는 일년사시 바뀔 줄 모르는 어버이 작업복에, 오토바이보다는 경운기에, 랩댄스보다는 풍물에 눈을 더 주는 아이들이니 꽂이지 않는가. 그중 유독 눈에 띄는 아이가 있었다. 유달리 예쁘기도 했거니와 맑은 눈을 가지고 있었다. 말없는 편이라기에는 할말 있으면 여물게 내뱉을 줄도 아는 축이었고 새치름하다 하기에는 누가 웃기면 여지없이 깔깔거리는 편이었다.

인사굿 타법 난타를 지나 기본가락인 이채 삼채 굿거리 풍류 양산도 오방진 칠채 진오방진 거쳐 선반판굿을 익히고 웃다리를 다 배우자 그들은 고등학교를 졸업했다. 대학 간 애들도 어쩌다 있었지만 대부분 월급의 현장으로 찾아들었다. 부근에서 취직한 애들은 청년모임 회원이 되었다. 옥이도 자그마한 회사 경리가 되어 모임에도 나오고 풍물반 후배들을 돌보기도 했다.

그러다 언제였던가. 은이가 전농 중앙에서 내려온 문건들을 살펴보고 있을 때였다. 아침부터 내린 비는 오후에도 이어져 하루종일 농민회 사무실 창문에 물무늬를 그려대고 있었고 그것을 배경으로 옥이가 조용히 들어왔다.

술 좀 사주실래요?

은이는 술을 샀다.

무슨 일 있어?

쓸쓸한 낯빛이 어느새 어린 티를 벗은 어른의 그것이었다.

회사를 그만뒀어요.

그랬어이?

아저씨가 그랬잖아요. 사람답게 살아야 한다고.

이.

사람으로 치면 이제 막 사춘기에 접어든 지방 소도시의 자그마한 회사라는 게 그렇다. 일 많고 월급 적은데다 간혹 밀리기도 하고. 그것보다도 은근히 사람 업신여기고 계약조건 수시로 무시하고 일할 때보다는 일 끝나고 나서 더 친근하게 지내려고 하는.

몇달을 미루다가 도저히 못 참겠어서 사표를 냈는데 한 삼일 후련하더니 이제 걱정이에요.

그려.

빗줄기만큼이나 후줄근하고 녹녹하기도 한 시간들이었다.

아빠가 뭐래시는 줄 알아요?

말씀 드렸어?

예. 한동안 그냥 계시더니 너한티 농사지라고 하겠니? 그러지 말고 집안 어른이나 찾아가볼래? 하시잖아요. 그래서 우리 강씨 가문에 유명한 사람 누가 있어요? 했더니 강부자 있잖니. 맨날 텔레비 나오고 국회의원까지 됐잖어 하시면서 허허 웃으시잖아요.

하하. 헤헤.

이 사람이 살가워지기 시작한 게 그때쯤부터였지. 저만치 떨어진 꽃에서 씨가 하나 날아와 가슴에 슬그머니 내려앉더니 육신을 토양 삼고 마음을 거름 삼아 뿌리를 내리고 줄기를 올려 꽃을 피운 게 있는 듯 없는 듯 한순간이었다. 서로를 멀리 두기 괴로워하며 그렇게 아끼다가 결혼을 하고 셋집으로 분가를 한 게 일년 전이었다.

"더 먹을래?"

"에 짜구나."

둘은 말짱 국물만 남은 칼국수 그릇을 사이에 두고 살풋 웃었다.

148

은이는 시간을 살폈다.

"늦었다야."

"안 데려다줄려구?"

"그냥 걸어가. 오늘 항의방문 하기로 한 날이잖어."

"이 씨, 데려다줘."

"임신했을 때 적당한 운동도 필요하다는 거 몰라?"

"운동? 아침나절 내 밭일 하고 온 사람한테 운동?"

"헤, 하긴 그렇다. 그렇지만 너 집에 데려다주고 가면 늦어."

옥이가 투덜대며 살림집을 향해 고갯마루를 낑낑 거의 다 올라갔을 때쯤 은이를 비롯한 농민회 회원들은 시커멓게 탄 얼굴들을 하고 농촌지도소에 도착했다.

글쎄 왜 여기 와서 이래요.

사무실에 몰려나와 입구를 막아선 지도소 직원들이 왜 하필이면 우리냐는 표정을 지었다.

병이 도져 말짱 망했는디 그럼 누굴 찾아야 써?

글쎄 여기 와서 이러면 어떡해요.

얼라, 농촌지도소가 뭐하는 데여.

글쎄 우린들 어떡합니까.

정부 차원에서 대책을 세워줘야지. 생강 부쳐먹는 전 농가가 심었던 종자도 채 못 뽑고 있는디다 중국산까정 들어와서 그나마 똥금이 되았어. 다 나자빠지게 생겼는디 농촌지도소에서는 뭐하고 있는겨. 소장하고 대담 좀 합시다.

글쎄 소장님 안 계세요.

워디 가셨댜? 옳아 생강밭에 피해 확인하러 가셨는개벼. 누구네 밭에 가셨댜? 우리가 찾아갈 팅께.

글쎄 공무로 출타중이시라니까요.

공무? 공다방 미스 무헌티 생강차 마시러 갔남. 농민은 죽어 나자빠지는데 그것보다도 더 중요한 공무가 워딨어.

하면서 힘으로 사무실 문까지 밀고 들어가자 그중 젊어 보여 그만큼 힘이나 울뚝성부터 밀고 나오게 생긴 직원 하나가 엊조로 나왔다.

지금 뭐하시는 거요. 당신들 어디서 행패를 부려요. 대학생 애들한테서 못된 것만 배웠구만.

뭐여? 싸가지 없는 놈 보게. 농촌지도소라고 펜대나 굴리면서 순 싸가지 없는 소리만 배웠구만이.

그러면서 더 밀어붙여 사무실로 발을 들여놓자 젊은 직원을 끌어당기며 달래던 다른 직원들도 합세해 대거리로 나오기 시작했다.

당신들 지금 공무를 방해하는 거야.

공무방해? 농촌지도소에 농민이 찾아오면 공무방핸겨?

아무튼 나가요. 경찰을 부르기 전에.

그 말에 기가 눌릴 농민회 회원들이 아니었다.

불러라. 어차피 죽어 나자빠질 농민이다.

그려, 어차피 정부놈덜 눈에는 기업농만 농사꾼으루 보이니께 너희들 눈에두 우리가 농민으로다가 안 보일 겨.

그려, 우덜이 그동안 자식새끼덜 키워 대기업 노동자 맹글어줬지. 이 나무 심으라믄 이 나무 심구 저 풀 뽑으라믄 저 풀 뽑구 소 키우라믄 소 키우구 말여이. 헌디 농촌지도소라는 디서 농민들헌티

150

내뱉는 소리 점 봐.

그러니깐 왜 여기 와서 그래요. 농촌지도소가 뭔 힘이 있어요. 돌아가 계시면 우리가 건의하죠.

그중 들어 보이는 직원이 달래조로 나왔다.

힘? 힘 같은 소리허구 앉았네. 당신들이 농민들을 업구 일을 해야 힘이 있지. 상전 것들 눈치나 보믄서 복지부동이나 하구 자빠졌으니께 힘이 읎지.

이 기회에 이름버텀 바꿔. 지도가 뭐여 지도가.

당신들 말이여, 내 말 잘들어. 우리 죽고 나믄 당신들도 그 자리 루다가니 굶어죽는단 말여. 농민 읎이 농촌지도소가 뭔 소용 있어.

그렇게 사무실서 콧구멍이나 팜서 퇴근시간이나 기다리지 말구 우리 세금으로 낸 월급 받아묵었으믄 농가 돌며 피해 조사허구 생강 수입허는 곳 알아보구 방제대책이 어느 정도나 진척이 됐는가 국내외루다가니 살펴보구 이왕 나온 김에 농협 찾아가서 농민들 이용해서 그만큼 벌었으믄 돈놀일랑 때려치구 생산자 소비자 유통구조 개선에 신경 좀 쓰라구 일르기도 하구 말여.

당신들 정말 안 나가고 이렇게 실력행사만 할 거야?

밀고 당기는 실랑이 끝에 전 농가 피해규모를 정확히 조사할 것. 피해농가에 대한 대책을 세울 것을 촉구하고 돌아서 나왔으나 속이 허전하고 입맛이 쓰기만 했다. 농민회 사무실에서 대책회의를 하고 내일 오후에는 시의회를 항의방문 하기로 정하고 나자 그 길던 해도 어느덧 서쪽으로 미끄러지기 시작했다.

시간이 돼도 사람들은 오지 않는다. 몇달 전부터 어른들을 상대로 풍물반을 열었다. 은이는 옷을 갈아입고 앉아 잠시 장구를 살펴본다. 대학교 3학년 때 아르바이트를 하여 산 장구인데 그새 세월이 그렇게 물같이 흘렀나 손때가 참 많이도 묻었다. 새하얗던 가죽은 거무칙칙 변했고 막 베어온 듯 탱탱하던 오동나무 통은 시간의 윤기를 머금어 되레 은은하다. 궁편 테 한쪽 부분이 닳아져 실밥처럼 뜯어진 가죽 보푸라기가 보이지만 그것 또한 군대 삼년 빼고 그동안 오롯이 그의 옆자리를 지켜온 탓이다. 늘 닦아주고 비오면 습기 없애주며 보관을 공들여 해온 덕에 여전히 소리가 맑고 깊다. 그는 변죽을 손가락으로 쓸어보다가 끈에 달린 부전들을 채편 쪽으로 힘주어 몰아 팽팽하게 만든 다음

  두둥 두둥 두둥 두둥

궁채로 조용히 구궁을 친다. 넓은 지하실에 둔중하면서도 경쾌한 소리가 퍼진다. 이미 가득하다. 두둥 두둥 두둥…… 슬그머니 감은 눈 저 깊은 속에서 만주벌판이 보인다. 말을 타고 저 넓은 곳을 질주하는 어떤 이가 보인다. 따그닥 따그닥…… 두둥 두둥…… 초등학교 때 마을회관 앞 공터에서 한바탕 풍물가락이 울려 퍼졌었다.

  지금은 인천에서 종이공장 다닌다는 덕만이네 할아버지 환갑이었던가 그랬지.

  마을 장년들이 꽹과리 북 장구 징을 들고 메고 신명나게 쳐댔다. 깽매깽매 두둥둥. 그 소리를 들으며, 마을 어른들이 불콰한 얼굴로 덩실덩실 어깨춤을 추는 것을 보며 그는 아련히 넓은 벌판을 떠올렸다. 고선지였을까, 광개토대왕이었을까. 학교에서 배운 어떤 옛적 장수가 저 넓은 벌판을 말을 타고 달리는 장면이 아슴히 떠올랐다. 정신없이 그 소리에 빠져들었고 그때 저 가락을 배워야겠다고

마음먹었다.

두둥 두둥 딱 두둥 두둥 딱

구궁에 맞춰 열채로 채편을 두드리다가 끼닥을 넣는다.

둥 끼닥 끼닥 끼닥 둥 끼닥 끼닥 끼닥

옛 사람들이 대대로 이르기를 왼쪽 궁편에 소가죽을 써서 소걸음의 완만함을, 그리하여 일의 촘촘함과 절기를 기다리는 여유로움을, 오른쪽 채편에는 말가죽을 써서 말발굽의 가쁨을, 그리하여 생활의 급박성과 절기를 맞이했을 때의 수고로움을 나타낸다고 하였고 나아가 궁편과 채편의 다른 두 개의 소리는 장구의 늘씬한 허리를 통로로 하여 울림통에서 서로 섞여 이것이면서도 저것이고 저것인 듯하면서도 이것인, 삼라만상과 더불어 사는 사람의 짓거리를 나타내 보여 이끌고 밀고, 당기고 쫓고, 찌르고 보듬고, 재촉하고 얼싸안고, 떼어주고 붙여주고, 불어주고 빨아주고, 널어주고 개켜주고, 잘라주고 이어주고, 깨워주고 재워주고, 열어주고 닫아주고, 울려주고 웃겨주고, 올려주고 내려주고, 잡아주고 보내주고, 죽여주고 낳아주고, 굶겨주고 밥해주고, 벌려주고 오므려주고, 넣어주고 빼내주고, 퉁겨주고 주물러주고, 무너뜨려주고 쌓아주고, 버려주고 주워주고, 일해주고 놀아주고, 털어주고 심어주고, 때려주고 달래주고, 박아주고 뽑아주고, 보내주고 숨겨주고, 벗겨주고 입혀주고 하여 풀어놓다가도 추슬러준다고 했던가.

마음 한쪽에서 느긋한 기운이 생겨나고 또 어딘가에서 바람 같은 느낌이 피어오른다. 눈을 지그시 감고 어깨를 꿈질꿈질 고개를 까닥까닥 가슴을 출렁출렁 흔들며 신명이 오른다. 불기운을 타고 오르는 재처럼 슬슬 신이 나고 재미가 생겨난다.

덩덩 덩따궁따 더덩 덩따궁따

덩따궁따 덩 구궁 딱

사람들은 아직도 오지 않는다.

덩다다 덩다다 덩덩 따딱

더더덩 더더덩 덩덩 따딱

덩끼다딱 구궁 딱 구궁 딱

덩끼다딱 궁딱 궁딱 궁 딱

활활 번지는 불기운을 온몸에 받으며 나풀나풀 하늘로 오르는 잿가루는 그러나 더 솟구치지 못하고 스르르 풀어져버린다. 저 혼자 흥을 돋우려 삼채를 지나 오방진으로 넘어가는데 달리다가 발이 풀리듯 스르르 몸에서 기운이 빠져나간다.

언뜻 고개를 들었던 순간에 그는 벽을 보고 말았다. 그곳에는 은이 제가 붙여놓은 팜플렛이 반듯하게 걸려 있다.

농민이 함께하면 승리합니다. 통합의료보험을 쟁취합시다.

연상작용인가. 저 솔밭보다 못하게 보이던 생강밭이 눈에 잡히고 썩어버린 생강이 그곳에서 하늘하늘 솟아오르고 있다. 내일은 시의 원실 항의방문 하는 날. 항의방문만 해서 뭐헌다, 농민회 들어온 지 얼마 안되는 한 회원이 오늘 투덜거렸다.

장구소리는 더이상 나지 않아 갑자기 사방이 고요한데 그는 멍하니 팜플렛만 보고 있다.

의료보험마저도 일반 직장근로자나 공무원보다 배는 더 내야 하는 농민들. 월소득 산출을 하기 어렵다는 이유로 기본보험료에 능력비례보험료라 하여 재산 소득 자동차는 물론 농업시설물, 소 돼지 수와 그것들이 먹는 사료까지 계산에 넣어 나오는 보험료를 내야 하는 농민들. 아프더라도 쓰러지기 전까지는 병원 가볼 엄두도 시간도 못 내는 사람들. 결국 병을 키워 병원에 실려가면 보험 혜택이 안되는 비싼 의료기계 신세를 져야 하는.

생강 저 독한 게 감염이 되어 썩어 문드러지는 게 보통일 같지가 않았다. 배추나 상추에 병이 들면 여린 것 다루듯이 마음 가련하지만 생강처럼 독성이 강한 작물이 나자빠지는 모양을 보니 그게 꼭 사람처럼 느껴졌다. 이미 성 밖에 내몰린 전염병 환자꼴이 농민들이었다. 세상천지를 샅샅이 둘러봐도 돌아가는 일들 중에 도무지 농꾼들을 위한 것이라곤 지푸라기 한올 잡혀지지 않았다.

막막해졌다. 흥이 일어나지 않았다.

흐음.

신음 같은 낮은 비명을 그는 내뱉었다. 생강싸움을 계속하기로는 했지만 스스로도 암담한 노릇이었다. 뭐가 보이거나 비비고 들어갈 구석이라도 있어야 그 일도 재미가 있는 법이다. 지루한 싸움에 바쁘다는 핑계로 회원들은 점차 나오지 않고 앞서서 열심히 하는 회원들만 더욱 죽어나니……

거기다가 저는 앞으로 몇달만 있으면 애아빠가 되지 않는가. 그게 마음이 흐뭇하고 은근히 오지고 해야 할 텐데 홀로 괜히 가족들 피폐롭게 하는 것 같아 묵직하다. 그러고 보니 임신한 몸으로 산 중턱에 있는 집까지 걸어 올라갔을 옥이도 마음에 걸린다.

한명이 들어선다. 들어서면서 인사를 까닥하는데 얼굴에 황송함이, 늦었다는 미안함보다는 지금까지 아무도 오지 않은 이 풍경이 더 송구스러운 모습이다. 그리고 그것을 신호처럼 사람들이 밀어닥친다.

"안녕하세요."

"아이고, 죄송합니다."

늦은 사람들은 황급히 장구들을 잡고 앉아 늦은 시간을 벌충이라도 하듯, 늦어서 미안한 마음을 보이기라도 하듯 구궁 끼닥을 두드려댄다. 순식간에 다시 시끄러워진다. 은이는 한동안 사람들의 손이 풀어지고 밖에서의 바쁜 정신이 가다듬어지기를 기다렸다가 딱딱 시작 신호를 보낸다.

인사굿을 하고 전날 배운 것들을 복습한다. 그러기를 한참

"어디 편찮으세요?"

인근 중학교 교사인 강습생이 근심스런 얼굴로 물어온다. 풀죽은 기분이 그새 다른 이들에게도 옮아갔나 다들 너무 가라앉은 분위기였고 그 원인이 자신 때문이란 것을 알아차리고 은이는 뜨끔했다. 아니라고 웃어 보이는데 전화벨이 울린다. 순간 조용해진다. 옥이였다.

"배고파."

"또?"

"응."

"이번엔 뭔데."

"가락국수."

"알았어. 사갈게."

"저기…… 고속도로 휴게소에서 파는 가락국수가 먹고 싶은데……"

"뭐, 뭐?"

"히잉."

"그것을 어떻게 사."

"알아, 근데 먹고 싶단 말야 히잉."

"이 씨, 알았어. 일단 끊어."

사람들의 눈이 모두 저를 향하고 있다는 것을 느끼면서도 은이는 슬슬 웃음이 생겨나는 것을 어쩌지 못한다. 무슨 전화예요? 누가 물어온다.

"고속도로에서 파는 가락국수, 어디 살 데 없어요?"

하고는 자초지종을 말하자 와르르 웃음들이 터져나온다. 입덧이에요? 어머, 선생님 부인 임신하셨어요? 그걸 사려면 글쎄 어디로 가야 하나, 거 워떤 놈이 나올라나 까탈스럽네이, 사람들이 웅성거리기 시작한다.

"자, 가락국수는 가락국수고 굿거리 삼채 이채 순으로 한바탕 칩시다."

은이가 쇠를 들고 청하자 모두들 좋다고 맞장구를 친다. 빠르고 느리게, 급하고 한가롭게, 촘촘하고 헐겁게 그것들을 쳐대자 새로 흥이 일어난다. 생길 것 같지 않던 신명이 어디선가 은근히 밀려오기 시작한다.

거참 까탈도 유분수지. 고속도로 휴게소 가락국수를 찾어?

그런 생각을 하고 있는데 어느덧 그 아이가 태어나 있었다. 아니 이미 자라나 있어 제 엄마처럼 퍼질러앉아 가락국수를 쭉쭉 빨아 먹고 있었다.

허, 그것 참.

쇠와 장구는 삼채를 넘어 이채인 휘몰이로 넘어간다.

［창작과비평 1996년 가을호］

우리가 산다는 것은

그러니까 내가 전라남도 해남군 일시면 내동마을 용이네를 찾아
간 것은 소나무 사이로 흐르는 바람이 메마르고 차가웠던 늦가을이
었다.

벼바심을 하고 난 논들이 낮게 널려 있고 나락무더기들은 집 나
온 도깨비들처럼 군데군데 쓸쓸히 서 있었고 가으내 줄어들어 졸졸
졸 흐르는 소리만 여물어버린 시냇물에서는 끝없이 솟아올라간 파
란 하늘이 가까스로 얼굴을 내비치다가 푸르르 언뜻 깨졌다. 살찐
피라미들이 수면을 가르고 있었다. 까치밥 남겨둔 감나무나 서리맞
아 물기없이 말라붙은 밭작물의 대궁들 사이로 차가워진 공기가 나
그네가 뱉어놓은 한숨처럼 흘러다니고 있었다.

이런 풍경을 그저 홀가분하고 넉넉하게 받아들이는 이들은 고된
일년의 일을 멀리 보내고 이제 휴식의 시간을 맞이하는 기분일 거

였다. 그러나 나로서는 그런 늦가을의 느긋한 정취와는 하등 상관
없는 기분이요 몸이라, 배고픔은 배고픔대로 추위는 추위대로 옳게
받아들이고 있었다. 구멍난 운동화와 실밥 뜯어진 얇은 잠바 틈으
로 찬바람이 바늘처럼 찔러 들어와 덜덜덜 떨어댔다.

해남을 삼십리 두고 내린 곳에서 신작로를 따라 내동마을까지 걷
다보니 허기와 피곤과 추위에 시달리면서도 생각나는 일이 하나 있
었다.

삼년 전 나와 친구들은 이곳까지 술을 마시러 왔다. 이름하여 송
별회였는데 용이가 입대를 삼일 남겨둔 날이었다. 멀리 서울과 광
주, 인근 어디에서 찾아와보니 용이는 그때까지 뭣 씹은 얼굴을 하
고 있었다. 멀리서 막내아들 본답시고 친구들이 우르르 밀어닥치는
것을 보니 아들놈이 친구들 사이에서 인심은 잃지 않았구나 싶은
아버지의 흡족함과 이렇게들 몰려오는 것을 보니 아들놈 군대 가는
게 이제 코앞에 닥친 일이구나 싶은 어머니의 섭섭함과는 도무지
상관없이 눈썹이고 콧잔등을 잔뜩 구기고 있었다. 이유가 있었다.

군대 갈 때라 집에 와서 영장을 기다리고 있는데 금방 나올 것 같
은 입영영장이 도통 소식이 없었다. 그러다가 저와 비슷한 일로 면
사무소 일 보러 가는 친구가 있어 제 날짜나 한번 물어보고자 길동
무 삼아 따라갔단다.

"그란디 나는 원제나 나오요?"

친구 서류절차를 왔다갔다 기웃거리다가 짬을 내어 제 것을 물어
보았다.

"너? 벌써 나왔잖어."

"뭐라고라."

"통지서 안 갔어?"

"안 왔는디요."

"좀 있어봐라이."

한참 전에 통지서가 나왔는데 그게 어쩌다가 사람 손에 들리지를 못하고 면사무소 서류함 속에서 소롯이 잠을 자고 있었다.

"야, 이거 증말 미안하다야. 내가 그때 소집이 있어서 저 새끼한티 시켰는디 니 것을 빼묵었는갑다요."

담당 방위병은 자물통을 한참이나 돌리더니 캐비닛 속에서 입영 영장을 들고 와 미안해했다. 얼떨결에 받아보니 남은 날짜는 오일. 용이는 눈앞이 캄캄해졌다.

"야, 증말 미안하다이. 행정적인 일을 행정적으로 처리를 하다보니께 행정상에 공백이 생겨부렀다야. 워쩌겠냐, 니가 이해를 좀 해라야."

용이가 그 자리에서 된숨만 뻑뻑 내쉬다가 그냥 나올 수밖에 없었던 이유는 담당 방위병이 2년 선배에다 중학교 동기의 친형이었기 때문이었다. 괜히 죄진 놈 되어 눈치나 실실 보며 따라오는 친구를 만만하게 삼아

"세상에 워떻게 이런 일이 있냐. 너 생각 좀 해봐라. 씨팔, 뭐 이런 경우가 다 있어. 니미."

우리나라 행정상의 문제점과 방위병들 기강 해이와 면사무소 직무 태만을 들어 씹고 밟고 때리고 찌르고 업어치기로 자갈밭에 내다꽂아도 성이 풀리지 않았다. 또래들이 흔히 그렇듯 통지서가 나오고 입대하는 사이 한달 동안은 누구나 초등학교 다닐 때 개학 전

의 설날 같은 것이라 배낭 메고 돌아다녀도 좋고 집구석에서 낮을 밤 삼아 늘어지게 잠으로만 채워도 좋고 큰 도시 나가, 용이로 치자면 광주로 올라가 대인동이나 황금동의, 잠시 쉬어가거나 밤새 놀다 가는 곳을 기웃거려도 좋을 때였다. 군대 가겠노라 내려온 뒤 지금까지 집 농사일을 어거지로 도우며 몸이 근질근질해 대처 바람이라도 쐬고 싶어할 때마다

"니 통지서 나오믄 군대 갈 때까지 오살맞게 돌아댕길 건디 벌써부터 지랄이냐."

어머니가 오금을 박아오던 터라 잃어버린 이십오일이 아까워서 미칠 지경이었다.

어쨌든 입영날짜는 돌이킬 수 없는 것. 한나절을 니기미로 보내고 해거름을 씨팔로 때우다가 우선 친구들에게 전화를 돌린 거였다.

우리는 며칠 남은 크리스마스에 망년회까지 앞당겨 하룻밤에 모두 놀아야 했다. 돈을 갹출하여 어머니 아버지 선물비 빼고 남은 것으로 되들이 소주와 통조림과 닭고기를 샀다. 그리고 마셨다. 차가운 십이월의 공기가 온 마을을 뒤덮으며 내렸다.

여자가 하나 있었다.

눈도 크고 코도 크고 격에 맞추어 입도 큰, 청솔가지 연기 굴뚝에서 비져나와 뒤란 탱자울타리 사이로 소리소문 없이 내려앉듯 슬그머니 용이 옆자리로 엉덩이를 비집고 들어오는 여자가 있었다. 조용필 노래라고(리바이벌 포함해서) 도장이 박혀 있는 것들을 두루 섭렵하고 최백호의 입영전야를 다섯 번이나 부르고 나서야 술자리는 어느정도 일단락됐다. 아니 노래를 다 불러서가 아니라 다들 시

뻘건 눈으로 노래를 따라 하고 꾸벅꾸벅 졸기도 하다가

　아쉬운 밤 흐뭇한 밤 뿌얀 담배연기 정든 너의 얼굴 보이고 마주치는 술잔에 너의 웃음이

어쩌고 하는데 갑자기 작은방 문이 왈칵 열리며 어머니가 들이닥쳤다.

　"오매, 관범아(용이 어렸을 때 이름인데 인물것에 비해 이름것이 너무 승하다고 지나가던 걸사 하나가 보리쌀 두 됫박에 이름을 용이로 바꾸어주었다), 내 새끼야, 오매 우리 막내 새깽이야, 너를 군인 보내고 나믄 나가 어쩌케 사냐이. 오매 쪼깐한 내 새끼야."

　주름투성이 얼굴을 용이 면전에 비비며 두 손으로 목을 감싸고 넘어질 듯 통곡을 하자 우리는 순간 무르춤해졌고 농담도 받아 간혹 까르르거리던 여자도 얼굴이 무거워졌고 그리고 용이도 머뭇머뭇하다가 마침내 제 어매를 맞잡고 울기 시작했다.

　"어엄니."

　"오냐 내 막둥아. 아들놈들 때 되믄 차곡차곡 챙겨가더니 위째 막내까정 이렇게 또 덴고 간다냐. 오매 세상에. 너를 군인 보내고 내가 어찌케 산다냐."

　"어엄니이."

　모자(母子) 얼굴에 눈물이 흐르고 우리는 어느정도 숙연해해주다가 더 못 참고 낄낄 웃었다.

　"와따, 인자봉께 용이 저것이 순전히 애기당께."

　비슷하게 의무경찰 입영날짜를 잡아놓은 하나가 놀렸다.

　"맞어, 애기여. 아이 용아 운 김에 엄니 젖 좀 묵어라이."

　어머니는 아들 목 감은 자세는 그대로 둔 채 장마철 논배미 눈만

이쪽으로 돌렸다.

"그람 이것이 애기제 뭐다냐. 날라고도 안했는디 할매 다 돼갖고 났으니께 백날 천날 그냥 애기제."

일제히 와, 웃는데

"어째 애들 노는 디 가서 난리여. 아, 관범이만 군대 가? 얼릉 와."

큰방에서 아버지 목청이 날아들었다.

"글매, 느그들 노는디 내가 괜히 울었다야이. 뭐 더 점 주끄나?"

설렁설렁 울음을 그치고 어머니는 여자를 데리고 부엌으로 나갔다. 새로 들여온 찌개에 몇잔 더 마셨으나 용이는 한번 울음이 터져 마음이 새꼬롬해졌는지 그저 시커먼 창만 바라보았다.

밤이 깊어 맑은 겨울별이 떴다. 우리는 불쾌한 얼굴을 밤기운으로 삭이며 마을 앞 냇가를 거닐어야 했다.

그게 그랬다. 용이네 집은 방 두칸짜리였다. 어머니 아버지도 잠든 것 같고 술도 어지간해서 작은방에 일제히 드러누우며 우리는 용이와 여자를 내보냈다.

"한잔 마셨으니께 들 추워서 할 만할 것이다. 나갔다 와라."

"워매 씨발놈들, 즈그들이 비케주지는 않고요."

막내라서 그런지도 모르지만 천성이 뭐 별로 거치적거릴 것 없는 용이는 그새 평상시 얼굴로 돌아와 농을 받더니

"그람 이 성님 느그 성수랑 잠시 나갔다 올 모양이니께 느그들은 혹시 생각이 있어도 따라나오덜 말고 거기서 나래비로 자빠져서 용개나 쳐라이."

눈 코 입 모두 큰 여자를 데리고 나갔다. 그러나 오래지 않아 파르

르 떨리는 얼굴로 다시 들어와서는

"아이 씨발 것들아, 느그들이 좀 나가라."

"따라오지 마라등만 그새 끝났냐?"

"와따 너무 춥다야. 감기 걸려서 군대 가믄 고생이니께 느그들이 좀 쩌기 삼거리까지만 갔다 와라. 궁뎅이가 겁나게 시럽드라야 히히."

했다. 별수 없었다. 입대도 입대지만 그 황금 같은 시간을 멋도 모르고 일하다 날려버린 친구에게 우리는 소주잔만한 우정이라도 보여줘야 했기에 술이 약해 벌써 잠에 떨어져 짜증부리는 애들까지 억지로 깨워서 나왔다.

"한놈 군대 보내다가 남은 놈들 다 얼어죽것다야."

"워매 추운 거. 아이, 그만 들어가자."

"다 했겄냐?"

"토끼가 따로 있겄냐. 들어가자."

"그러다가 결정적인 순간이면?"

"밀어주지."

달도 춥고 별도 추운 그런 밤이 있었다.

용이는 없었다.

"그래 밥은 묵었냐?"

아버지는 겹겹이 내려앉은 주름 너머로 미동 없는 눈짓이었다. 나는 도저히 고개를 끄덕이지 못했다.

"어이, 야그 밥도 굶고 댕긴갑네. 밥 좀 있는가?"

"어째 멀쩡한 놈들이 좋은 세상에 밥 굶고 댕기냐?"

164

아버지 말에 대답은 않고 어머니는 대신 부엌과 연결된 문 사이로 고개를 내밀고는 나를 빠끔히 쳐다보았다.

"예, 그게 어쩌다보니께."

"쪼끔만 지둘러라이."

어머니는 더욱 깊어진 주름 위로 두 눈을 동그랗게 뜨고 고개를 연신 끄덕였다.

농가(農家) 작은방처럼 바뀌지 않는 게 또 있을까. 큰방도 모자라 작은방 벽까지 차지한 흑백사진들, 반쯤 든 쌀가마, 구겨진데다 보푸라기가 붙어 있는 옷가지, 낡은 유리창, 꽃무늬가 그려진 오래된 찬장, 고장난 전기밥솥, 군용모포 따위가 삼년 전 그대로였다. 새로운 것이라고는 수류탄과 M16 모형이 들어 있고 전우의 앞날에 희망이 저쩌고 하는 용이 전역기념패 하나뿐이었다. 나는 따뜻한 밥을 비우고 누워 파도처럼 밀려드는 졸음에 겨워 그대로 잠에 빠져들었다. 설거지를 마쳤는지 아니면 뜬금없이 찾아온, 거지꼴의, 어디서 봤음직한 막내아들 친구놈 때문에 미뤄놓았는지 내 머리 누운 쪽 벽 너머에서 타닥타닥 나무 타는 소리가 났다. 어머니는 나무를 때며 음음, 소리를 냈다. 저 손을 따라 생겨나서 들추어지고 모아진 불이 아궁이를 통해 구들을 데울 거였다. 내 지치고 시린 등짝을 따스히 달굴 것이었다. 나는 그 소리를 들으며 추운 계절 낯선 곳에서의, 비록 친구네 집이라 하더라도 홀로 찾아와 늦은 저녁을 얻어먹고 난 때까지의 그 면구스러움과 눈치에서 비로소 빠져나올 수 있었다.

"어쩐 일이냐."

얼마쯤 잤을까. 용이가 들어오고 눈 코 입 큰 여자가 그 뒤에 서 있었다.(여자는 옆동네에서 살고 있다고 했다.) 잠결에도 나는 아, 저 여자가 삼년을 제대로 기다렸구나 싶어 이불을 걷어내고 일어나는 것으로 그 긴 세월을 참고 기다린 인내에 예의를 표했다. 물론 상황이 상황이니만큼 또 한번의 차가운 달이나 별빛과 만날 수도 있었으나 말 그대로 상황이 상황이라 쌓이고 쌓인 피로 때문에 도저히 일어나 나갈 수가 없었다.

"야, 제대를 축하한다. 고생했다."

잠 반 깸 반 목소리로 반기자 그건 듣지도 않고

"워짠 일이라니께. 뭔 일 있냐?"

다짜고짜 물어왔다.

"너하고 제수씨 보고 싶어서……"

웅얼웅얼 나는 그냥 다시 잠속으로 빠져들어버렸다. 도구통을 짊어지고 강물에 떨어지듯 한없이 가라앉기만 하는 잠이라 그들이 밖으로 나갔는지 어쨌는지는 알 수 없었다.

얻어먹었으면 밥값은 하자가 나의 지론이거니와 농사짓는 깡촌에서 손님 마다하지 않는 이유가 수굿한 온정임과 동시에 늘상 달리는 노동력 확보에 있기에 자연스레 일을 시키고 당연스레 낫 들고 뒤따르고 했다. 다음날은 산에서 나무를 했다. 도대체 돌멩이와 메마른 황토뿐인 산에 뭐 대단한 먹을 게 있다고 별의별 나무들과 헤아릴 수 없는 풀들이 주둥이를 박고 있는가. 그러다 올 성긴 나뭇가지 사이로 고개를 돌려보면 추수 끝난 논은 홀로 쓸쓸했다. 아니 그 논 탓에 온 마을이 쓸쓸했다.

어렸을 때 외할머니 따라 해봤던 요량으로 소나무대로, 참나무대로, 가시나무대로 한 뭇씩 엮어 지게에 져날랐다. 나는 덩치가 크다고 아버지가 세 뭇을 얹었고 용이 지게에는 두 뭇을 얹었다. 산길이 제대로 보일 때는 등에 짐을 질 때이다.

마당에는 김장용 푸성귀가 자라나 있었다. 무청 쌈밥이 그렇게 맛있는 줄 그때까지 몰랐다. 점심때 식은밥 한덩이씩 받아들자 아버지는 마당으로 나가 무청을 한 바가지 뜯어왔다.

그것 두세 장 빈 곳 가리게 손바닥에 놓은 다음 밥 한숟갈 넉넉하게 두고 된장을 듬뿍 바른 뒤 그 중간에 고추토막을 푹 찔러넣고 아구가 미어지게 씹었다. 나와 용이는 고추를 이빨로 분지른 다음 입에서 꺼내먹었으나 아버지는 상에 누이고 숟가락으로 끊어먹었다.

"장광에서 술 좀 갖고 온나."

아버지는 언제나 딱 두잔씩이었다. 되들이 병에서 조심스레 따른 소주를 한잔 마시고 바라본 하늘, 감나무 가지, 나뭇가지에 매달려 몸을 뒤틀고 있는 메마른 잎, 녹슨 철대문의 뾰족한 창끝들은 어찌 그리 애틋하고 서늘한지. 그것은 다잡을 데 없는 내 마음 탓인가, 그림자가 그 어느 때보다도 뚜렷해 모든 물건이 제 색깔로 더욱 확연한 늦가을 맑은 햇살 때문인가. 간혹 경운기 소리만이 그 조용함을 건드릴 뿐이었다. 투명한 바람이 흐르는 듯 흐르는 듯 머물러 있는 사진 같은 풍경.

가난한 집 자고로 일 많은 법이었다. 추수가 끝나 모든 게 가장 한가로울 때인데도 일은 끝이 없이 나왔다.

"밥 묵었으믄 샛밭에 갈 것이제 뭐하고 있다냐?"

냇가 피라미가 살이 쪘다고 용이를 구슬렸는데, 천렵이니 낚시니 그런 노닥거리를 별로 즐겨하지 않는 용이도 좋은 날씨에 날마다 되풀이되는 일에 질렸는지 뒷광에서 투망을 빼내다 어머니에게 들켰다.

"냇갈서 피래미 좀 잡을라고."

"그것 잡어서 뭐한다냐?"

"뭐하기는, 물청해(매운탕) 해묵지."

"날마다 좋은 밥 처묵든디 물청해는 뭐하로?"

"아따, 날마다 일만 해서 꼭 죽겄구만. 친구 왔을 때 좀 놀기라도 해야제."

용이는 나를 끌어들였다. 어머니는 나를 한번 힐끗 보더니 눈에 타박을 실었다.

"제대해갖고 집에 왔으믄 착실히 일이나 좀 해야제 그새 놀고 잡아서 뽈딱거리냐. 시안 지나믄 올라가서 또 저 놀고 잡은 대로 실컷 놀람서."

"아라, 그래도."

용이 목소리가 조금 올라가자

"아부지 벌써 샛밭 갔다. 오늘 하우스 세운다드라. 얼른 못 가냐?"

어머니 목소리는 더 올라갔다.

풀포기가 하얗게 말라 있는 밭에 하우스용 파이프를 공룡 갈비뼈처럼 세워놓으니 그새 저녁이었다.

그러니까 내가 사람 사는 집에 사람으로 들어가 사람대접 받은 게 근 달포 만이었다. 경기도 충청도 일대를 떠돌아다니며 아침 겸 점심으로 라면 시키고 저녁 및 밤참으로 짜장면 먹던 시기, 무엇이

168

나를 그토록 황량한 벌판으로 이끌어 세상에 줄 건 없고 얻어먹을 것만 즐비한 날건달로 만들었는지, 무엇이 나로 하여금 끊임없이 지나가는 사람들과 차와 오토바이 그런 것들을 풍경이랍시고 멍하니 바라보다가 걷는 것만이 세상에서 유일하게 할 수 있는 것인 양 햇볕에 달궈진 철로와 먼지 내려앉은 국도와 크고 작은 골목들을 줄창나게 걷게 하고 고꾸라지게 했는지, 그러다가 주린 배를 움켜쥐고 이어지는 밤을 맞고 그대로 새벽을 기다리게 했는가에 대해서는 아직 이야기할 시기가 아닌 듯하다. 하나 무슨 이유로 그랬든간에 나는 한마디로 집 없는 철새였다.

그러다 한 삼일 일해서 굳어진 몸 풀고 제때 밥먹고 하니 사람꼴이 갖춰지며 잃었던 근력도 점차 돌아오기 시작했다. 잡곡밥을 고봉으로 먹고 거기다가 무슨 약초 달인 물까지 먹어댔다. 아침저녁 식전마다 종지 한그릇씩 시커먼 그게 나왔다. 무엇을 달였느냐 물어보아도 어머니는

"느그들은 말해줘도 몰라야."

단숨에 잘랐다.

"모르긴 뭘 몰라."

이번에도 용이가 엇조로 나갔다. 그래봤자

"글믄 내가 말해주믄 니가 에미 달에줄래?"

찔러 누르고

"에미가 쌔빠지게 해주믄 그런갑다 하고 곱게 묵기나 해야."

한마디로 일축해버리니 그 약초 달인 물에 대한 신비함이 더 했고 그것이 약발받는데 한 부조하는 모양으로 나는 기력을 되찾았다.

"언제까지 있을 거냐?"

한 이틀 나무 더 하고 산밭에서 아름드리 나무 베어다 (군청인가 산림청에서 허가 맡아) 차곡차곡 쌓아두고 하우스 치고 하다가 날 잡아 마늘 심는 날이었다. 비닐을 낮게 깐, 널찍한 두둑을 타고 앉아 한뼘씩 구멍 뚫고 하나씩 밀어넣는 마늘심기는 고역이었다. 벌이나 얼차례 받을 때 머리 박고 한시간 있는 게 꿇어앉아 십분 있는 것보다 한결 편했을 정도로 똥누는 자세를 싫어하고 아파하는 나로서는 꾸물꾸물 쪼그려앉아 한뼘씩 나아가는 그 일은 밥값 아니라 제삿값이라도 못할 일이었다. 네 명 나란히 네 두둑을 타고 나아갔으나 용이와 나는 점차 허리 펴는 시간이 많아졌고 이리저리 해찰 부리던 끝에 급기야 눈빛을 교환하기에 이르렀다. 눈치보아 집으로 내뺀 우리는 고추 된장에 되들이 소주를 마시다가 이왕 저지른 일, 하고는 삼거리 가게까지 나왔다. 돼지고기에 소주를 시키고 앉아 고기가 나오기 전에 김치를 걸터듬으며 한잔 털자마자 용이가 물어온 거였다.

"나 있는 게 싫냐?"

"누가 싫다냐? 왜 갑자기 내려와서 말도 않고 있으니께 걱정돼서 그렇지."

"금방 갈게."

"누가 너 안 간다고 그러냐?"

"노래 하나 해라."

"아따, 노래는 무슨."

"너 노래 듣고 싶어서 왔다. 하나 해주라."

내가 용이를 만난 것은 고등학교 1학년 때였다. 전라남도 곳곳에 흩어져 있는 중학생들이 유학이랍시고 모이는 곳이 광주이다. 연합고사 치고 뺑뺑이를 돌려 각자 배정받은 학교 교실에 가 앉으면 보성 벌교 영광 해남 화순 순천 여수 또 어디어디의 온갖 촌놈들이 얌전히 앉아 있었고 그러다 점차 옥시글거리면서 고등학교 생활이 시작되는 거였다. 나는 지금도 인연이라는 게 필연보다는 우연 쪽에 가깝다고 생각한다. 괜히 그 인연의 확률을 계산해보면 너무 낮은 수치 때문에 마치 필연처럼 보일 뿐인 듯싶다.

어쨌든 객지 유학생활에서 맨 처음 사귄 친구를 중심으로 평생 가는 친구들이 만들어지는데 당시 까까머리들이 서로 안면 트고 말 트고 너나들이를 시작하면서 하는 게 추억담이다. 그중 장한 게 싸움자랑 술자랑 담배자랑에 친구자랑이었다. 그래서 내 옆자리를 차지하고 앉은 친구가 소개해준 게 용이였다. 이본 동시극장인 대한극장에서 어둠속 더듬거려가며 수인사를 나누었고 그냥저냥 그런 애가 하나 있었다는 식으로 해를 넘기다가 다음해 5·18이 끝난 초여름에 살아서 다시 만났다.

용이는 가수였다. 장래희망이 가수가 아니고 현직 가수였다. 그렇다고 당시 연예인등록증이 있어 밤무대를 뛰는 건 아니었지만 노래를 부르면 돈이 생기고 술이 생기고 친구가 생기고 잠자리가 생기고 여자가 생겼으므로, 말 그대로 밥무대가 되고 돈무대가 되었으므로 그는 가수였다. 학교는 당연히 그만두었다. 두해째 다니던 무슨 야간고등학교를 구멍난 냄비 차버리듯 하고 나온 그가 맨 처음 한 게 형의 주민등록증을 가지고 KBS 전국노래자랑대회에 나가 상을 탄 거였다.

공부나 운동, 연애, 싸움에 돈치기 하는 것도 친구자랑에 한몫 끼었던 시절이니 노래 잘하는 것은 그중 훌륭한 자랑거리였다. 우리들은 공부로서는 자신의 미래가 먹지라는 것을 확인하거나 사귀던 여고생과 헤어지거나 괜히 우울하거나 할 때면 으레 용이를 찾아 노래 듣는 게 일이었다. 그중 특히 내가 더했다. 코딱지만한 자취방에서 라면 끓여먹고 뒹굴다가 한산도 담배 태워없애기도 지겹고 귀찮을 때면 용이를 찾아 노래를 청했다. 우리들은 아직 시커먼 교복을 입고 다녔지만 그는 이미 머리 기르고 구두를 신고 다니며 검정고시 공부를 하고 있었다.

김치 보시기와 라면 봉지, 정석수학과 고교기본영어 따위가 널려 있는 자취방에서 새우깡에 소주를 마시고 나면 용이는 불렀고 나는 들었다. 내가 유일하게 대학 가고 싶을 때가 그 순간이었다. 막연히 음악가를 꿈꾸던 나는 막소주와 손바닥만한 유리창이 부르르 떨리기까지 하는 용이의 성량과 가창력에 취해 이미 대학가요제나 해변가요제 무대에서 상을 받고 있었다. 그러나 오살하게 꿈은 크고 넓은 만큼 가능성이란 갈대 구멍만큼도 없어 언제나 술이 깨면 김칫국물 묻어 있는 책가방 보고 그저 한숨만 흘려보내곤 했다.

허전하고 암담한 시절이었다. 뭔가 가슴속으로 밀려 들어와 꽉찼으면 좋겠는데 가을 하늘처럼 그렇게 허허롭고 빈 듯할 수 없었다.

그러다가 나는 고등학교 졸업한 실업자가 되고 그는 검정고시에 합격하여 대입동등자격을 나라로부터 부여받은 실업자가 되었다. 나는 용이의 매니저를 자처하였고 둘은 지금 여수에서 벽돌이나 구워 팔고 있는, 당시에는 광주시 동문동에 있는 친구네에서 기식을 하며 뻔질나게 무슨무슨 노래자랑대회를 찾아다녔다. 나가기만 하면 상을 탔고 그는 상금이 걸린 대회에만 나갔으므로 상금이 나왔다. 그런데 동네 콩쿠르에서는 바로바로 현금을 쥐어주지만 번듯한 이름이 걸린 곳에서는 그렇지가 않았다.

한번은 라디오에서 하는 전국 단위의 무슨 콩쿠르대회에 나갔다. 각 지역에서 한명씩 뽑아 돌아가면서 부르는데다 월말 연말 결선까지 있는 큰 대회라 우리들은 모여 작전을 짰다. 놀기라도 하자가 하루의 지침이었던 나와 친구들이

그냥 뽕짝 부르라고 하자.

아냐, 연말 결선까지 있으니께 뭔가 무게 나가는 곡을 불러야제. 밤새 끙끙 궁리하다가 마침내 선택한 곡명이 '저 높은 곳을 향하여'. 문제는 용이가 그 노래를 들어만 봤지 한번도 불러본 적이 없다는 데 있었다.(우리가 선곡에 이렇게 신경을 쓴 것은 용이가 가수는 가수인데 레퍼토리가 짧다는 데 있었다. 그는 대한민국에 가수가 나훈아와 조용필만 있는 줄 알았다.)

콩쿠르의 격에 맞는 곡을 뽑아내는 데 성공한 우리는 그 다음 문제를 해결하기 위해 다시 골머리를 앓았다. 밤새 가사를 외우게 하고 다음날 친구 어머니 지청구를 들어가며 우르르 몰려나가 태양전파사에 들러 사정을 이야기했다. 잔웃음 머금은 얼굴로 하소연을 듣고 난 주인은 두 번 틀어주겠지만 대신 가게 안에서는 안된다고 손을 저었다. 우리는 전파사 유리문 바깥에 놓인 스피커 앞에 모였다.

저 높은 곳을 향하여 나 지금 가는 이 길은 정녕 외롭고 쓸쓸하지만 우리 가야 할 인생길 아무도 몰라도 좋아……

곧이어 노래가 나오고 용이는 밤새 외운 가사 끄집어내며 노래를

따라부르기 시작했다. 간혹 싸락눈이 휘날리는 초겨울이었다.

두 번 연습을 하고 방송국을 찾아들었다. 당시 광주 인근에서는 유명짜한 소수옥씨가 담당이었다. 역시 가수는 가수였다. 진작에 예심 통과한 사람을 젖히고 그 자리에서 인정을 받아(예심이 있는 줄도 몰랐다) 나갔는데 전파사 앞에서 두 번 따라 부른 게 다인 노래로, 가사 한 곳을 틀리게 불렀음에도 심사위원의 칭찬까지 덤으로 얹은 우수상을 받았다. 그러나 돈을 주지는 않았다. 주민등록증을 복사해서 서울로 부치라는 거였다. 상금만 학수고대하던 놈들은 빈둥빈둥대며 친구네 밥만 축내다가 하나둘씩 돌아갔다. 나는 돌아가지 않았다. 나는 그의 매니저였다.

그외 시간에는 대폿집을 전전했다. 언제나 너저분하고 슬렁슬렁대는 나와는 달리 비교적 깔끔한 용이는 내가 노상 지붕 낮고 탁자에 물기 가실 날 없는 왕대폿집만 뻔질나게 찾아다니는 게 불만이었다. 하여 가급적 젊은 주모가 있거나 늙었어도 웃음이 헤픈 곳을 점지해 용이를 구슬리기에 바빴다. 대개 공짜였다. 오는 손님 마다 하지 않고 가는 사람 붙잡지 아니하면서도 그중 끌리는 존재 있으면 생오이 하나라도 공것으로 내놓을 줄 아는 주모의 멋도 있었던 때였지만 우리의 술값은 거의 옆좌석 중년들에게서 나왔다.

막걸리 두어 잔에 내가 시답잖은 농지거리를 내뱉으며 슬슬 용이를 구슬리면(재주있는 이의 자존심이 용이에게도 있어 제가 흥이 나야 노래를 불렀다. 흥이 일지 않아 도리질을 하면 내가 먼저 되지 않은 목청으로 노래를 불러 충동질을 해야 했다) 나훈아나 조용필을 뽑아올렸다. 오랜 시간이 필요없었다. 한두 곡 부르면 구공탄에 불붙듯 바글거리던 좌중이 조용해지고 곧바로 앙코르와 함께 잔이

건너왔다. 그러나 내가 애의 매니저라고 아무리 일러주어도 잔은 언제나 용이에게 왔고 나는 대궁 신세였다. 삶은 닭도 오고 조기구이도 왔다.

한번은 그렇게 취해 전남여고 골목 가로등 아래 호떡집에서 호떡을 술 뒤 밤참으로 뜯어먹다가 내가 흐린 밤하늘과 가로등 불빛과 호떡집 카바이드 불꽃이 좋다고 꼬드겨 한곡 더 뽑았는데 좌우로 널린 포장마차 문들이 열리더니 박수와 감탄이 터져나오고 곧이어 초청이 들어왔다. 그날도 나는 대궁술에 대취했다.

세 병 술에 취해 돌아오는 길에 용이는 노래를 불렀다. 나는 여전히 그의 노래만 들으면 기분이 좋았다. 용이는 군대에서도 노래만 불렀고 그래서 목이 많이 상했다고 했다. 그래도 좋았다. 늦가을 맑은 별이 반짝거리는 컴컴한 신작로를 걸으며, 그의 노래와 멀리서 개 짖는 소리를 들으며 돌아갈 시간이 되었음을 느꼈다. 제때의 밥과 일은 나의 헝클어진 육신을 추슬러주었고 따뜻한 잠자리는 영혼을 쉬게 만들었다. 그리고 내리 삼년 동안 듣지 못했던 용이의 노래도 들었다. 이제 다시 저 아는 이 없는 곳의 황량한 시간대를 찾아 다시 천지를 주유하는 나그네가 되든지, 얼마 전까지 살았던 대전으로 올라가 생업에 힘쓰든지 어쨌든 가고 볼 일이었다.

"뭐하니라고 지금 온다냐?"

한쪽에 보 덮인 밥상을 밀어두고 네 다리에 문까지 달린 흑백 텔레비전에 눈을 박고 있던 어머니가 곱지 않게 눈을 흘겼다.

"니가 노래 불렀지야?"

"들립디여?"

"오매, 뭐한다고 밤중에 노래는 깨대 불러갖고 동네 개들 다 깨우냐. 챙피하지도 않냐?"

"노래 좀 불렀다고 뭐가 챙피하다요?"

"동네에서 노래는 부르지 마라고 안했냐 나가(내가)."

용이는 대꾸 없이 털썩 주저앉고 나는 앉기도 뭐하고 작은방으로 나가기도 뭐해서 주춤거리고 있는데

"밥묵어라."

어머니의 일갈이 떨어졌다.

"묵었어라."

따스한 방기운에 얼굴이 벌겋게 달아오른 용이가 대충 대답을 하자

"누가 느그들한테 밥 준다냐?"

재차 비집고 들어왔다. 묵을래? 힐끔 나를 바라본 용이에게 서둘러 고개를 가로 저었다.

"와따, 묵었단 말이요."

"묵기는 워디서 묵었어? 지껏 술백이 더 묵었을라고."

"삼거리에서 묵었단 말이요."

"삼거리 워떤 집이서 밥 주데?"

"돼지고기 묵었응께 밥 안 묵어도 되라."

"무슨 돈이 있어 고기 처묵고 댕긴다냐?"

어머니는 이제 텔레비전에서 완전히 눈길을 거두었다. 아버지는 무심한 얼굴로 간혹 어머니와 용이와 나를 한번씩 건너다보는 게 다였다.

"외상 묵었제."

용이도 끝말에 힘을 주었다.

176

"오매 씨발 것, 일도 안하고 내빼등만 그새 깨대 가서 외상 달어야."

"돈을 줘야 돈 주고 사묵제."

"잘한다. 좋은 밥 났두고 고기를 외상으로 사묵어야? 처묵었으믄 조용히나 기들어오등가."

"맨날 풀만 묵고 뭔 힘을 쓴다고, 모처럼 친구 찾아왔는디 고기 한점은 믹여야 쓸 것 아니요."

"지랄한다. 마늘 멫쪽 심고 내빼놓고. 일도 같잖은 것이 뭔 힘을 쓴다고. 앉어라."

어머니는 말끝에 아직도 엉거주춤 서 있는 나에게 흐린 웃음을 살짝 흘리더니 다시 용이를 향했다.

"오매, 술냄새. 얼릉 가 자."

"저것 좀 보고."

용이는 텔레비전에 얼굴을 박고 나는 작은방으로 물러나왔다. 궁시렁덩시렁 말다툼은 더 이어지고 있었다.

하루를 더 묵고 내가 뜨기로 한 날은 아침부터 유난히 까치가 울어댔다. 나는 올 때나 갈 때나 주머니에 빈 담뱃갑만 구부러져 있는 신세라 인사 정중히 하고 가방 든 채 어정쩡하게 서 있었는데 그런 나 때문에 결국 말싸움이 벌어졌다. 용이는 오만원을 달라고 했다.

"머시야, 오만원아. 나한티 오만원이 어디 있다냐?"

설거지한 구정물을 소 여물통에 붓고 지나가다 용이에게 잡힌 어머니는 고무대야를 든 채 눈초리를 가늘게 만들었다.

"오만원만 주랑께."

나를 신경 쓰느라 목소리를 낮췄다.

"야가 기껏 뜨신 밥 믹에논께 찬밥 얹히는 소리하고 있네. 돈 읎 다야."

어머니 목소리도 낮아졌다.

"친구 차비는 줘야 쓸 거 아니요."

"뭔 놈의 차비가 오만원이나 한다냐. 미국 간다냐?"

"어저께 호랑(호주머니) 속에 돈 있는 거 다 봤는디?"

"제사에 쓸 거여야."

말을 주고받으며 목소리들이 조금씩 커지기 시작했다. 보아하니 쏘아붙이고 되받아치고 하다가 서로 감정까지 상해가는 눈치였다. 나는 이러지도 못하고 저러지도 못하고 그저 서 있기만 했다. 마음 같아서는 당장 손목을 낚아채고 싶었지만 용이에게도 없는 돈, 나 올 곳이라곤 어디에도 없었다. 말릴 수도 없고 그렇다고 나 차비 없 으니 죄송하지만 몇푼만 달라, 할 수도 없어 얼굴에 스테인리스 깔 고 어서 빨리 이 거북한 협상을 끝내달라고 은근히 속으로 응원을 보내기까지 했다.

"니미, 새끼한테 돈 아껴서 잘된 집 못 봤당께."

그런데 뭔가 일이 심각하게 돌아가고 있었다. 둘은 단순한 실랑 이의 선을 넘어서고 있었다. 용이가 한마디 내뱉고 씩씩대는데 어 머니가 곧바로 측면공격을 가해왔다.

"지 부모헌티 대드는 놈은 아따 잘되겄다. 밑이 집 봉철이 봐라. 월급 착착 부쳐오제, 이번 즈그 엄니 생일에 선물 사오제."

"엄니는 맨날 봉철이 새끼만 들먹이고 있어. 애들 때려 돈 물어주 는 정수도 있고 넘의 집 가이내(가시내) 애 배가지고 난리난 민호도 있는디."

"오매 오매, 그것들이 사람 새끼다냐."

"그 새끼들 사고쳐도 즈그 어매 아배는 돈도 잘만 대주드라. 내가 사고를 쳤어, 뭘 했어?"

"너는 할말 없으면 꼭 그것들을 들먹이더라이."

"아따, 하여간 빨리 돈이나 주란 말이요."

용이는 눈을 부릅뜨며 내질렀다.

"야가 요…… 막내라고 오냐오냐 키웠등만 싸가지 읎는 짓 좀 보소이…… 니가 돈 있으믄 나 좀 주라. 나 이빨 좀 하게."

"요즘 일당들이 얼만디 엄니는."

이번에는 저와 내가 일한 것을 돈으로 쳐보라고 치고 들어갔다.

"그래야. 글믄 요즘 하숙값 시세는 워치케 되는지도 따져보자."

하면서 어머니는 마음에 걸려하는 눈빛을 살짝 내게 보내왔다. 나는 안되겠다 싶어 무조건 용이 손목을 낚아챘다. 파란 하늘을 배경으로 감나무 꼭대기에서 깍깍 까치는 울어대는데 싸움은 일사천리로 커지기만 했다.

"너 추석에 느그 누나가 준 돈은 어쩌불고 투정이냐?"

방문을 열고 아버지도 합세했다. 협공을 당한 용이는

"썼응께 읎제라."

수긋한 대꾸를 하는데

"암튼 이것밲이 읎다."

하면서 어머니가 이만원을 내놓았다. 그러나 몸뻬 호주머니에서 손아귀에 묻어나오다가 도로 말려들어간 만원짜리들을 용이는 보고 말았다.

"진짜 사람을 뭘로 보고."

만원짜리 두 장이 땅바닥에 패대기를 당했다.

"옴매, 이 새끼가요, 막둥이라고 오냐오냐 키웠등만 하는 짓거리 잠 보소이."

"그래 자식이라고 뭘 잘해줬는디?"

"새끼라고 하는 짓이 다 이쁜 줄 아냐? 참말로 환장하겠네."

어머니의 역정이 갈 곳 없이 커지자 눈에 불을 켠 용이는 내 팔을 거칠게 뿌리치더니 비장의 카드로 최후의 일격을 날렸다.

"니미, 고깟 돈도 좀 못 줄람서 왜 낳어. 아예 낳지를 말지 뭐하로 낳어. 응, 왜 낳냥께?"

그것은 이를테면 부모의 가슴 쓰린 곳을 정통으로 찌르는, 비정한데다 비겁하기까지 한 공격인데 어머니는 아무렇지도 않은 얼굴로 곧바로 역전타를 날렸다.

"작것. 누가 너 같은 것 날라고 낳았다냐? 말도 잘 듣고 이쁜 놈으로 날라고 했는디 니가 빠닥빠닥 삐데 기나온 거제."

완패당한 용이는 가까스로 받은 삼만원으로 해남 터미널에서 내 차표를 끊어주었다. 코가 석자나 빠진 용이를 세워두고 차에 오른 나는 어머니가 따로 싸준 홍시와 삶은 밤을 옆좌석에 놓았다. 문을 나서면서 한 어머니의 마지막 말이 보따리 위에 자리잡고 있었다.

"어디 댕겨도 굶지 말어라. 용이 저것 버릇 고칠라고 그랬응께 마음 두지 말고. 내년 여름에 한번 놀러와라이. 맛난 거 못해줘서 영 미안하다야."

〔밥그릇만한 풍요(새날 제3집), 내일을 여는 책 1996〕

달팽이를 위하여

세상이 돈다. 진짜다. 세상이 돌아. 말로 그냥 하기 좋게 도는 게 아니라 너른 땅덩이랑 솟아난 건물이랑 하늘이랑 그야말로 온 세상이 하나로 뒤섞여 오른쪽으로, 물통에서 물 쏟아지듯이 한꺼번에 몰려 쓸려간다. 꿈쩍도 않을 것 같은 땅덩어리에 지진이 일어나 한쪽이 부르르 솟구쳐올라옴과 동시에 그것이 떠받치고 있는 하늘과 저 단단하기 그지없는 철근철골 콘크리트 구조물들이 삽질당하듯, 매립지에 쓰레기더미 쏟아지듯 기틀과 균형을 잃고 떠밀려 내려꽂힌다.

그것이 다시 왔다. 가뭇가뭇 저만치 사라져갔으려니 싶었던 게 사실 한치도 움직이지 않고 붙어 있었던 모양이다. 몸을 누이고 한 시간이 지났을까 말까 하는데 도대체 그게 뭔지, 무엇이든지 돌려버리는 그것이 찾아와 곧바로 세상을 닥치는 대로 돌려버리기 시작한 것이다. 눈을 감고 있자니 머리칼이고 두개골이고 눈알이고 모가지고 어깨가 위이잉 오른쪽으로 인정사정 없이 쏠리고 그게 징그러워 눈을 떠보면 커튼, 커튼에 비치는 햇빛, 장롱, 텔레비전, 재봉틀, 오디오 세트, 벽에 세워놓은 심수봉 씨디 껍질 이것들이 한꺼번에 뒤섞여가지고는 세탁기에서 빨래무더기 소용돌이 당하듯 꼬르륵 오른쪽으로 돌면서 가라앉는다. 꼭 애들 만화 같은 데서 하늘에서 사람이랑 강아지랑 고양이 이런 것들이 통째로 떨어지듯 한다.

"여, 여보…… 여보."

몸뚱이야 어디로 안 가고 제자리에 있지만 몸속이든 몸밖이든 한꺼번에 휘말려 돌아가는 기세에 눌려 그는 된통 술에 얻어맞은 날똥물 토하듯 비명 같은 신음을 내놓았다.

"아이고…… 여보."

"아니, 왜 그래. 또 그래, 또 돌아?"

"그래. 아이고 죽겠네."

권수는 도는 기운에 따라 저절로 오른편으로 누워 두 팔을 길게 뻗어 머리를 그 속에 박아넣고는 어떻게든 해달라고 그저 총맞은 오소리 숨만 몰아 내쉬고 있다.

"사람 환장하겠네. 도대체 무슨 병이야 이게. 여보, 어때 똑같이 그래? 아니 좀전에 괜찮다고 퇴원한 사람이 왜 이러는 거야. 어떻게 병원에서 나오자마자 도로 아퍼, 응? 여보, 증세가 그거야, 응?"

"으음, 으음."

"뭘 알아야 어떻게 해보지. 지금도 오른쪽으로만 그래?"

"어엉, 어어엉…… 그래."

권수의 목소리는 가라앉다 못해 숫제 꺼져가고 있었다.

"병원서 타온 약 좀 줘볼까, 응?"

"벼, 병원에."

"병원? 아니 병원에서 온 지 얼마나 됐다고."

"벼, 벼, 병원에 좀……"

"알았어. 좀 일어나봐."

"나, 나, 모옷…… 일어나."

그가 높은 곳을 왼편에 두고, 천만리 낭떠러지를 오른편에 두고 세상천지와 뒤엉켜 수렁 속으로 까무러치는 자맥질을 수도 없이 더 해대고서야(정작 시간은 십여분밖에 지나지 않았지만) 119가 도착했다. 환자라는 말에 응급조치부터 취하려던 대원들은 이 사람이 막 좀전에 병원에서 퇴원했으며 어디 외상이 있는 것도 아니고 그렇다고 딱 부러지게 무슨 큰 병이 난 것도 아닌, 그저 몸뚱이와 세상이 오른쪽으로만 돌아 떨어지는, 태어나서 한번도 듣도 보도 못한 병에 걸렸다는 아내의 입 빠른 설명을 듣고서는 부랴부랴 등에 업고 아파트를 내려와 차에 실었다.

"세상에, 이게 무슨 일이야 그래. 병원에서도 잘 모르는 병인데 또 병원엘 가보면 뭔 수가 나나. 여보, 여보, 괜찮아?"

풀어놓지도 못한 환자 뒷수발용 가방을 다시 든 채 따라오며 아무래도 삼일 전 택시 타고 병원 갔던 때와 비교해 119까지 부를 지경이 됐으니 이번에는 뭔가 탈이 나도 크게 났다 싶은지 눈물까지 흘리며 주절거렸으나 권수는 아내의 그런 투정들이 하나도 귀에 들어오지 않았다. 널찍한 등에 업혀서 내려가는데도 오른쪽으로 빙빙 돌고, 한 대원이 무선으로 연락하는 소리도 팽그르르 돌고, 탁탁탁탁 급한 발소리나 업은 이의 씩씩거리는 숨소리도 비웅비웅 그냥 돌고 구경나서 우르르 몰려나온 단지 내 주민들도 와르르르 마냥 돌고, 그렇게 돌 뿐이라 이렇게 돌다 죽을 판인지 끝내 돌아버려 죽을 판인지 하느님이 있다면 빙빙 도는 이것만 좀 잡아달라고 몸 바쳐 빌고 싶은 정도였다.

삐뽀삐뽀, 비상상황을 비상스럽게 차가 내달리는데 그 와중에도 오른쪽으로 구겨져 있는 권수 입장으로는 차가 앞으로 가는 게 아니라 계속 급커브만 돌고 있다. 제가 아파서도 죽겠지만 이놈의 차가 어디 전봇대라도 처박아 모두 몰살당할 것 같다. 그래봤자 그런 소리 한마디도 못하고 빙글빙글 도는 세상에 빠져 홀로 끙끙 허우적댈 뿐이다.

"여보, 좀 어때 응? 뭐라 말 좀 해봐요."

말 좀 안했으면 싶어 눈을 질끈 감는다.

"세상에, 이게 웬 날벼락이야. 어쩌다가 이런 병이……"

권수는 아파 정신없는 와중에도 기가 막혔다. 그가 오늘 억지를 부리다시피 우겨서 퇴원을 한 것은 의사들이 못 미덥기도 했지만 병이 아닐 것 같기도 했기 때문이었다. 우선 아픈 곳이 딱히 있는 것도 아니고 세상이 돌기만 하는 병이 따로 있다는 것을 들어보기는커녕 상상조차 못해봤으니 병이 아닐 거라는 생각은 당연한 거였다. 그것보다도 병원에서 누워 있는 삼일 동안 며칠 전에 만나고 온 아버지를 떠올리며 이것은 병이 아니라는 확신까지 갖게 되었다. 그가 생각하기론 아버지를 만난 탓에 아버지의 입에 달라붙어 있는 그 소리가 은연중에 몸속에 쌓이고 쌓여 드디어 이런 현상이 일어난 것 같았다.

세상이 완전히 돌았어. 개판으로 돈 세상이야.

층층이 걸리고 넘어지며 일이 배배 꼬여 안 풀리거나 더러운 꼴볼 때 흔히 하는, 돌겠다는 말은 술에 취했을 때나 나라걱정이 대단한 무골호인들이 주로 내뱉는 것으로 너무나 흔해빠져 이미 말로서의 기능을 잃었는데 아버지는 툭하면 그 소리를 했다. 아니, 아예 입에 붙이고 살았다. 사회구조상 얽히고 설킨 문제들을 앞뒤 말 되게 반듯이 풀어낼 능력이나 마음이 없었던 아버지는 제 뜻대로 돌아가지 않는 모든 것들을 한꺼번에 싸잡아 그렇게 말함으로써 세상에 대한 불만을 나타냈다. 물론 어쩌다 옆방 성씨 아저씨와 마신 만큼 말도 다변으로 늘어 눈엣가시 같고 마음에 못 같은 것들을 줄줄이 엮어, 대통령부터 동네 이장까지 나라일의 어수룩함과 구린내 나는 비리와 비민주적인 작태와 풍선처럼 부풀어오르기만 하는 권력욕들을 따지고 할퀴고 했지만 언제나 말의 끝이나 누구의 질문으로 말문이 막힐 때 그 소리가 튀어나오곤 했다.

세상에 대한 그런 단언은 노상 어깨에 메고 다니는 정치문제부터 해서 공무원 뇌물건, 버스 택시 식당 목욕탕 이발소 들이 제 마음대로 요금을 올리거나 뉴스에 유괴범 절도 폭행 흉악범 사기꾼 들이 나왔을 때는 물론 권수가 학교에서 선생에게 매타작을 당하거나 동네 젊은 애들 싹수 없는 짓거리들을 야단칠 때도

싸가지 없는 것들…… 하여간 다들 돌아 자빠졌으니까 저것들이라고 제 모양 제 꼴이겠어?

이렇게 쓰였다.

어렸을 적부터 돈다는 말을 워낙 많이 듣고 컸던 터라 권수는 학교에서 제가 반듯이 서 있는 이 지구가 사실은 스스로도 돌면서 태

양을 돌고 수성 금성 화성 달도 그렇고 하여간 우주 속의 모든 것은 끊임없이 돈다는 것을 배웠을 때 아버지 말이 맞구나 생각하기도 했다. 조금 크면서 아버지가 돈다고 하는 것과 별들이 도는 것이 전혀 상관없다는 것을 알았지만 하여간 세상에는 도는 것이 참으로 많았다. 리어카 자전거 차바퀴 이런 것도 돌고 운전대도 돌고 드릴도 돌고 드라이버도 돌고 물도 기체 액체 고체 이렇게 저를 돌리면서 하늘 땅 지하 바다를 돌아 넘나들고 공기도 돌고 바닷물도 돌고 바람도 돌고 사람 눈동자도 돌고 피도 돌고 인생도 돌고 돈도 돌고 아이들 굴렁쇠나 팽이도 돌고 공도 돌고 엔진도 돌고 총알도 돌고 시계도 돌고 오디오판도 돌고 녹음테이프도 돌고 높은 건물 현관 유리문도 돌고 세탁기도 돌고 컨베이어 벨트도 돌고 카메라 필름도 돌고 선풍기도 돌고 프로펠러도 돌고 강강수월래도 그렇고 강아지도 제 꼬리 보고 돌고 하여간 도는 것 천지였다. 그래서 어떤 때는 돈다는 것이 너무 자연스럽게 느껴지기까지 했지만 그렇다고 아버지 말을 이해하고 받아들인 것은 아니었다.

아버지는 평생을 민달팽이처럼 살았다. 자기 이름자 박힌 집을 한번도 가져보지 못하고(권수가 보기에는 가지려고 하지 않고) 식구들 들어오는 순서대로 쓰러져 자는 단칸방에서 그나마 꾸물꾸물 기어나가려고만 했다. 그렇다고 돈을 벌어오는 것은 아니었다. 별다른 직업 없이 토수나 미장이 조수 같은, 그날그날 동네에서 생기는 일을 했는데 동작이 그다지 재빠르지 못해 기술자들에게 인기가 없는 편이었다. 일은 주로 어머니가 했다. 고기와 반찬을 들고 올 수 있기에 식당일이 주종이었다.

그래서 집은 늘 비어 있었고 밤이 되어 옷가지와 반짇고리와 신문지와 권수 · 양수 책가방과 실과책이 덮인 숭늉그릇을 벽 쪽으로 밀어놓고 남은 곳 가득 식구들 몸을 뉘어도 차지 않는 기분이었다. 권수는 그렇게 누워서 길거리 냄새를 맡았다. 아버지가 평생 몸에 묻혀 가지고 오는 냄새들.

　"고생스러우시더라도 조금만 참읍시다. 우리와 정동지가 있는 한, 그리고 사모님과 자제분들이 계시는 한 우리는 이길 것입니다. 이제 좋은 세상도 보셔야지요."

　간혹 아버지는 사과를 벌어들였다. 선거철이 되면 야당 후보 선거원 중 양복을 말끔하게 빼입은 이가 사과상자를 들고 벽과 방이 만나는 모서리에 허리를 접고 앉아 있는 식구들을 찾아들었다.

　"권수 아버지…… 이번에도 그 일 하실라구요?"

　상자를 향해 달려가는 양수 손을 잡아끌며 어머니는 꼬르륵거리는 소리를 냈다. 대답도 그쪽에서 나왔다.

　"정동지가 없으면 우리는 안됩니다. 사모님께서 힘드시더라도 조금만, 이 땅의 민주주의를 위해 조금만 봉사하십시오."

　"권수 아버지……"

　"사모님, 자식들을 생각하십시오. 저애들에게 좋은 세상을 만들어줘야지 않겠습니까?"

　"권수 아버지……"

　"아버지."

　"다들 입 다물어. 내 할 일은 이미 정해져 있으니까."

　아버지는 그예 그 사람과 나갔다. 권수 생각으로 자식들을 위해서 그 일을 하는 게 아니었고 양복 입은 운동원도 굳이 가족들의 동의를 얻고자 찾아온 것 같지 않았다.

　못살겠다 갈아보자. 기호 2번 ○○○.

　써붙인 판자를 샌드위치맨처럼 가슴과 등에 붙이고 아버지가 나
타났을 때 그는 아버지라는 연과 연결된 끈이 떨어져나가는 것을
느꼈다. 부끄러워 어디론가 숨어버리고 싶었고 반대로 뛰쳐나가 아
버지를 앞뒤로 감싸 옥죄고 있는 그것을 떼어내 땅땅 쪼개버리고
싶었다. 선거철에 홍보용 문건을 나눠주거나 트럭에 타고 후보 이
름을 외치며 따라다니는 게 그동안의 일이었는데 그렇게 남세스러
운 모양으로 나타나기는 처음이었다. 자신도 모르게 힘이 들어가
있는 주먹을 떨리는 손으로 잡아당긴 이는 어머니였다. 아버지는
물 한모금을 벌컥거리고는 히힛 웃음을 참지 못하고 이런저런 말을
걸어오는, 우물을 가운데 두고 아홉 집이 네모를 그리며 사는 이웃
들에게 일장 연설을 시작하고 있었다.

　이웃 사촌 여러분, 이번에는 바꿔봅시다. 공화당이 나라를 말아
먹고 있습니다. 친애하는 여러분, 나라꼴이 말이 아닙니다. 젊은 학
생들만 민주주의 하자고 하다가 죽어나가고 있습니다. 공화당이 사
람 잡는 짓말고 무엇을 합니까. 완전히 개판으로 돌아버렸습니다.

　숫기없는 양반인데도 정치적인 사안만 나오면 눈에 힘이 들어가
고 말에 근수를 보태는 버릇이 그대로 나타나고 있었다. 뒤이어 국
회의원 야당 후보가 나타나 아버지의 말 비슷한 소리를 하고는 주
춤주춤 뒤로 물러나는 사람들과 악수를 했다. 권수와 어머니는 며
칠째 집을 비워달라는 주인 홍성댁의 말을 전하지도 못했다. 방세
가 두 달 밀려 있기는 했지만 그것보다는 야당운동 하는 이를 집에
두고 싶지 않기 때문일 거였다. 그전에 살던 집에서도 그랬다. 아버

지가 그 일을 해서 생기는 이득은 그렇게 두어 달씩 자연스럽게 떼어먹는 방세와 사과 한상자 들이었다. 굳이 찾아보자면 그렇게 설치는데도 처음부터 무시해서인지 경찰에게 잡혀간 일이 없다는 것 정도.

이틀 뒤 그는 가출을 했다. 서울로 올라가 근 열흘 동안 극장과 중국집과 지하도와 공원을 떠돌다 돌아왔는데 집에는 반겨주는 이도, 야단치는 이도 없었다. 아버지는 그보다 더 오랜 가출을 하고 있었고 어머니는 식당에, 동생은 학교에 가 있었다. 그는 두번 다시 그런 짓을 하지 않았다. 그것은 달팽이 때문이었다.

집으로 돌아와 그는 정비공장 사환으로 취직을 하기 위해 주민등록등본을 뗐다. 아버지의 가장 큰 이력은 이사였다. 주민등록등본에는 그동안 살았던 주소들이 열칸짜리 네모에 가득 차 있었다. 138번지. 349번지. 산 1번지. 782−3번지. 448번지. 다시 산 1번지. 273번지…… 그는 놋대야에 펌프질을 했다. 펌프질을 하고 있는데 우물가 이끼가 나지막이 내려앉은 곳에서 뭔가가 꾸물꾸물 기어나오고 있었다. 달팽이였다. 물이 튀자 그것은 몸을 껍데기 속으로 웅크렸다. 첫출근하는 시간이 늦었다는 것도 잠시 잊고 그것을 집어들었다.

그것은, 사람 손가락보다도 작고 살에 점액이나 흘리고 다니는 그것은 그러나 집이 있었다. 아무도 침범 못할 저만의 자리. 어느 누구도 그곳이 내 집이니 비워달라, 비켜달라 하지 못할 저만의 공간. 일이 끝나면 들어가 지친 몸을 쉬고 비나 눈이 와도 피할 수 있는 곳. 아아, 달팽이는 그런 집을 가지고 있었다.

아버지처럼 평생 당선될 일 없는 야당떨거지들이나 따라다니지 말고, 다리품값도 못 벌면서 그저 세상이 썩었다, 다들 돌았다, 외치지나 말고 내 집을 위해 살자, 마음먹었다. 진짜 돈 것은 니 애비다, 했던 외할머니 말이 맞았다.

아버지가 돌아오던 날 그들은, 어머니와 권수와 동생 양수 셋은 외갓집 골방으로 옮기기 위해 이삿짐을 싸고 있었다. 아버지는 지친 몰골이었고(그가 죽자살자 앞서서 한표를 외치고 다닌 야당 후보가 엄청난 표 차이로 떨어졌으므로 당연히) 그들이 싸고 있던 이불보따리만큼이나 구겨진 인상이었다. 끓어오르는 부아를 꾹 누르고 짐을 싸던 권수는 끝내 터져나오는 말 한마디는 참을 수가 없었다.

"제 몸, 제 식구들 바람 피할 집 하나 장만도 못하시면서 뭐한다고 선거운동은 뛰세요. 밥이 생겨요, 집이 생겨요? 하시려면 될 만한 후보한테 붙어서 하세요."

"권수야."

어머니가 말렸다.

"아버지는 달팽이만도 못해요."

아버지는 구겨지다 못해 완전히 일그러진 얼굴이었지만 그러나 다음번 선거에도 그 일을 맡아 했다.

권수는 앞만 보고 살았다. 고향을 떠나 서울 인근 도시에 말뚝을 박고 모든 문제를 문제의 중심에 서서 풀자고 생각했고 그렇게 살아왔다. 돈이 필요하면 가장 돈이 잘 벌리는 곳의 중심으로 찾아들어갔으며 한번 들어온 돈은 핏방울처럼 아껴 모으고 행여 실수로 새어나가면 어떡해서든지 벌충을 해놓고서야 잠을 잤다. 결혼해야 돈 번다는 주위의 말을 받아들여 이런저런 딴 생각거리 없는, 안정

된 생활을 위해 몸과 마음이 씩씩하게 하나로 움직이는 여자와 중매로 일찍 했다. 객지는 그런 삶을 정당하게 생각하게끔 가르치고 이끌어주었다. 뭔가 행정적으로 걸리는 것이 생기면 가장 빨리 해결되는 방법을 찾았다. 그에게 있어서 먼발치에서 한꺼번에 뒤집어 엎어버린다는 생각은 그가 가장 경멸해 마지않는 아버지의 것이었다. 그는 선거에서 여당을 찍었다. 아버지에 대한 반발심이 아니었다. 야당이 되면 지금까지의 질서들이 무너질 것이고 새로 시작한다면 자신이 그동안 악전고투 속에서 일으켜놓은 것들이 또 어떻게 될지 모를 일이었다.

바꿔보면 정신없기밖에 더하겠나. 가뜩이나 지금 정부가 문민인데(물론 그는 문민이라는 단어를 그리 깊이있게 생각해보지는 않았다. 단지 사람들이 그렇게 흉악해하던 군사정권의 반대일 거라는 생각 정도이다) 이왕 하는 거 잘하라고 밀어주자 싶었던 거였다.

힘들었지만 당시로는 힘든 줄도 모르고 살았다. 긴 고생 끝에 삼년 전 전세긴 하지만 종업원 둘 딸린 80평짜리 세차장을 냈으며 일주일 전에는 그렇게도 꿈에 그리던 34평짜리 아파트를 샀다.

집을 사고 나서 그는 어머니를 모셔오고자 고향을 찾았다. 버스로 한시간 거리밖에 되지 않지만 마음이 멀어진만큼 찾아가기 힘든 곳이었다. 양수도 직장 따라 서울로 떠나버린 쓸쓸한 방에서 천식으로 앓아누운 어머니는 그러나 아버지와 같이라면 올라가겠지만 혼자서는 절대 못 간다고 딱 잘라서 거절했다.

"어머니도 참 딱하시네요. 우선 치료를 제대로 하셔야죠."

"니 맘은 알겠다만…… 우리가 젊었다면 니 말대로 하겠다. 하지만 이제 세상 살 만큼 살았는데 내가 이 나이에 무슨 호강 보자고

서방 두고 올라가겠니. 느이 아버지와 함께라면 몰라도 나 혼자서
는 못 간다. 여기서 느이 아버지 선거운동할 때 안, 용한 한의원이
있어 그리로 다니니까 내 병은 걱정 안해도 되고."

"그렇게 고생을 하시고도 그러세요, 어머니도. 물론 아버지도 함
께 모시고 갈 거예요. 하지만 지난 국회의원 선거에도 운동원 하셨
다면서요. 그런 분이 내가 가잔다고 가시겠어요?"

"암튼, 내 혼자서는 못 간다."

그는 어머니와 밤늦게까지 있다가 아버지를 찾아갔다. 아버지는
그동안 열심히 따라다닌 보람이 처음으로 나타났는지 그 판에서 알
게 된 누군가의 소개로 공사 현장 야방일을 보고 있었다.

"집 샀다고? 잘했다."

"이번에는 운동하신 후보가 당선됐나요?"

"됐지. 처음으로 됐어."

"대단하시네요."

"비웃는 게냐? 평생 야당 후보 운동만 했는데 처음으로 됐다. 그
렇지만 너무 이 애빌 비웃지 말거라."

아버지는 그가 인사로 사들고 간 정종 마개를 열어 빨간 플라스
틱 물컵에 따르면서도 지금 한잔 하시려면 어디 식당으로 가자는
말은 거절했다.

"그래 니 말마따나 나는 달팽이만도 못하다."

연거푸 두 잔을 들이켠 아버지 머리 위로 때묻은 달이 떴다.

"그래 니 말마따나 나는 달팽이만도 못하다, 그 말이다. 미안하게
생각한다."

"별말씀을 다 하시네요."

192

때문은 달은 세상을 제대로 비춰주지 못하고 있었다. 그 흐린 달 빛에 아버지의 사무실이자 숙소인 야방은 더욱 움츠러들었고 그러다 꼭 땅속으로 꺼져들어갈 것만 같았다. 그 너머로 3·6 패널과 9자·12자 각목, 벽돌과 철근과 버팀목과 철사들이 꼭 그만큼의 녹슨 달빛을 받고 있었다. 아버지의 일은, 평생 처음으로 얻은 직업다운 직업은 바로 밤에 그것들을 지키는 것이었다. 낮에는 못이나 뽑으며.

"내가 지금까지 선거판이나 쫓아다니면서 집 안팎에서 몹쓸 소리 참 많이도 들었다만 다 버틸 만했다. 나에게는 나대로 생각이 있었고 판단이 있었다. 누구처럼 감투를 원해서도 아니고 이권 챙기기도 아니었다. 너도 생각해봐라. 감투나 이권을 바란다면 여당줄 서지 왜 야당줄 서겠니. 아무튼…… 니 외할머니가 그러더라. 정서방 아예 죽어서 끗발 있는 집구석에 다시 태어나지 그래. 권수 에민 새로 가도 지금보다 잘 가. 언젠가 니 어미를 데리고 간다면서 그러더라. 그런 소리를 들어도 괜찮았다. 그런데 네가 했던 말, 아버지는 달팽이만도 못하다는 말을 듣고 정말 괴로웠다. 니 말이 맞다. 평생 집 하나도 못 건사해놨으니……"

"이제 그만 하세요. 다 옛날 이야기예요. 그리고 이번에 어머님 좀 모시고 올라갈게요."

"니 어미가 좋다면 그렇게 해라. 아무튼 나는 못 배웠고 힘도 없다만…… 그래서 선거에 매달렸다. 한번에 바꾸려면 혁명 빼고는 선거밖에 더 있겠냐. 힘 약한 놈이 무슨 수가 있겠냐."

"그만 하세요. 그런 말씀 평생 지겹게 듣고 살았어요."

"그래. 하여간 네가 이제 자리도 잡고 그렇게 원하던 집도 사고 했으니 나도 좋다. 미안하다. 그래서 니 어미라도 이제 건사하겠다고 이 일 시작한 것 아니냐."

"웬만하면 저희 집으로 올라가세요."

"아니다. 니 말대로 달팽이만도 못하게 살았는데 어떻게 아들이 힘들게 만들어놓은 달팽이 껍질에 내가 들어가겠니. 우리는 지낼 만하다. 니 어미 천식이 심해져서 걱정이다만 그래도 이 짓이라도 할 수 있어서 한달에 백만원은 번다. 니 걱정이나 해라."

그때부터였는가? 오전에 돌아와 세차장에서 하루 일과 점검하고 엊저녁에 폐수방류건으로 시청에서 나왔었다는 말을 듣고 노상 하는 대로 봉투를 준비해 환경과 담당자에게 전화를 걸어 점심약속 하고는 비틀, 제 몸이 흔들리는 것을 알았다.

직원들과 덤벼들어 몰려드는 차 물 뿌리고 세제 칠해 때 빼고 진공청소기 돌려 먼지 빨아들이고 탈수기 돌려 물 말리고 약 발라 광택내고 하다가 담당공무원과 복집에서 까치복지리를 시켰다. 담당자는 그가 내민 봉투를 도로 힘주어 밀어놓았다.

"솔직히 말하면 점심 얻어먹는 것도 켕겨요. 정사장님 안면 보고 나온 거라니까요."

"에이 참, 왜 이러십니까, 아는 사이에."

"그러니까 이런 말씀 드리는 거죠. 갈수록 상황이 안 좋아요. 환경단체에서 바로 항의전화가 들어온다니까요. 사진까지 찍어놓고."

이런 일도 이제 예전처럼 쉽지가 않았다. 그동안 이런 식으로 들어갔던 액수를 잠시 떠올려보았다.

"에이, 그래도."

"앞으로는 폐수처리 시설을 해야 할 거요."

그때도 잠시 아찔, 머리가 원반을 탔었다. 꼬인다 싶었다. 더 말할 기운도 없고 해서 봉투의 액수를 더 높이기로 마음먹고 언제 한번 저녁 하자는 약속을 했다. 복지리를 소태 씹듯 먹고 나서 돌아오는데 다시 팽그르르 돌았다. 점차 심해진다 싶어 일찍 퇴근해 자고 났는데도 그 어지럼증은 가시지 않았다. 증세는 시간이 다르게 조금씩 깊어져갔다.

그렇게 한 이틀 어지럽다가 삼일 전 밤중에 택시에 실려 지금 다시 가는 종합병원 응급실에 실려왔다. 본격적으로 세상이, 세상뿐만 아니라 저를 포함한 모든 것이 우르르 돌기 시작했던 것이다. 어지럼증을 호소하자 잘 먹어야 군대 막 제대했음직한 수련의가 자다 일어나 무거운 눈꺼풀과 덜 풀린 호흡을 내뱉으며 그의 가슴에 청진기를 댔다.

"언제부터 이랬어요?"

"한 삼일 됐나? 아니 사일?"

"아, 해보세요."

"아."

소형 손전등 불빛이 눈을 파고들고 등을 뒤집어 손가락으로 여기저기를 두드려보고 할 때 이제 이 어지럼증의 원인이 밝혀지려니 싶었고 기본적인 혈액 소변 검사를 거쳐 심전도 간기능 당뇨 검사를 받을 때는 이 증세에서 완전히 벗어나는 것은 물론 그동안 살면서 저도 모르게 힘이 떨어져 못된 것이 파고들었던 곳까지 모두 밝혀지리라 느긋한 마음까지 있었다.

"이 기회에 완전히 볼링을 해봐요."

그가 응급실에서 하룻밤을 보내고 일반 병실에 옮겨지던 날 밤 연락받고 찾아온 세차장 김씨가 농담을 했지만 그가 생각하기엔 농담이 아니었다. 서른여덟. 한가지 몸체와 부품만 가지고 근 사십년을 쓰며 세상을 살아왔으니 잔 고장도 일어나지 싶었다. 이런저런 검사를 하고 링거를 맞고 알약도 먹고 했으나 그러나 어지럼증이 아주 가시지가 않았다. 약간 좋아진 것 같기는 했다. 의사들은 당신 몸속의 어떤 부품이 상했다고, 또는 어느 관이 막혔다거나 어떤 균이 들어와 몸속에 집을 짓고 새끼를 치고 있다는 말을 해주지 않았다. 의사가 말이 없다는 것은 그 사람이 아주 권위적이거나 병에 대해 잘 모르는 경우이다. 그는 뒤쪽으로 생각했다. 아버지처럼 달팽이만도 못하게 살지 않겠노라고 다짐을 했고 그렇게 살아 남들보다 더 육신을 힘들게 써먹기는 했지만 지금까지 포경수술 할 때 빼고는 병원 찾은 건 아는 이가 입원해 음료수 박스 사들고 갈 때 뿐이었다. 그는 건강 걱정을 많이 할수록 더 많이 아프다고 믿고 있을 만큼 건강에 자신이 있었고 또 건강 걱정할 만큼 마음의 여유 또한 없었다. 아버지 때문이었다.

"퇴원하겠다고 했다면서요?"

"그래야겠어요."

"아직 치료가 안 끝난 상태라 퇴원시켜 드리기가 어려운데."

"하라는 검사는 다 했는데 아직 원인을 모르잖아요."

"선생의 증세가 너무 막연해서 그렇죠. 내일쯤 씨티를 한번 찍어보죠."

"이건 병이 아니에요. 왜 이러는지 알아요."

그는 각서를 쓰고 퇴원을 했다. 병원에서 잘 모르면 현대의학으로 못 고치는 어려운 병이거나 아니면 처음부터 병이 아니었다는 판단. 평생 그가 그렇게 지겹게 들었던 '돌아버린 세상' 소리 때문에, 그 소리가 오랫동안 축적되어 뇌를 건드리거나 아니면 그 이상의 어떤 정신을 파먹어든 게 분명했다.

병원에 도착해 아내가 수속을 마치는 사이 그는 응급실에서 계속 빙빙 돌고 있었다.

"아니, 오늘 퇴원했었네요?"

그때처럼 젊은 의사 하나가 와서 입을 벌려보고 눈도 뒤집어보고 가슴에 청진기를 대보고 하는데 파일을 받아든 간호사가 왜 다시 왔냐는 얼굴을 했다.

"왜 다시 왔어요? 여길 보니 환자가 우겨서 퇴원한 걸로 나와 있는데."

"………"

"어디가 아프세요?"

"아프긴 아픈데요."

아내가 나섰다.

"그냥 세상이 돈대요. 그것두 오른쪽으로만 그냥 사정없이 돌기만 한대요. 이 병원에서도 병명을 모르는 모양이더라고요. 몰라서 오늘 퇴원했었는데."

"언제부터 그러세요."

의사가 말을 잘랐다. 또 처음부터 다시 시작이었다. 권수는 아예 눈을 질끈 감았다.

그러다가 의사와 간호사들이 바뀌었다. 응급실에는 멀리서 택시를 타고 왔다는 중늙은이 여인이 와서 그의 옆자리를 신음소리로 채웠다. 그는 그동안 계속 돌고 있었다. 또 피를 뽑아갔으며 그리고 링거를 다시 맞기 시작했다. 아내는 집에 돌아왔을 아이들에게 전화로 사정을 알린 다음 옆에 앉아 한숨만 내보내고 있었다. 새로 온, 나이가 좀 들어 뵈는 의사가 막 응급실 환자들을 보려고 하는데 문이 덜컹 열리며 정복을 입은 경찰 둘과 굳은 얼굴을 한 삼십대 여자 둘, 그리고 고개를 숙이고 있는 나이 어린 처녀 하나가 들어왔다. 잠시 부산스러워졌다.

아내는 간호사와 경찰들이 어우러져 있는 곳을 쭈뼛쭈뼛 돌아 눈치도 살피고 속닥거리는 소리도 주워듣다가 주섬주섬 다가왔다.

"여보, 저기 저 사람들 왜 왔는지 알아요?"

권수는 눈을 질끈 감고 대답을 안했으나 끙야끙야 앓는 소리를 내던 중늙이가 그새 링거 약발이 돌았는지 아니면 천성이 그런 가윗소리를 밝히는지 호기심어린 눈초리를 보내왔다.

"세상에."

아내는 둘 사이에 서서 딱히 누구에게라고 할 것 없이 아직 간호사와 경찰이 숙덕거리고 있는 곳을 힐끔거리며 입을 열었다.

"저기, 저 처녀 있잖우. 여고생 같은데, 아마 여고생일 거야. 강간을 당했대요 글쎄. 모두 세 놈한테 당했는데 그 뭐냐, 정자를 채취하러 왔대요. 세상에……"

집에서 불려나왔는지 의사 하나가 잠이 남아 있는 얼굴로 들어왔고 경찰 둘은 다시 무거운 얼굴로 그 의사와 이야기를 시작했다. 말을 놓은 아내는 잠시 먼 거리로 그들을 바라보다가 스멀스멀 그쪽으로 떠서 흘러갔고 한참 만에 돌아왔다. 얼굴에 뭔가 남의 비밀을 듣고야 만 사람의 뿌듯해하는 기운이 서려 있다.

"저기요."

중늙은이는 신음을 버리고 몸을 이쪽으로 돌려왔다.

"검정잠바를 입은 두 놈하고 쑥색바지 입은 놈하고 셋이서 강간을 했는데 그놈들이 흰색 에스페로를 훔쳐서 타고 다닌대요. 저 불려온 의사가 산부인과 의사예요. 제가 잘 알아요. 우리 둘째를 저 양반이 받아줬거든요. 저 의사 말이 정자 몇마리가 보이기는 한데……"

아내는 몸과 목소리를 한꺼번에 낮췄다.

"여자애가 아침에도 지 애인하고 했대요. 그래서 그 정자가 애인 건지 그놈들 건지 알 수가 없대요. 경찰은 정자를 국립과학수사연구소에 보내자고 하는데요. 지 애인 거랑 섞여서 알 수가 없대나봐요. 그놈들이 안 걸리려고 그랬는지 하고 나서 휴지로 싹싹 닦았대요 글쎄. 세상에 어떻게 애를 그럴 수가 있어요. 나쁜 놈들. 하긴 여자애도 똑같지 뭐. 조그마한 게 까져가지고. 애들이나 어른들이나 제정신이 아니야. 돌았어, 다들."

반쯤 잠겼으되 더이상은 결코 잠길 것 같지 않은 중늙은이의 눈이 아내의 말에 따라 왼편과 오른편으로 끊임없이 돌아다니고 있었다. 권수의 호흡이 가빠졌다.

"제발, 그놈의 돈다는 소리 좀 하지 마."

"예?"

"좀, 조용히 좀 해."

그러나 낭떠러지로 떨어지면서 간신히 내뱉는 말이라 제대로 입 바깥으로 나오지 않았다.

"뭐라고요?"

권수는 대답도 포기하고 숨만 쌕쌕 내쉬었다.

"무슨 병인지 모르겠어요. 그냥 돌아요. 몸뚱이랑 모든 것들이 오른쪽으로 돈대요. 대체 왜 그런지를 모르겠어요."

아직도 눈초리를 이쪽으로 향하고 있는 중늙은이에게 아내는 다시 말을 풀어놓았다.

아프면 아팠지, 쉽게 말해 머리가 빠개진다든가 숨쉬기가 어렵다든가 땀을 너무 많이 흘린다든가 침에 피가 섞인다든가 아니면 더 쉽게 말해 아랫도리가 아예 서지 않는다든가 하는 징조들이 나타나야 이해도 되고 접수도 되고 할 텐데 아프면 아팠지, 하고많은 증세 중에 왜 하필 도는 증세란 말인가. 그토록 지겹던 소리, 세상이 돈다, 그게 왜 몸속에 들어와 있다가 사람을 괴롭힌단 말인가.

그사이 그는 돌면서도 그런 생각에 빠져 있었다. 몸과 정신만이 도는 게 아니라 생각도 그렇게 한쪽으로만 돌아 파묻히고 있는데 당직의사가 다시 돌아왔다. 중늙은이는 몸을 반듯하게 하고는 천장을 향해 다시 신음을 내뱉기 시작했다.

"돈다고요?"

"예, 무조건 오른쪽으로만 돈대요. 앉아 있지도 못해요. 일으켜세우면 그냥 오른쪽으로 픽 쓰러져버려요."

의사는 보일 듯 말 듯 고개를 끄덕거리더니

"잠깐 좀 봅시다."

고개를 디밀자 귀를 살펴보기 시작했다. 한참이나 그의 오른쪽 귀에 손전등 불빛을 비춰보더니 간호사를 불러 뭔가를 가져오게 했다.

"죽겠어요. 다른 데가 아파도 좋으니 제발 이 도는 것 좀 고쳐줘요."

권수는 울 지경이 되어 하소연을 했다. 간호사가 가져온 나팔 같은 것을 귓속에 꽂고는 한동안 들여다보던 의사는 고개를 들면서 말했다.

"달팽이관이 상했네요."

"예, 달팽이가 상해요? 아니 여보, 언제 달팽이가 귓속에 들어갔어?"

아내가 권수보다 더 놀라워했다.

"달팽이관에 염증이 생겼어요."

"………"

권수는 잠시 어지러운 것도 잊고 몸을 일으켜세워 의사를 바라보다가 의사가 말똥말똥 그를 바라만 보자 으으응, 다시 가라앉아버렸다.

의사 말은 이랬다. 사람 안귀에 와우각이라는 것이 있는데 그것은 안귀의 청각을 일으키는 부분이다. 그리고 그 속에 달팽이관이 있는데 지름이 약 5밀리미터 정도이며 꼬불꼬불해서 붙여진 이름이다. 와우관이라고도 하는데 코르티 기관이라는 게 있어 소리의 진동을 받아들여 듣기 신경에 전달하는 곳으로 이곳이 상하면 균형감각이 없어져 어지럽단다.

"오른쪽이 상했으니까 오른쪽으로 막 도는 느낌이 드는 거죠."

"어머, 정말이에요? 그런 왼쪽이 상하면 왼쪽으로 돌겠네요?"

재미있다는 것인지, 아니면 알고 보니 별것 아니라는(쉽게 말해 뇌 한쪽이 이상해졌다거나 심장이나 폐, 간, 신장 이런 중요한 것들이 작살났다거나 하는 것이 아니어서) 다행 때문인지 호들갑을 떨었다.

"그렇죠."

"어머, 그럼 두 쪽이 다 상하면 어떻게 되는 거죠? 왼쪽 오른쪽 번갈아가며 도나요?"

"글쎄요, 대부분 앞으로 넘어지는 증세가 나타나죠."

"어머, 세상에."

"쉽게 낫나요?"

간신히 아내의 말을 자르고 권수는 힘들게 물었다. 의사가 다시 귀에 나팔을 댔다.

"심하긴 한데요. 음, 일단 약물치료를 해보죠."

"세상에, 사람 몸속에 그런 게 다 있다니. 그런 병을 왜 다른 의사는 몰랐을까요."

의사는 대답을 않고 대신 진료파일에 긴 영어를 휘갈겨쓰기 시작했다.(나중에 안 것이지만 그날 응급실 당직의사는 이비인후과 전문의였다.)

병이란 게 우스웠다. 아플 때는 뭔가 잘못되어가는 것 같고 이러다 남는 이불이 뗏장밖에 없으려니 싶다가도 원인 짚어내어 치료하면 역시 나는 낫는구나 싶기도 한 것이다. 그렇지만 권수는 달팽이라는 말에 사로잡혀 있었다. 당장 주사 두 대와 약을 먹고는 일반병실에 옮겨 하룻밤 자고 나니 오른쪽으로 쏠려 미끄러지는 증세가 한결 덜했다. 돌아 떨어지던 모든 것들의 속도가 한층 느려지고 점차, 아직 흔들리기는 하지만 제 모습들이 갖추어지게 되었다. 그러다 진작에 그랬던 것처럼 우르르 몰려 핑핑 돌기도 하고 속이 메스껍기도 했지만 주사 맞고 약도 먹고, 또 무엇보다도 이제 원인을 알았기에 속이 편하기도 해서 한결 좋아진 느낌이었다. 그건 그렇고.

달팽이.

평생 그것을 목표로 살았다. 제집을 가지고 다니는 달팽이를 위해 살았다. 아버지처럼 집도 절도 없이, 가족까지 저 너른 벌판에 팽개치고 돌아다니는 민달팽이 짓이 싫어서 그의 목표는 집이었다. 나와 가족들이 편히 쉴 곳. 먹이의 장터를 종일 배회하다가도 해가 지면 찾아들어올 곳. 이제 가게도 있고 정권수 제 이름으로 된 34평짜리 아파트도 생겼다.

처음으로 죽을 것처럼 아팠다. 아팠는데 하필이면 달팽이관이라는 것이 고장이 났다. 권수는 드디어 아늑한 그 껍질이 제 몸속에 생겼는데 생겨나자마자 곧바로 고장이 나버린 기분이었다. 뭔가 잘못되고 있었다.

도는 증세는 점차 가라앉는데 이제야말로 새롭고 큰 무언가가 새로이 돌기 시작할 거라는 예감을 떨쳐버릴 수가 없다.

[현대문학 1997년 1월호]

아름다운 시절

　벌말 사는 성심네가 박카스 두 병 안티프라민 하나 압박붕대 두 통 소주 한 병을 들고, 이십보 정도 뒤에 간쟁이 노인을 꽁무니에 붙이고 어은댁을 찾아온 게 점심때였다.

　"봐여 동생, 많이 다쳤남."

　아침에 간밤 꿈 운운하며 걱정이 된다고 점괘 같은 전화를 하더니 새벽차는 일부러 놓치고 이른 점심때 뜨는 버스를 타고 들어왔다. 삼거리에서 버스를 내려 물기없어 버림받은 여인 같은, 심심한 겨울 한낮 풍경을 배경으로 논두렁길을 걸어왔으니 바로 옆에 붙어 있는 염전의 간쟁이 노인이 애벌레처럼 꾸물꾸물 지나가는 성심네를 놓쳤을 리 없다. 묵은 홀아비 눈으로 보기에 일로 늙어버린 과부라도 허투루 안 보일 터인데 가뜩이나 손가락으로 물 퉁기며 살아온 여인네 아니던가. 지금이야 옆구리 허전하고 밤시간을 낮시간

204

연장쯤으로 치고 사는, 허전하고 쓸쓸한 말년이지만 대의원 영감 죽기 전까지는 감으니 비단이요 두르니 가죽 아니면 털 부숭한 모피였다. 수족 간수하고 얼굴에 화장 입히는 버릇은 아직도 여전해 걸음걸이 하나에도 호미나 함지박하고는 거리가 먼, 옛날 사내 홀리던 법수가 그대로 남아 있는 이가 바로 성심네였다.

"그만그만헌디."

"워디 보고. 시상에, 워쩌다 이런겨."

맛보기로만 살짝 보여주는 발목께를 자기 쪽으로 잡아당긴 다음 억지로 몸뻬를 말아 올리고 있는데

"워디 펜찮으슈?"

간쟁이 노인이 들어섰다. 모자 눌린 테만 남아 있는 거지반 백발이다.(이 노인은 성심네가 있을 때는 꼭 털벙거지를 벗고 온다.)

"어서 오유."

어은댁은 말을 되받으면서 인사를 차렸다. 성심네는 별 표정도 없이 오셨슈, 인사를 하고 엉덩이만 움직여 노인이 앉을 자리를 만들어주었다.

"오랜만에 오셨슈."

평생 물에 불리고 소금에 절인 손을 맞잡아 양반다리와 잠방이 사이에 얌전히 심으며 제가 꽁무니를 쫓아온 여인에게 새삼 인사를 차렸다.

"예, 펜안하셨슈?"

"펜안했쥬. 근디 이 집 쥔은 워디 갔댜?"

"스산 아들네 갔슈."

"안양반이 펜찮으신 것 같구만 워째 집을 비웠댜?"

"지사 지내러 어저께 갔슈."

"이. 근디 워칙허다 다쳤대유?"

"암것두 아뉴. 어저께 그물이 갔다 오다가 병 깨진 것에 쪼끔 빘슈."

"얼레, 노상 댕기던 질 아뉴."

어제는 일곱물. 들물 날물이 유난히 거칠고 급하고 많은 시기이다. 해거름에 집을 나섰다. 조금 서두르면 아주 어두워지기 전에 갔다 올 수 있을 듯했다. 담벼락 너머로 종합운동장만한 만(灣)이 하나 있고 그 너머로는 일년사시 흰 연기가 오르는 삼성종합화학과 현대석유화학 공장이 있다. 내포 땅이 서쪽으로 내달리다가 거대한 바다와 만나 되돌아가지도 않고 무슨 꿍꿍이 있어 그 속으로 빠져들어가면서 마지막 기운으로 토해놓은 황금산 아래서부터 반대편으로 뻗어 있는 나지막한 지형에 그것들이 들어서 있다.

무슨 섹유 공장인가 슨다고 허더먼 목욕탕모냥 굴뚝만 억시게 짓구 있네그랴.

팔년 전 공장 들어설 때 동네 늙은이의 한마디가 있었듯이 반질반질한 건물에 굴뚝들만 잔뜩 솟아올라 있는데 보다보면 뭘 잘못 심어 마치 땅속에서 솟아난 것 같았다.

그 자그마한 만 가운데 영감네가 대대로 부쳐먹는 정치망(定置網)이 있었다. 하루 두 번 밀물 때 물을 따라 들어온 고기들이 만 깊숙이 들어왔다가 썰물에 빠져나가지 못하고 잡히는 그물이 바로 정치망이다. 어은댁은 다래끼를 들고, 염전 바닷물 받기 위해 수로 만드느라 쌓아둔 축대에서 뛰어내려 소다 버무려 찐 찐빵처럼 부풀어오른 뻘밭을 걷기 시작했다. 멀리 반쯤 썩은 폐선 두 척이 바다와 멀어져 더욱 쓸쓸하고 쓸데없어 보였다. 간조가 되어 물이 빠진 까닭에 모양이 드러난 야트막한 등성이 사이 동작 느린 바닷물이 이제야 꾸물꾸물 흘러나가는 고랑을 타고 걸었다. 공장에서 가장 긴 굴뚝은 며칠째 무엇을 태우는지 하늘을 뚫을 것 같은 불기둥을 쏘아대더니 어제는 그것마저 꺼져 있었다. 농게 칠게 황발이 집게 들이 뻘구덩이에서 나와 정신없이 경단을 만들다가 발자국 소리에 쭈뼛 눈알을 뽑았다. 어은댁 바지런한 걸음이 가까이 왔을 때 범 본 강아지처럼 한순간에 후다닥 제 구멍 속에 몸을 숨겼고 그니가 멀어지자 슬금슬금 눈치를 보며 빠져나온 다음 거의 동시에 놓았던 일을 계속하기 시작했다. 황발이 같은 놈들은 되지 않게 제 몸만한 집게를 번쩍 들어올려 다가오는 사람에게 엄포를 놓다가 상대를 잘못 골랐음을 깨닫고 부리나케 구멍을 파고들었다.

늙은이들이 맛으로 찾고 버릇으로 손짓하는 게 황발이나 농게 칠게였다. 저것들을 잡아다가 장에 묵혀놓으면 뭣에 못지않은 반찬이 되었다. 그러나 요즈음 어은댁은 눈 한번 주지 않았다. 이 만(灣)에 주둥이를 대고 사는 집이 인근에서는 어은댁네 단 한채였으므로 잡으려고 덤벼들면 한 구럭쯤은 능하지만 일전에 심심풀이로 반구럭쯤 잡아다 대산시장에서 고기 받아 가는 운산댁에게 맡겨놓았었는데 게한테서 기름내가 난다고 타박들 하더라고, 그래서 단 천원벌이도 못했다는 말을 듣고부터는 제 반찬으로도 정이 다 떨어져버렸다.

어느덧 어은댁은 물 반 뻘 반인 만의 가운데로 접어들었다. 걸음은 갈수록 힘들어서 저벅저벅하던 발소리는 급기야 벌컥거리기 시작했다. 종아리까지 파묻힌 발을 잡아 뽑아야 했기에 더뎠다. 바닷속 도랑이 홍수 만난 산(山)도랑처럼 우당탕탕 흘렀다. 뻘 속에 무슨 귀신 머리카락 같은 게 들어 있어서 발목을 친친 감고 드는 것 같았다. 영감 없이 혼자 와서 그런가. 멀리 바다에서는 뜨물처럼 남아 있던 낮기운이 어느새 다 스러져서 무겁고 어두운 기운이 만들어지고, 밀려들어왔다. 참나무 통말뚝으로 박아놓은 지주를 따라 그물 끝으로 다가가자 파득거리는 소리가 들렸다. 동그랗게 물매를 잡아놓은 곳 그물 속에 뭔가가 들긴 들었다.

심심찮게 감성돔도 들던 가을이 가고 겨울이 오면서부터 고기가 도통 없다. 건져놓고 보니 농어 새끼 세 마리에 숭어 한 마리다. 숭어는 일년사시 들쭉날쭉하면서도 고루 잡히는 놈이고 봄가을에는 감성돔 학꽁치 전어도 드는데 겨울에는 영 시절이 없다. 시절이 없기로는 옛날에 비하면 지금이 더 그렇기는 했다. 공장 생기기 전에는 하루 두 번 잡히는 양이 마릿수가 아니라 킬로수였다. 저쪽 현대에서 AB지구 만들어 해수 흐름이 바뀌고 공장이 들어서고 하다보니 찾아오는 고기 수가 하루 다르고 이틀 또 다르고였다.

"가만히 있어라, 이눔덜아."

뻘물 속에서 농어의 은빛 비늘이 보기에 나쁘지는 않다. 다래끼에 놈들을 넣고 길을 되짚었다. 뻘밭과 바다와 하늘이 구분없이 어둡다. 저쪽 공단만 불 놓은 듯 환했다. 그 불빛이 길을 걷는데 도움이 될 듯도 하지만 무심코 거기 한번 쳐다보고 나면 눈 속에 온통 파랗고 빨간 기운만 가득해 눈에 익은 뻘길도 놓치기 일쑤다. 반쯤 왔을까.

벌써 밀물이 시작되어 쫓겨나가듯 빠져나간 일곱물 바닷물이 점심 거른 시엄씨처럼 우르릉 밀려오기 시작했다. 저 무겁고 어두운 기운이 마치 자신을 잡아챌 것 같아 자꾸만 빠져드는 발목에 더욱 힘을 주며 걷는데 뭔가 다리 쪽에 시큼한 게 생겼다. 굴껍질 같은 것이려니 하고 없었던 것 모양 그냥 오자니 시큼하던 곳에서 짜르르 아픔이 일었고 점차 그게 커지기 시작했다. 힘이 다 빠졌다. 집 마당에 60촉 백열등 하나 켜져 있는 것을 별 삼아 찾아들어 바닷물 둠벙 통발그물에 놈들을 풀고 나서야 집에 들어섰다. 영감과 단둘이 산 지 반평생이라 조용하고 허전한 게 몸에 익고 배어 그게 되레 편하지만 그래서 그런지 영감마저 없는 게 더욱 기괴하고 가년스러웠다. 부랴부랴 뻘탕이 되어 있는 아랫도리에 물질을 하고 보니 장화목께부터 허벅지 꽃무늬 달려 있는 몸뻬까지 주욱 날카로운 것에 베여 있었고 밀물 오르듯 벌건 핏물이 배어나오고 있었다. 빨간약으로 소독하고 담뱃가루로 지혈을 해서 몸을 뉘었건만 기운이 없어 헐망헐망한 밤을 보내게 되었던 것이다.

"쪼끔 빈 게 그려? 누가 일부러 찢어놓은 것 같구면 꼭."

성심네 얼굴에 걱정이 그득했다. 영감 걱정시킬 것 같아 연락도 안하고 밤과 아침을 보낸 뒤라 이렇게 아는 얼굴이 찾아온 게 흐뭇한 구석이 적지 않다. 간쟁이 노인은 하릴없이 고개만 끄덕거렸다.

염전 기술이 들어오기 전에 바닷가에 도랑을 파고 그 끝에 솥을 걸어두고는 밀물이 들어오면 솥에 불을 때 소금을 구웠던 이라서 지금도 별명이 간쟁이인 그는 영감 친구였다. 배운 게 그 바닥 일이라 지금도 집 옆 염전에서 일꾼으로 붙어먹으며 살고 있어 심심찮게 놀러 다녔다.

그런데 이 노인이 이 집을 찾는 데는 술과 장기보다는 급이 높은 다른 차원의 까닭이 있다. 바로 성심네 때문이었다. 이 집을 오려면 삼거리에서부터 걸어 들어와야 하는데 그 길이 바로 염전 옆을 지난다. 노인이야 염전 일꾼이라 노상 염전에서 가래질을 하거나 아니면 막 안에서 창만 쳐다보고 앉았으니 좋아하는 여인네가 지나가는 것을 놓칠 리 없다. 무조건 따라오고 본다. 어쩌다 일이 바빠 손댄 일 마저 끝내고 오느라 늦을 때도 있었고 노인이 찬스 놓치는 데는 뭐가 있어 성심네가 고기 사러 온 손님들 차 얻어타고 나가버린 뒤일 때도 있었다.

"은자씨 안 왔남. 아까 들어가든디."

그는 꼭 성심네의 본명을 불렀다.

"왔다 갔슈."

"원지 갔남."

"금방 갔슈."

"얼레, 나가는 것은 못 봤는디."

"차로 나갔슈."

"아까 그걸루 갔거먼. 혹 나 안 찾았남."

"찾기는 뭐허러 찾유."

"음. 잠깐 나갔남 아니믄 영 갔남."

"영 갔슈."

"따루 일루두는 말은 읎구?"

"읎슈."

"개갈 안 나게 뭣허러 금방 갔댜. 혼자 적적헐 텐디."

"꿩이 밥 준다구 갔슈."

뭐 그러는 날들이 적지 않았다. 간쟁이 노인 해묵은 된장 같은 맘으로 홀아비 과부 살림 서로 부족한 아구를 맞춰 든든한 바람벽이 되고 따스한 이불이 되었으면, 그랬으면 좋겠다고 눈치를 보인 햇수가 한참이었으니 어은댁이 말을 놓아보지 않은 것도 아니었다. 그러나 몸뚱이에 군내는 날지언정 자존심은 하나도 흐트러지지 않아 옛날에는 거들떠보지도 않던 간쟁이를 늘그막에 서방으로 앉히기가 거시기하다고 성심네는 은근히 퇴짜를 놓았다. 간쟁이 노인도 사람이 흉악하지 못해 이제나저제나 감 떨어질 날만 기다리는 축이었으니 홑것들끼리 적적한 시절에 술 한잔 따라놓고 흘러간 이야기나 나눠봅세, 찾아가보지도 못하고 그렇다고 여차여차해서 이렇고 저차저차해서 저러니 우리 앞으로 요롱게 해서 저렇게 합세, 앞뒤 순서와 분간 있는 말도 못 꺼내고 그저 사시장철 염전 앞길로 지나가는 게 보이면 슬금슬금 꽁무니 따르며 눈치나 보는 게 다였다.(눈치로 보아 성심네도 아주 싫지는 않은 것 같기는 한데 같이 살림을 하기보다는 이렇듯 아직도 제 꽁지를 따라다니는 남정이 있다는 사실에 더 재미를 두는 듯했다.)

"그러고 보니 옛날에 성님이 다쳤던 데하고 비슷하잖어."
말을 해놓고 어은댁은 페헷 웃었다.
"그렇구먼. 꼭 거기구먼."
옛날 이야기였다. 서산 사거리 성심옥에서 둘 다 논다니로 있을 때(그래서 성심네다) 성심네는 군수가 아끼던 이였다. 더 옛날로 치면 원님이 총애하는 기생인 셈이었는데 사거리집이 형세는 그리 장하지 못했지만 술꾼 오입꾼 입에 한 쾌에 묶여 오르던 술집 중에서 벌이가 쏠쏠하기로 소문난 게 바로 인물 좋고 수완 좋은 성심네 때문이었다. 군수부터 해서 읍장, 조합장, 예비군 중대장, 각 마을 구장급들은 물론 수매하고 난 농꾼들과 인근 어장 좋은 선주, 선장들 중에 상상으로라도 품어보지 않는 이가 없었다. 워낙 타고난 화류기에 말 잘하고 예뻐서 각종 장급들과 멀지도 않고 가깝지도 않게 교류하여 주인네 배도 불려주고 제 몸에 비단깨나 둘러댄 이였다.

고향은 이곳에서 백여리 떨어진 당진 어디께인데 소녀시절 어찌어찌해서 서울물 먹으러 올라갔다가 화류물 들어 내려와서 이곳에 자리를 잡았다. 유행가 가락 잘하고 참기름 같은 웃음 잘 피워내고 도톰한 입술에 색기가 돌아 남자들을 잘 구슬렸다. 사람이 크게 모질지도 않아(모질었으면 지금쯤은 시내 무슨 옥이나 여관이라도, 하다 못해 여인숙이라도 하나 꿰차고 앉아 있을 것이다) 잘 퍼내주고 정도 아까워하지 않는 편이었다.

하루는 제 누나들을 우려내어 오토바이 장만한 아무개네 아들 하나가 자랑하고 싶은 마음과 어떻게 해보고 싶은 마음이 어우러져 성심옥을 찾아왔다. 마침 골든 양품점에 원피스를 찾으러 가려던 그니는 말 많은 택시기사들 만나기가 성가셨던 탓에 혹시나 하면서도 그 오토바이로 엉덩이를 옮겼는데 아니나다를까 청년은 열 발자국도 못 가 큰길을 버리고 바닷가 길로 몰아가기 시작했다. 허리에 매달리면서 달래기도 하고 사정도 해봤지만 청년은 '우리에게 내일은 없다' 식으로 이판사판 가속기를 더 잡아당겨버렸다.

50씨씨 엔진은 맹렬하게 폭발을 해대고 먼지 뒤집어쓴 소나무들이 휙휙 지나갔다. 풋것 사내들이 똥배짱만 믿고 설치는 것을 끔찍이도 싫어해(눈치로 보아 그쪽 관계로 뭔가 아픈 상처가 있는 듯했다) 달군 냄비 속 콩 튀듯 하는 비포장 위의 위태로운 오토바이 위

212

에서 그게 무서워 청년의 허리를 꼭 껴안기는 했지만 제 꼴리는 대로 설치는 것에 악발이 머리끝까지 돌아올라버렸다. 신작로를 지나 마을 앞에 왔을 때 풀이 우거진 밭둑 쪽으로 몸을 날린 거였다. 순간이었다. 가게 앞에서 해찰부리던 사람들이 모여들었다. 땅바닥에 나동그라진 중에도 눈에 익은 구장 하나를 순간 알아보았고 그가 언젠가 군수와 한번 같이 온 이라는 것을 번개처럼 떠올렸다.

뛰어내리는 와중에서 손으로 머리나 이런 데를 가리지 않고 한손으로는 가슴을, 남은 손으로는 아랫도리를 가려 철저히 제 상품에 흠집이 나지 않게끔 했다는 것은 귓속말 들은 어은댁만 알고 있는 속내용이었지만 아무튼 달리는 탈것에서 맨몸을 던졌으니만큼 안 다칠 수는 없었다. 운이 있어 뼈 같은 데는 심히 다치지 않았으나 오른쪽 종아리와 허벅지살을 길바닥 돌들이 깎아먹어 착실히 두어 달 병원신세를 졌다.

시욱지 같은 놈이 거시기 생각이 있으믄 인간적으로 빌어도 줄까 말까 한디 나를 납치를 해? 뭐 동네 사방 경칠 일 있다고 그렇게 시끄럽게 난리를 쳐대믄 내가 뭐 벌벌 떨 줄 알았나부지. 죽고 싶어 환장을 한 것이여, 그놈이.

박외과로 찾아온 군수의 손을 맞잡고 아파 죽겠는 다리와 이년의 서러운 팔자를 한데 비벼 눈물로 하소연했고 그게 전달되면서 곁가지도 치고 약간 비틀어지기도 해서 정인의 수절로 받아들인 군수가 감복을 해 아이구 불쌍한 것, 애구 어린 것, 해가며 친구가 하는 종합병원으로 손수 옮겨 입원 가료를 시켰다. 오토바이와 함께 딩굴어 훔쳐놓은 걸레꼴이 되어 있는 청년은 치료만 받고 곧바로 구속되었다.

"나는 원래 살성이 좋덜 안해 상처 나믄 고생을 많이 허는디 동생네는 금방 아물 겨. 옛날부터 보믄 금방금방 아물었잖여."

사람이 타고난 복이 제각각이라 이 성님이 이렇게 사는지도 모를 일이다. 논다니 시절 성심네는 계곡풍 올라탄 방패연처럼 끝간 데 없이 훨훨 올라가기만 했었지 않나. 제 꼬리마저도 자랑스러운 여우처럼 설설 잘도 날아가기만 하더니. 하긴 그때 아무리 복을 타고났어도 오만가지 다 타고날 수 없는 법임을 알기는 했다. 덧 잘 나는 몸이 그랬다. 가벼운 생채기가 났다 치면 어은댁처럼 별 인기 없는 것들은 하루 가고 이틀 가고 하다가 금방 없어져 새살 오르는데 성심네는 꼭 덧창이 나 인물값 고생을 하곤 했다.

"성님 그때 고생 많이 했잖유? 상처가 덧나서 끙끙 앓았잖유."

"고생 자심했지. 죙일 누웠는디 여기 여기서부터 주욱 터진 살이 아물지는 않구 땀땀이 고름이 잽히는디 참말로 죽겄더먼. 차라리 그냥 거시기 할걸 싶드라니께, 흐."

"그래도 그 덕 많이 봤잖여."

"덕?"

혼잣말로 되뇌고는 흘렁흘렁 노랫가락을 입술 사이로 흘리며 박카스를 따 소주에 탔다. 쩝, 간쟁이 노인은 제가 끼여들 계제가 아님을 알고 그렇게 입맛 다시는 소리로나 제 존재를 알렸다.

"덕을 보믄 뭣허구 안 보믄 또 뭣허는겨. 다 소용읎지. 아저씨도 한잔 허세유."

군수 첩으로 몇해를 살던 성심네는 대대로 유지 해먹던 군수가 중앙 쪽에 뭔가 미운 털이 박혀 홀홀 털어먹고 나자 다시 성심옥으

214

로 나왔다. 그러나 시세가 옛날 같지 않았다. 나이도 들고 한번 누구네 첩으로 눈도장이 박혀버린 뒤라 도통 옛날처럼 귀하게 쳐주지를 않아 낯선 취객들 주머니 털어먹는 재미로 몇년 살다가 전직 통일주체국민회의 대의원 출신의 그렇고 그런 영감에게 나머지 생을 얹은 게 한 이십여년 전이었다.(간쟁이 노인 말로는 그때부터 연정을 품어왔다고 했다. 홀아비 되기도 전이었지만.)

대의원 살아 있을 때는 그런대로 호사 끝자락쯤은 부여잡고 살았으나 오년 전 홀로 된 뒤로는 벌말 집에서 홀로 끓여먹으며 지내고 있다.

대산 읍내에 집이 있었던 대의원은 배와 어장이 있는 벌말 바닷가에서 집 한채 장만하여 본마님 침탈 없이 호젓하니 첩을 데리고 살았던 것이다. 아들네들이 사업한다고 땅도 팔아먹고 노름으로 배도 팔아먹고 하여 점차 담벼락 바람구멍이 커져가더니 급기야 대의원이 화병에 풍까지 겹쳐 쓰러져버렸다. 산송장 되고부터는 더욱 사람들이 줄어 명절 때 본가에서 떡과 부침개 몇장 오는 게 다였다.

본부인도 외면한 노인네 병수발을 한 삼년 착실히 해서 꼴사납지 않게 저 세상으로 보내주었다. 주인 죽고 나자 모래밭 바람에 날리듯 사람과 재산이 무섭게 흩어져버렸다. 풍쟁이 환자 수발해주었던 대가로 지금 사는 집 떼어준 것만 해도 이를테면 대접이라면 대접이요 인정이라면 남아 있는 인정이었다.

"성님은 그래두 장짜리들루만 상대했잖유. 그 덕두 적잖었지 뭐."

"그려."

어은댁은 안주로 삶은 고구마를 껍질 벗겨 칼로 곱게 잘라놓았다.

"고구메를 왜 그렇게 해놓는댜?"

끼여들고 싶어서 기회만 보던 간쟁이 노인이 끝내 한마디 할 것을 찾았다.

"우리 성님은 원체 고급이 돼놔서 고구메도 이렇게 잘라먹었슈. 이런 양반댁 마나님 뫼시기가 쉽지가 않유. 예사 과부하고는 층이 여러 겹 지니께."

어은댁 따라 성심네도 흐흣 웃음을 흘렸다. 간쟁이 노인은 다시 고개를 끄덕였다.

"나한테만 오믄 고구메 아니라 쌀이래두 칼로 깎아 믹이디릴 텐디."

딴에는 배포를 부려 내놓는 말이다. 어은댁 얼굴에 허이구야, 놀란 기운이 실리는데 성심네는 그저 흥흥, 웃을 뿐이다.

"증말유? 우리 성님 그렇게 깍듯이 뫼시구 살규?"

"아점니만 좋다믄서야."

말끝을 흐리고 흘낏, 술기운이 돌아 여전히 흥흥거리고 있는 성심네를 바라보았다.

"아시겠지만 옛날이는 군수 읍장급들이 자가용으로만 뫼시러 왔슈. 대국 비단루 우아래 좍 두르고 나가믄 같은 여자들도 한번 품어보고 싶었다니께."

"그러면 뭐하겠남. 화무는 십일홍이요 달도 차면 기우나니라. 다 옛날 이야긴 겨. 그띠는 레코드하구 슈퍼살롱만 타고 놀러 다녔는디 지금은 늙었다고 오토바이도 안 태워준단 말여."

어은댁이 무슨 말이냐고 고구마를 자르다 말고 고개를 들었다.

"어제 대산 나가 양자네서 놀다가 해 저물리구 벌말을 들어가는디 말여. 을매나 추워. 저기 방죽을 따라가는디 시상에 차가 한대도 안 서주는 겨. 씽씽 지나가기만 허대이. 내가 넘의 차 안 타는 사람이지만 어제는 하두 춰서 오금이 다 덜덜 떨리더먼. 그래서 난중이는 그냥 모르겠다 하고는 길 한가운데서 꼿꼿이 서서 걸어갔던 겨. 한 눔이 빵빵거리고 난리를 하니껜 이 양반들아, 타는 것은 두루 같이 타야 좋은 겨, 했더니 뭐라고 헬렐레거리며 찌푸차에 태워주더먼."

"성님 옛날 풍월이 그대로 남었구먼."

"풍월이 남어서 그러남. 늙은 핑계 대구서 한 거지."

"옛날이는 사내란 사내는 모두 성님 못 태워서 안달이었는디."

"그려. 좋은 시절 다 간 겨이. 차도 골라서 타구 사람도 골라서 앉구 혔는디 지금은 동짓달 칼바람 속에서두 길 안 비켜주구 고시랑거려야 태워주구. 님도 자식도 읎이 긴긴 밤 홀로 지새는 신세니 말여."

하며 간쟁이 노인한테 살가운 눈길을 살짝 줬다. 노인은 햇살 받은 염전 속의 소금처럼 바싹 말라갔다.

"온 김에 하루 자고 가여."

"그류. 이 집 아점니도 펜찮구 허니껜두루 하루 유하시구 들어가시쥬."

간쟁이 노인은 제집에 온 손님 대하듯 했다.

"자네 이렇게 다쳐 있는디 뭐러 자. 가봐야 혀."

"가봤자 님도 없고 자식두 읎는 집구석이라메."

"굉이 밥 줘야 혀."

"참 새끼 났는감?"

"아직 안 놨어. 고것이 새끼럴 배서 승질이 보통이 아니더먼."

"사람도 그러는디 짐생이. 젖 띠거던 꼭 가져다줘."

일전에 키우던 고양이가 집을 나가버려 새끼 낳으면 두 마리 갖다달랜 적이 있었다.

"달라는 사람두 없는디 아무렴 내가 동생네 안 갖다줄까."

소주 한병에 박카스 한병 탄 것을 간쟁이 노인과 알뜰하게 비운 성심네는 족제비 목도리를 두르고 일어섰다.

"성님 또 한잔 들어가니께 영 이쁘구먼."

"그려? 나 이쁘다는 사람 이젠 동상네뱆이 읎네."

"여기 이 아저씨 있잖여."

노인은 앉은자세로 성심네를 바라보다가 그 소리에 고개를 돌렸다.

"하여간 타고난 복이여. 아직도 화장발 잘 먹는 거 점 봐. 대의원 영감이 저 이쁜 작은각시 두고 눈이 감아졌나 물러."

"이게 화장발인감. 억짓발이지. 아, 나오지 말어."

그래 억짓발은 억짓발이다. 누가 늙을 줄 알았나. 이십대일 때는 평생 스물 몇살로 살 줄 알았고 서른줄일 때는 평생 또 그럴 줄 알았다. 그런데 이게 뭔가. 천년만년 해당화 같을 줄 알았던 이 성님도 이제는 간쟁이 노인 옆에 서 있는 게 더 어울리는 모양 아닌가.

어은댁은 자태만 남아 있는 성심네 뒷모습을 보며 쓸쓸한 기분이었다. 하긴 저 자신도 한심한 꼴에서 멀지는 않았다. 성심네가 대의원 첩살이 들어가고 나서 성심옥은 한바탕 물갈이가 되었다. 70년대 이른바 본격적인 경제부흥의 시기로 접어들자 옛날 주막 같던 술집은 제법 새로운 분위기로 바뀌어갔다. 집을 새로 고치고 논다니들도 객지에서 온 젊은것들로 새로 채워졌다. 성심네가 멀리 벌말로 가버리고 나자 그나마 마음을 주고 있던 의지가지가 사라져 어은댁도 이제 은퇴하고 싶어졌다. 누구라도 과히 나쁘지 않은 인간에 과히 볼썽사납지 않은 인물, 과히 구차스럽지 않은 살림이면 저도 안방물림을 하고 싶어진 거였다. 일이 되느라고 마침 연통 하나가 들어왔다. 그런데 참 별난 연통이었다.

첩살이 연통이 어떤 사내 본부인한테서 들어온 것이다. 여자가 찾아와 대놓고 자기 남편과 살아달라고 했다. 자질구레 말 늘어놓고 싶지 않다는 그 여자는 몸이 몹시 냉한 사람이라 사내와의 그 짓이 죽기보다 싫은데 남편은 남보다 좀 밝히는 체질이라 밤마다 꼭 죽겠다는 거였다. 아무런 조건도 없었다. 집안에 내려오는 어장이 하나 있어 그것으로 둘 먹고살기는 충분할 거랬다.

어은댁이 일단 남자를 보마고 하자 볼 것도 없이 여기 단골 중에 모모 인물이라고 했다. 간혹 찾아오는 사람 중에 고운 얼굴에 순한 심성의 사내 얼굴 하나가 불쑥 솟아올랐다. 시간을 달라고 했고 그 시간이 끝나기도 전에 남자가 찾아왔다. 그리고 그날로 주변을 정리하고 바로 찾아든 곳이 바로 이 집이었다.

그게 어언 이십년. 그 세월 동안 살림집들은 거의 떠나가고 어은 댁네만 바람맞이로 남았다. 그래도 잘 살아왔다. 본부인은 별 까탈 안 부리고(교회에 푹 빠졌단다) 귀가 먹은 게 유일한 흠인 사내는 말대로 좀 밝히면서 그대로 묵은 영감이 되어갔다. 궁합도 맞아떨어졌다. 어은댁이 수태를 못하는 몸이라 자식은 두지 못했지만 둘은 큰 다툼 한번 없이 잘 늙어왔다. 이웃이 없어 이러쿵저러쿵 부딪힐 일도 없었다. 하루에 두 번 고기만 건져 내다팔며 둘은 먹고살았다. 부족하면 뻘밭에서 바지락 갯지렁이를 캐고 황발이 농게도 잡았다. 영감은 수발 잘 들어주는 여자가 있어 좋았고 어은댁은 한 사내의 아내로 남은 생을 누릴 수 있어서 좋았다. 성심네 혼자 홀몸으로 늙는 것을 보며 옛날부터 가졌던 질투도 다 사라져버렸다. 어쨌든 서방각시 같이 사는 것이 행복 아니겠는가.

그렇게 살다보니 술에 절어 몸에 일었던 독기(毒氣)도 다 빠져나가 감쪽같은 시골 여인네가 되었다. 부족하고 늦된 만큼 서로 정성을 들여 참으로 도란도란한 날을 채워왔다.

어은댁은 근자에 들어 이만하면 됐다 싶은 마음이 들기도 했다. 사실 더 바랄 게 없었다. 논다니 출신으로, 그것도 인물도 변변찮은데다 수태도 못하는 몸으로 시골 구석 거미줄 키우는 대폿집 주모로나 늙으면 건진 인생이려니 싶었는데 이렇듯 집에서 쫓겨난 사내나마 서방붙이로 정을 쌓았고 말년에 들수록 덧정이 붙어 아끼는 마음만 남았으니 이 정도면 여인 일생으로 가히 구차스럽지 않다는 생각이었다.

마지막 남은 바람은 하나. 술 치고 노래하는 일 버리고 나서 갯것하며 뻘탕과 살 에어드는 바닷바람 속에 살면서 사내 위했으니 하늘님이 그것을 공(功)으로 쳐준다면 그저 서방과 한날 한시에 죽는 것이었다.

제가 먼저 죽자니 참으로 의리없어 못할 일이고 나중 죽자니 끔찍한 일이다. 저 밀물을 따라 들어왔다가 빠져나가지 못하고 정치망에 든 고기들처럼 같이 움직이고 같이 서고 같이 죽는 게 원이었다.

그러고 보니 성님처럼 이 세상에서 측은한 존재도 없었다.

바람이 찼다. 성긴 소나무 사이에서도 생겨나는 것이 차가운 바람이다. 흔한 털가루만한 구름도 뵈지 않아 하늘 아래를 더 춥게 만들고 있다. 한참 들물이라서 멀리서부터 밀려오는 바닷물이 좁은 수로를 통해 저수지로 들어가느라 북새통이었다. 이렇듯 저수지에 갇힌 물은 간쟁이 노인이 있는 염전으로 들어가 햇볕에 말라가며 층층 내려오다가 소금으로 변할 것이다. 염전 너머로 벌말로 가는 긴 방죽이 늘어서 있고 너머로는 안 봐도 또 뻘밭이고 또 그 너머로는 다시 바다고 섬이었다.

"얼래, 인제 오너먼."

어중간하게 섰는 간쟁이 노인이 주름만 남은 눈을 멀리로 보냈다. 논두렁길에서 회색 잠바를 두툼하게 걸치고 흰머리 위로 흰 차양모자를 깊숙이 누른 영감이 검정 비닐봉지 하나 들고 들어섰다.

"인제 오유?"

영감은 셋씩이나 마당에 늘어선 풍경에 놀라워하다가 사람 좋은 얼굴로 호들갑스럽게 고개를 끄덕였다.

"치, 치운디 왜 나와서들."

"워디 댕기 오셨슈?"

"스산 아, 아들네. 워, 원제 오셨슈?"

"낮에 왔슈."

"자네 안양반 펜찮으시다구 찾아오셨댜. 지사 지냈음 얼른 넘어올 것이지 뭐 하느라고 인저 와여."

말도 좀 서툴고 귀가 먹은 관계로 둘은 그 대접으로 같이 목소리를 높였다. 영감은 눈이 휘둥그레져서 어은댁을 바라보았다.

"아, 아프다구?"

"암것두 아뉴."

"워, 워디가 아픈겨?"

"괜찮유."

"얼른 들어가서 마누라 아픈 데 점 만저주구 더듬어주구 해봐 점."

간쟁이 노인 소리가 끝나기 무섭게 어은댁 몸을 만지려 들었다.

"이 냥반이 왜 이런댜."

그것을 보고 성심네가 헤헷 웃었다.

"성님, 새암나믄 샛서방 하나 들이우."

"샛서방? 것두 좋지. 좋구말구. 헤튼 좋든 말든 나는 갈려."

"왜 가실려구. 내가 지사 떠, 떡을 가져왔는디."

"그려 성님, 치운디 떡 자시구 놀다 가유."

"그류. 이번 참이는 지가 한잔 살 테니께유, 놀다 츤츤히 가유. 어이, 오늘 이 집 고기 내가 살 거니께 그리 알어."

간쟁이 노인이 호기를 부렸다. 영감은 떡, 소리만 해놓고 말이 나오는 순서대로 고개만 돌렸다. 성심네는 가야 허는디, 가봐야 쓰는디 하다가 어은댁 손아귀에 잡혀 다시 집으로 끌려 들어왔다. 그새 볼이 꽁꽁 얼었다. 다들 바르르 떨면서 부랴부랴 방에를 들어서는데 간쟁이 노인만 허허, 흐뭇한 웃음을 지었다.

참으로 엉뚱하게도 잠 한숨 달게 잤다. 잠들기 전 정신이 얼망얼망했던 탓에 한 시간 정도 잔 것 같기도 하고 비몽사몽 잠도 아니고 아닌 것도 아닌 상태가 꽤 있었으니 근 이십분쯤 잔 것 같기도 한데 어쨌든 한순간이나마 깊이 들었다가 깬 것이다. 벽을 따라 천장까지 닿을 듯 쌓여 있는 성냥과 화장지곽들이 안개 속인 듯 얼른 잡히지 않고 한동안 흔들거리다가 점차 모양이 만들어진다. 물건들이 제 모습을 잡자 괜찮은겨? 소리도 들려온다. 그랬었지. 아랫목에 성심네와 간쟁이 노인이 있었지. 휘유, 긴 숨이 빠져나온다.

이런 잠을 자고 나면 정신이 쉽게 수습되지 않는다. 어디 깊은 골방이나 끝없는 동굴 속에 갇혔다가 갑자기 빠져나온 것 같기도 하고 무당 굿판에서 혼령한테 한동안 몸을 빌려주고 난 뒤 같기도 하다. 어제 다치고 나서부터 성님하고 간쟁이 노인이 왔던 점심때까지 깊은 잠 못 이루고 왼쪽 방바닥과 오른쪽 방바닥을 탁구 치듯 해왔으니 곤한 게 쌓인 끝이라 어떻게 잠이 들었는지도 모르게 들어버렸다. 시계를 본다. 네시 삼십분.

한 십년 되었나. 작은아들 응식이가 방안에서 패악질을 하다가 손에 잡히는 대로 뭘 집어던졌는데 그중 뭐 하나가 시계를 맞히었다. 파편 하나 없이 금만 주욱 나간 것을 버리기 아까워 이제껏 테이프 한쪽에 의지해 쓰고 있는 것이다. 잊을 만하면 찾아와서 한바탕 야료를 부리는 버릇은 여태껏 고치지 못한 병이다. 제 친어매가 설마 부추기기까지는 안했을 성싶지만 지랄을 하려면 그 집에 가서 하라는 식으로 내몰았음직하고 아배야 순한데다 귀 닫고 사는 위인이라 걸릴 것 없거니와 어은댁 자신도 도무지 말이 서지 않는 위치라 더욱 그랬다. 놈은 올 때마다 보름이나 한달 고기 판 돈을 착실히 수금해가곤 했다. 그러려니 하며 살아온 게 살림 내력이니 크게 맘 둘 것도 아니다. 아니 요즘은 아예 맡아준 돈 돌려주듯 착착 일정액을 줘버린다. 큰아들은 그럭저럭 살림 차리고 사람 모양이 되어가지만 어째 작은것은 그렇게 변함없이 꿋꿋한지 모를 일이다.

밥만 주면 탈 한번 않고 시간을 똑똑하게 보내는 것인데 아무래
도 시간이 영 눈맛에 맞지 못하다 싶어 다시 보니 시계 붕알이 금
있는 곳 가운데 반듯이 서 있다. 성심네는 화투패를 떼고 있다. 다
먹고 밀어둔 고구마 접시와 소주병이 요강 재떨이 걸레 박하사탕
봉지 옆에 새로이 줄을 서 있다.

"나도 물르게 잠이 들어버렸네."

"땀을 다 흘리고 자더먼."

"정신이 하나두 읎슈."

"아퍼서 그런 겨."

"성님헌티 미안휴. 놀러 왔는디 나만 잠을 자서."

"벨소리를 다 하너먼. 워째 쫌 괜찮여?"

"괜찮유. 헌디 다 워디 가셨다?"

"동생네 냥반은 고기 걷으러 나가셨구 염전 냥반은 하던 일 단도
리두 해놓구 돈두 가지구 온다구 쫌전이 가셨구먼. 보자, 산보도 떨
어지구 딱 맞네이."

"날 안 깨우구 혼자 그물에 가셨대유?"

"금방 갔다 온다구 자게 냅두라고 허더먼. 하이구야 소용도 읎는
님이 어쩌자구 이렇게 떨어지는겨."

"지금 멫시나 된겨?"

문을 연다. 슬레이트에서 담 쪽으로 엎어놓은 플라스틱 차양에
햇빛은 없고 위태로운 가로등 60촉 전깃불만 흔들리고 있다. 차양
에 떨어진 솔가리가 바람에 바르르 떨다가 한쪽으로 밀려나고 있
다. 그걸 보니 훅 한기가 든다. 바다 쪽에서 밀려오는 겨울바람이
만(灣)을 지나 방죽을 타고 넘어 반대쪽으로 가는 중이다. 논과 밭

224

둑의 풀은 말할 것도 없고 저수지 가장자리에 가을 내내 자태를 내보이던 억새도 살이 다 빠져 제 가느다란 뼈 하나만으로 간신히 버티고 있을 것이다.

눈을 거두고 한동안 멍하니 성심네 패 떠는 것을 바라보던 어은댁은 몸을 일으키려다가 아이고, 소리를 내놓으며 자리에 되질러 앉아버렸다. 별도 뜨지 않은 깊은 밤길을 걷다가 허방다리를 짚어 영혼은 허공에 둔 채 몸만 숭, 저 깊은 곳으로 떨어질 때처럼 갑자기 제 몸을 지탱하던 다리가 어디로 도망을 쳐버린 듯하다. 된숨을 내쉬다가 몸뻬를 발목에서부터 조심스레 끄집어올린다. 왼쪽 복사뼈에서부터 무릎을 지나 허벅지까지 그대로 살이 터져 있고 아직도 핏물이 조금씩 배어나오고 있다.

"피가 또 나오너먼."

"생각보덤 짚이 빈 모양이유."

"얼른 약 좀 더 발라봐여."

피딱지가 앉은 곳은 말할 것도 없고 그 주위로 퉁퉁 부은 부기가 하나도 빠지지 않았다. 둔덕을 따라 다시 안티프라민을 문지르고 상처에는 언제 누가 사왔는지 기억이 나지 않는 무슨 연고를 바른다. 시계 밥주기야 원래 영감 일이기는 하다.

밖에서 사람들 소리가 둥시렁둥시렁 들리더니 그예 할머니 계슈, 부르는 소리가 난다. 안 봐도 뻔하다. 사택 인물들이다.

저기 오짜두 떨어졌네. 성님두 오고 혔으니 국수나 삶을까. 국수도 좋지. 말을 주고받고 하다가 어은댁은 바쁠 것 없는 동작으로 몸뻬를 올리고 엉덩이로 몸을 밀어 문 쪽으로 간다. 새로 안티프라민 바른 곳이 시원하다.

"어디 가셨나."

"기슈? 읎슈?"

서울 경기도에서 내려온, 인근 현대석유나 정유, 삼성종합화학 직원들이 이렇게 들르면 꼭 이쪽 사투리 흉내를 낸다.

"왜 그류."

"어, 기셨네. 주무셨슈?"

사람들이 열어놓은 대문 쪽으로 공단 불빛이 반짝거리고 그밖에는 깜깜한 어둠이다. 영감은 지금 고기를 걷어서 돌아오고 있는가. 벽시계는 죽었고 손목시계를 찾아보지 않아 시간 가늠이 어렵다.

"지금 몇시나 되았나?"

"일곱시 이십분이유."

"잘 돌아가지두 않는 혓바닥으루 어려운 말 흉내내지 말구 찾아온 용건이나 말씀하셔들."

호호, 종자가 다른 웃음소리도 들린다. 고만고만한 계집애 둘에 몇번 찾아온 적이 있는 남자 셋이다. 볼 것도 없이 마당에는 덩치 큰 차도 한대 서 있을 것이다.

"영감님은 어디 가셨대유?"

"그물에 갔지."

"오늘은 늦게 가셨네유? 그때는 한낮에 들어오시든디."

"물때가 달러서 그려."

"아하."

"그럼 고기 없어유?"

"지발 그 들된 주둥아리루 사투리 흉내 점 내지 말어. 아무나 웃자 부치믄 충청도 되는 줄 아는감."

"히히. 하여간 고기 없어요?"

"겨울이라 고기가 통 들어야지. 농어 새끼 몇마리하구 숭어 하나 있구먼."

"좀 봅시다."

어은댁은 끄응 굽어져 있는 몸을 땅에 내리며 펴본다. 짜르르르 통증이 발끝부터 엉치뼈까지 타고 오른다. 어제 끄집어온 고기를 저울에 단다.

"일키로가 조금 넘너먼."

"얼마예요?"

"만오천원 줘야겠는디."

"할머니 회 떠줘요."

뒤에 처져 있는 화장발 하나가, 붉은 물 들인 머리카락과 덜 배웠음직한 모양대로 툭 불거진다. 앉아서 삼천리 서면 구천리. 이런 애들은 안 봐도 안다. 공단 덕에 대산읍이 웬만한 도시 뺨치게 커져서 덩달아 술집들이 생겨났는데 그 속에서 나온 것들이다. 어은댁은 만사 귀찮아진다.

"회는 못 떠줘."

"횟집에서 왜 회를 안 떠줘요?"

"좀 봐. 여기가 횟집인가."

"왜 이런 데를 와. 그냥 횟집으로 가자니까. 할머니, 떠준다면 살게요."

"회는 못 뜬다니께."

어은댁 목소리가 자기도 모르게 살짝 올라갔는데 화장발이 발 빠르게 그것을 낚아챈다.

"왜 신경질이에요, 할머니."

"내가 원지 신경질 부렸다구 그랴."

"금방 신경질 부렸잖아요. 팔기 싫으면 안 팔면 되지."

"왜 이랴? 내가 뭘 워쟀다구."

하고 있는데 반쯤 찌그러진 방문이 끝까지 열리며 성심네가 끼여들었다.

"사기 싫으믄 가믄 될 거 아녀."

"예?"

"오늘 이 집 고기 아도 한다는 이 있으니께 안 사도 괜찮어. 사기 싫으믄 안 사믄 그만 아녀. 자연산 고기 이만큼 싸게 살 디가 워디 또 있간디 그러는겨."

"이상한 할머니들도 다 있네. 오빠, 우리 벌말 횟집으로 가."

성심네는 그것 몇개 팔아보겠다고 젊은것들한테 낮은 소리 내야 하는 동생네 거들고자 끼여든 것인데 톡톡 되바라진 말뽄새 때문에 한소리 아끼지 못하겠다는 눈치이다.

"이 지지배들이 말하는 것 점 봐."

"욕도 하시네."

"그래 욕했다. 보아하는 느이들두 해 저물어야 화장하는 것들이지? 이 쌍년의 지지배들아."

"할머니는 누군데 욕을 해요."

들고 있던 화투패를 던지고 성심네는 몸을 일으켰다.

"니 선배다, 이년들아. 이 의리없는 것들아. 까탈을 잡어두 있는 구석 가서 잡어야지 나만한 사람들 고기잡어 사는디 와서 탈을 잡어? 우리는 안 그랬다. 이것들이 까마득해두 한참이나 까마득한 후

228

배년들이 워디서."

그리고 화장발이 기가 막혀 대꾸할 틈을 못 찾는 사이에 내처 뒷동을 달았다.

"그리구 거기 사내들, 보아하니 처자식 읎는 얼굴들은 아니지만 다들 이해는 허니껜두루 살려믄 얼른 사서 가여. 사내덜 바람기 덕분에 묵고 사는 지집들도 있으니께. 들키지나 말구. 계집질 너무 좋아하믄 분질러지는 겨, 알어? 늙어서 후회한다구. 알었음 빨리들 사서 가."

"………"

"살 겨 말 겨. 안 사믄 말구."

"아 참, 싸줘요. 살게요."

뭐라고 더 지분거려댈 것 같은 이들을 만오천원 받고 몰아내고는 다시 방에 든다.

"동생, 내가 생각도 읎이 나서서 미안혀. 젊은것이 하두 싸가지 읎이 공시랑대니껜 그런 겨."

"아녀, 성님. 시언하게 잘하셨슈."

둘이 요즘 후배들을 두고 수런거리는데 간쟁이 노인이 들어선다.

"차 하나 나가든디 고기 팔은규? 내가 산다구 혔잖유."

"아, 오늘 잽히는 고기 사믄 될 거 아뉴."

"벌써 몇신겨?"

마누라 뉘어두고 친구와 처형 앉혀두고 혼자 뻘밭에 간 영감이 도통 돌아오지 않는다. 어은댁은 슬슬 낌새가 좋지 않다. 오늘은 여덟물. 어제 여섯시 반경에 간조였으니 오늘은 삼십분 뒤인 일곱시.

그렇다면 거의 돌아올 시간이다. 영감 혼자 간 적이 없던 것은 아니지만 그동안 따지고 보면 어은댁 혼자 간 적이 훨씬 많았다. 뻘밭을 걸어나올 때도 영감은 근력이 달려 맨몸으로 걷고 그니가 짐을 도맡아 메지 않았나. 여자 혼자는 살아도 남자 혼자는 못 살 때가 그 나이 때라고, 묵은 말들이 어찌 그리 하나도 그르지 않은지. 남자들 근력이라는 게 도시 믿을 게 못 되었다. 세상 천지 그렇게 세고 거칠고 다부진 게 또 없을 듯이 설치다가 내가 언제 그랬냐는 식으로 얌전하고 조용하고 수긋해지더란 말인가.

"꼭 경운기 시동 걸딋기 지름 있는 디기는 있는 심 읎는 심 다 써대드니 앵꼬나니께 한 발자국도 못 움직이는 게 사내것들이여."

성심네가 노상 하는 말이기도 했지만 그럴 때마다 어은댁도 저절로 고개가 끄덕여졌다. 남정이 한창 힘쓸 때는 밥을 같이 먹더라도 더 먹기 미안할 정도였다.

그런데 날이 갈수록 그 근력이라는 게 여인네들에게서 돋보이기 시작했다. 별스럽게도 남정들의 근력이란 잠자리와 맞물려 떨어지는 데가 있었다. 그것을 할 수 있으면 낮에도 움직일 거리를 찾는데 아랫도리가 그것을 놓고부터는 손도 일을 놔버리는 거였다. 허나 여자는 달랐다. 묵으면 묵을수록 힘을 쓰는 게 오히려 여자였다.

몸에서 물이 빠져나간 것처럼 불안하다. 그래도 곧 오겠지 하면서 시간을 보낸다. 손목시계를 찾아들어 벽시계 시간을 맞추고 밥도 준다. 텔레비전도 켠다. 애들이 노래하고 춤추며 뛰어논다.

"아무래두 나가봐야 될 것 같유."

"같이 가보여."

밑이 자꾸 가벼워져서 어은댁과 간쟁이 노인이 자리를 박차고 일어선 게 여덟시 종소리 날 때였다.

플래시를 찾아들고 영감 걸어갔던 발자국을 따라 뻘밭을 걷는다. 이미 들물이 시작되어 바닷물이 오르기 시작하고 있다. 물만 밀려오고 사람은 보이지 않는다. 천천히 걸어도 삼십분이면 충분할 텐데 벌써 두 배나 지난 것이다. 사나운 폭풍이 마음속에서 일어 그니를 바다 쪽으로 급히 몰아간다.

공단 불빛이 가까워지고 제집 앞 60촉 전구가 가물가물해지는 곳에서

"저게 뭐여."

간쟁이 노인이 먼저 발견한다. 어은댁이 달려든다.

"여보, 영감."

영감은 도랑길에서 서너 발쯤 지나 있는데 엉덩이 위만 뻘 바깥에 나와 있는 모습이었다. 두 다리가 뻘 속에 깊이 묻혀 빼지도 못하고 힘을 쓸수록 빨려들어가는 판이었다. 고기 든 다래끼만 한손에 꼭 쥐고 있다. 물은 벌써 저만치에서 이만치로 와 있다.

"이게 웬일이유."

"발을 벼, 벼서."

"발을 벼유? 시상에."

"춰, 춰 죽겠어."

마누라 발 벤 곳에서 똑같이 벤 모양이고 그러다 뻘죽탕을 밟은 모양이다. 공단 불빛을 보았나. 둘이 양팔을 붙잡고 뽑는다. 잘 뽑아지지 않는다. 달려든 물이 발목을 덮는다. 간쟁이 노인이 끄응 잡아끌고 덩달아 빨려들어가지 말라고 어은댁이 노인 허리를 웃쌰 당긴 덕에 간신히 뽑아져 올라온다. 쓰러지는 영감을 둘이 껴안아 바

닥 단단한 도랑길로 옮긴다. 플래시로 비춰보니 오른쪽 다리에서 피가 쿨쿨 흘러나오고 있다. 환장할 노릇이다. 영감은 온통 뻘칠이 되어 있는 몸을 덜덜 떤다.

"노상 댕기던 질에서 왜들 이랴."

"춰, 춰 죽겄어."

물은 종아리를 지나 무릎까지 타고 오른다. 이런 물이 얼마나 무서운 존재라는 것을 그들은 잘 알고 있다. 그러나 영감은 기진맥진해서 떨고만 있다. 어은댁은 정신없는 경황 속에서 다리에 힘을 준다. 서둘러야 한다. 서두르는 정도가 아니라 숫제 달려야 한다.

이제부터는 바닷물과의 달리기 시합만 남았다. 물이 차 들어와서 도랑길 분별이 어렵다. 몸에 익은 감각으로 발을 서두른다.

"얼른 갑시다, 여보 영감."

"쬐끔만 참어이, 금방 가니겐."

영감이 서너 걸음 억지로 놓다가 무너져버린다.

"춰, 춰. 허으응."

"앓는 소리 그만 허구 심 좀 써봐유."

"나 죽어, 나 죽어."

"안되겄슈. 점 업유."

간쟁이 노인이 영감을 업고 어은댁은 잠바를 벗어 덮어준다. 반쯤 왔을 때 물이 허벅지까지 따라붙었다. 업은 사람이 넘어진다. 아무래도 길이 익지 않은 탓이다. 업힌 이는 말할 것도 없고 서방 팔을 붙잡고 따르던 어은댁까지 따라 넘어진다. 손에서 플래시가 빠져나가 흙탕물 속에서 불빛이 춤을 춘다. 다래끼만은 꽉 쥔다. 속에서 고기가 밀려오는 물을 반기며 퍼덕거린다.

"얼른 일어서유. 아, 심들 점 써봐유."

억지로 업혀주는데 이번에는 밀려드는 물기운에 앞으로 다시 넘어진다. 이럴 때는 아예 물에 몸을 맡기는 게 더 낫다. 60촉 전구를 향해 간쟁이 노인은 얼굴을 물에 반쯤 파묻혀가며 푸푸 기어가고 어은댁은 법법법 헤엄을 친다.

"쳐, 쳐."

영감은 계속 그 소리다. 어은댁 호주머니에서 만원짜리 하나와 오천원짜리 하나가 물에 뜬다. 떠서 사람보다 더 빨리 흘러가버린다. 저만치 뚝방이 보이고 거기에서 성심네가 물에 몸을 담그고 이쪽으로 오려고 하다가

"오지 마유, 성님. 죽어유. 얼른 올라가유."

소리를 듣고 낑낑 다시 올라간다. 초주검이 되어서 간신히 뚝방에 도착했을 때에는 물이 가슴까지 차 올랐다.

"워찌된겨. 이게 뭔 일인겨."

성심네는 옷에 뻘칠을 해놓고 발만 동동 구르고 있다가 손을 내밀어준다.

"성님 심으로는 되지도 않유. 얼른 들어가서 물이나 점 올려나유."

"응? 그려, 그려. 알었어."

"영감 다 왔슈. 정신채리유."

"먼첨 올라가서 끌어보유."

어은댁이 먼저 올라와 축 늘어져 있는 영감을 끌어올리고 간쟁이 노인은 물에 통째로 잠겨가면서 밀어올린다. 밀콩끌콩하다가 물이 차오르는 덕을 보고 간신히 뚝방에 오른다. 어은댁은 다래끼 속이

텅 비어 있는 것도 몰랐다. 셋은 쓰러질 듯이 성심네가 활짝 열어놓은 문으로 들어간다. 닫힌 대문을 향해 밀물을 타고 오른 바람이 구멍을 내듯 와락 달려들다가 퉁겨나온다.

[실천문학 1998년 봄호]

은사시나무 겨울

　그해 겨울 허리에 산(山)만한 창(瘡)을 달고, 스러지려는 육신을 질질 끌고, 불화(不和)의 주둥이를 나불대며 호숫가, 태어난 지 너무 오래되어 가죽이 벗겨지고 뼈가 허공에 튀어나온 낡은 집이나마 몇푼 돈에 구해 들어갈 수 있었던 것은 먼저 먼길을 걸어서 누이를 찾아갔기 때문이었다. 산 위에서 만들어진 차가운 바람이 구름처럼 몰려 내려와 가로수의 늙은 잎들을 흔들어대고 있었다. 나는 바르르 떨다가 목숨줄을 놓고 겨울의 재가 되기 위해 떨어져내리는 낙엽들의 비명소리를 들으며 천천히 걸어갔다.

　천천히 걸을수록 도착점은 더 빨리 다가오는가. 끝없이 가까워져 가지만 끝내 도달하지 못한다는 수학의 수렴인가 뭔가 하는 것처럼, 스스로가 낙엽이 되어 바람이 불 때만 조금씩 나아가고 있었는데도 어느새 누이가 다닌다는 학교 앞에 서 있었다. 저만치 엉덩이에 흙물을 잔뜩 처바른 버스가 지나가고 거기에서부터 상가 지역이었는데 첫추위 때문에 그 가게들의 간판은 잔뜩 얼굴을 흐리고 있었다. 학교 앞 개울은 물이 말라 개울이라고 부르기가 미안할 정도였다. 그곳에는 물 대신 오래 묵은 쓰레기만 흐르지도 못하고 바람에 바싹 말라가고 있었다.

일요일이었고 그래서 사람은 통 없었다. 가방을 내려놓고 다리 난간에 기대어 누이를, 가족을 다시금 아프게 하는 것은 아닌가, 그냥 돌아갈까 싶어 내가 걸어온 길과 무슨 이유를 하나씩 달고 어디론가로 가고 있는 차와 사람들과 바람을 바라보고 있는데 저쪽에서 누이가 달려오는 게 보였다. 부르는 소리에 깜짝 놀란 표정을 한 어떤 긴 머리 여학생에게 부탁을 해보았는데 고맙게도 착실히 심부름을 해준 모양이었다. 달음박질에 별 소질이 없는 누이는 거의 앞으로 거꾸러지려는 자세로 달려와 어중간하게 각도를 잡고 있는 내 다리에 얼굴을 묻고 울기 시작했다.

"일요일인데 있었구나."

"올 줄 알았어. 오빠가 올 것 같았어."

누이는 한동안 진정을 하지 못했다. 전화 한번 하지 않고 일년 만에 만난 것이다. 누이는 가을이 깊어지면서 꼭 내가 찾아올 것 같아 일요일에도 학교에 있었댔다. 하긴 제 방도 없이, 몇몇 친구와 한 방을 쓰는 처지이므로 작업공간이 있는 학교가 훨씬 낫기는 했다. 그렇든 않든 흐느끼고 있는 누이의 어깨도 힘든 세월이 얹혀져 있었다. 우리의 시대란 이런 거였다. 강퍅한 세상에, 무너져내리는 집안과 시퍼렇게 날 선 80년대의 상황에, 그 고통과 폭압에 몸과 마음을 다치잖고 버텨내기 위해 뭔가 자신을 지키는 방법 하나씩을 가져야만 했다. 그게 화염병이어도 좋고 술이어도 좋고 성공을 위한 기회로 보는 것도 좋았으나 그림을 그릴 때만큼은 행복해하던 누이는 그림을 선택했고 나는 변증법과 사적 유물론을 밀어두고 무슨 도보고행승이라고 그저 걷는 것을 선택했다. 계절이 깊어지는 속도만큼 걸었다. 산의 색깔이 변했고 변한 색깔이 무너져내렸다. 사람들의 옷이 두꺼워지는 만큼 내 신발의 밑창은 얇아졌다.

"어디에 있었어?"

누이는 눈물을 닦고 고개를 쳐들어 나를 바라보았다.

"그냥 여기저기에."

"전화리도 좀 하지."

"미안하다."

나는 그동안 여기저기에 있었다. 일도 않고 그렇다고 놀 작정이나 죽을 작정도 아니었다. 그냥 존재하고 있었다. 지하감옥에 유폐를 당한 것처럼 숨쉬고 무언가를 바라보고 주변에서 생겨나는 소리를 듣고 배고프면 라면을 사먹는 것으로 나는 그냥 있었다. 그해 나는 여름을 벽돌과 함께 지냈고 벽돌공장에서 석달 동안 번 돈으로 가느다랗게 연명했다. 미래로 가고만 싶었다. 빨리 늙어버리고 싶었다. 죽어도 주위 사람들이 별로 슬퍼하지 않을 그 나이가 되고 싶었다. 삭아버리고 싶었다. 나는 내 몸이 살아 있다는 것 하나로만 존재하고 있었다. 그렇다고 죽을 마음은 전혀 없었다.

아니 어쩌면 한번 있었는지도 몰랐다. 부산 광안리. 하야리야 미군부대에서 늦된 군대생활 하고 있는 카투사 싸전트 친구를 불러내어 술을 마셨다. 여름이 다 끝나가는데도 사람들이 많았다. 나는 주머니에 움켜쥔 돈을 최대한 아껴야 했고 친구는 돈 없는 신세라 우리는 가장 독하고 싼 술을 사서 바닷가에 앉아 그냥 마셨다. 사람들은 밤이 되면서 더욱 많아졌다. 여름내 뜨거운 햇볕을 쏘아대느라 지쳐버린 태양이 납 따위를 태울 때 나는 연기 같은 안개 뒤로 몸을 숨겨버려서 주변은 온통 간접조명을 받는 듯했고 밤이 되면서도 물기 가득한 풍선 속의 그 느낌은 없어지지 않았다.

패싸움이 벌어져 병이 깨지고 경찰과 앰뷸런스가 왔다. 친구는 제가 속했던 지하조직망이 들통났다는 소식을 들었다고 했다. 나는 유월항쟁을 끝으로 학교생활을 정리하고 떠돌아다니는 중이라고 했다. 가투중에 나와 동료 두 명이 대공분과에 끌려들어가 고문을 당했다는 소리는, 고문당하는 중에 느꼈던 가장 무서운 존재가 바로 나 자신이었고, 그래서 고문 형사를 껴안고 논개처럼 깊은 물속으로 같이 빠져죽을 작정이나 했던, 그 비참한 상황이 괴로워 차마 하지 못했다. 신과 인간의 가름이 눈앞에 있었다. 옷을 입고 몽둥이와 주전자를 든 형사와 발가벗긴 채 자지를 내놓고, 거기를 작대기로 얻어맞는 그 관계는 아무리 잘 보아도 인간과 인간의 관계가 아니었다.

우리는 마셨다. 꺄악, 어떤 여자가 비명을 질렀다. 보아하니 패싸움에서 얻어맞은 편이 기회를 노리고 있다가 경찰이 간 다음 상대편 하나 뒤통수를 돌로 깐 듯했다. 친구는 무조건 미군을 따라오는 여대생들에 대해 이야기했다. 나는 그런 여자가 한국 남자들에게도 눈길이나 몸길을 돌린다면 나 같은 놈들도 약간의 위로를 받을 수 있겠다고 했다.

우리는 마셨다. 술취한 젊은애들이 오토바이를 몰고 모래밭을 달리다가 넘어졌다. 뒤에 탄 여자애는 일어서는데 앞에 탄 남자애는 일어서지 않았다. 사람들이 슬렁슬렁 그쪽으로 몰려들었고 덕분에 우리 주변의 인간밀도가 조금 옅어졌다. 친구는 어머니와 변혁운동 중에서 어머니를 선택한 것 때문에 아직도 마음의 갈등을 느낀다고 했다. 그 사정은 나도 알고 있었다.

나한테 총 한자루만 있다믄 전두환이를 나가 쏴죽일란다. 나가 쏴 죽이고 나도 죽을란다. 허지만 너는 안된다. 내 자석은 절대 안된다. 총 한자루만 구해다주라. 너 대신 나가 하마.

친구는 어머니를 선택했고 그제야 군대에 갔다.

우리는 마셨다. 친구는 애인이 시집을 가버렸다는 말을 했고 나는 들었다. 에쁘고 예의바른 여자였다. 그렇다고 우리는 별로 슬퍼하지 않았다. 그러고 보면 조금씩 늙어가는 게 사실은 사실이었다.

날이 흐려 별도 뜨지 않았다. 단지 보는 각도에 따라 술집 간판불이 짧거나 길게 수면을 올라탔다. 친구는 취해서 노래를 부르기 시작했다.

가슴이 빠개지도록 사무치는 강산이여. 머리끝에서 발끝까지 거부한다면 복종을 달게 받지 않겠다면.

까마득하게 불빛 호롱 움켜쥔 배가 지나가고 있었다. 옷을 벗었다. 옷을 벗을 때마다 본능적으로 대공분과 지하실이 떠올라, 그게 죽도록 싫으면서도, 어쨌든 바다로 들어가려면 옷을 벗어야 했거니와 그것보다도 어쩌면 고양이 알레르기가 있는 이가 숫제 고양이를 껴안고 살며 그것을 이겨내듯 나도 모르게 견뎌보기 위한 것일 수도 있어 서둘러 벗었다. 친구가 말렸으나 이미 물속에 들어가 있었고 자꾸 과거로만 접어들려는 생각덩어리들이 힘들어, 그게 무슨 먼 미래로 가는 출구쯤으로 여겨져서 배를 향해 헤엄을 치기 시작했다. 호루라기 소리가 들렸다. 물은 차가웠고 손을 놀릴 때마다 출 그랑 쏴라락 소리가 기분 좋게 들렸다. 아직까지 철거하지 않은 안 전선이 금방 눈앞에 다가왔다. 자맥질로 그것을 통과했다. 시커먼 심연의 세계가 잠시 앞에 머물렀다. 깊이가 얼마쯤 될까. 열길? 스 무길? 서른길? 아무래도 좋다. 내 키보다만 깊으면 되었다.

술 때문에 호흡이 가빠오기 시작했다. 아니면 너무 급하게 헤엄 을 쳤던지.

질게(멀리) 갈라믄 천천히 헤엄을 쳐야 쓴다이. 언능 갈라고 심을 언능 써뿔믄 금세 뻗혀부러서 돌아오지도 못하고 뒤진다이.

내 어렸을 적 살던 섬에서 동무 하나가 물에 빠져 죽었을 때 어른 하나가 우리를 세워놓고 일러주었던 말이다. 건져올린 동무는, 조 금 전까지 물장구치고 자맥질하고 축항 끝까지 갖다오기 시합에서 일등으로 나간 동무는 잠자는 듯 가만히 있었다.

미잘이 빠져베렀구만. 코를 빨어도 소용없어.

동무 엄마는 울면서 옷을 벗겼다. 나는 그때 죽음이나 또는 멀리 가야 할수록 더 천천히 헤엄을 쳐야 된다는 것보다 덜 여문 고추만 눈에 들어왔다. 애장터가 잠시 소란스러워졌다.

불빛 호롱 켠 배는 더 멀리 북쪽을 향해 사라지고 있어 돌아보았 는데 확실히 멀리 오기는 와, 술 마시던 모래밭은 밝은 하나의 선이 되어 납작 엎드려 있고 그곳에서 불 하나가 쏜살같이 다가오고 있 었다.

저기다. 어데고, 저기.

배가 내 뒤로 다가왔다. 나는 하늘을 배경으로 바다 밑을 향했다.

숨을 멈추고 고개를 물속에 집어넣어 송장같이 뜬 거였다. 숨이 가
쁘고 끝을 알 수 없는, 깊고 짙은 공포가 살갗을 감싸고 돌았다. 폐
속에 가둬둔 한줌 숨만 내뱉어버리면 머릿속에 들어 있는 상념덩어
리들이 돌덩이 구실을 하여 그대로 가라앉을 것 같았다. 아주 짧은
순간에 한줌 공기를 두고 선택을 해야 했다. 그러나 미련하게도, 미
련 때문인지 내 근육들은 그 보이지 않는 공기를 붙잡느라 애를 쓰
고 있었다.

빨리 해라.

구조대원 둘이 나를 끄집어올렸다. 나는 손바닥만한 갑판에 벌렁
누웠다. 하늘은 여전히 구름 하나 없이, 별도 뜨지 않은, 안개 같은
것만 잔뜩 품고 있어서 노인의 오래 묵은 장염(腸炎)덩어리 같았다.
대원 하나가 내 턱뼈를 젖히고는 손가락을 입속에 집어넣었다. 구
강대구강법을 시행하기 위해 먼저 하는 입속의 이물질 제거쯤은 나
도 통달하고 있었다. 일부러 기침을 하며 숨을 몰아쉬었다. 바람이
몸속으로 들고 났다.

뭐 이런 기 다 있노. 술 처묵고 와이 지랄이노.

괜찮다. 살았다 마. 이런 사람이 한둘이가.

순순히 잡히는 것보다는 그렇게 제정신이 아닌 듯해야 대접이 틀
려진다. 담요를 덮어주었다. 배에서 내려 부축받으며 사무실로 가
혈압체크를 했다. 대원들이 뭐라 구시렁대며 인적사항을 묻는데 밖
에서 또 무슨 사고가 나 시끄러웠다.

여기 가마 있으소.

모두 우르르 나가자 슬그머니 도망을 쳤다. 헤엄 못 치는 친구는
서서 기다리고 있었다. 나는 젖은 팬티 위로 바지를 입고 앉아 다시

술을 마시기 시작했다. 이윽고 욕지기가 올라왔다.

밤을 모래밭에서 보낸 뒤 잘했으면 나를 돌아온 탕아쯤으로 품을 수도 있었던 광안리 바다와 헤어져 뭍을 타고 걸었다. 걷다보니 쉬 가을이 깊어졌고 허리의 창도 독해졌다.

누이는 나를 분식집으로 끌었다.

"밥 좀 먹어 오빠, 응? 뭘로 할 거야?"

나는 메뉴판을 둘러보고 짜장면을 시켰다.

"제발 밥으로 먹어 응?"

누이는 비빔밥 둘을 시켰다.

"꼭 오늘 오빠가 올 것 같았어. 어제 오빠가 찾아오는 꿈 꿨거든. 그래서 오늘 애들한테도 이렇게 생긴 남자가 보이면 꼭 연락해달라고 말까지 해놓았는데 그애들 중 하나가 알려준 거야."

핏줄이라는 것은 참으로.

"아버지 어머니는 편안하시니?"

"편안하시겠어?"

누이는 조심스런 목소리로 집안의 불안한 근황을 이야기했다.

"오빠가 집 나가고부터 계속 그래."

불화(不和). 무슨 연유로.

지하철역에서 나는 누이의 손을 힘주어 떼어냈다. 일년 만에 가족 중 하나를 만났고 헤어질 시간이었다. 나는 언젠가는 돌아가겠지만 지금은 아니라고 했다. 누이는 통장 하나와 도장을 내놓았다.

"미안해 오빠. 아르바이트 자리를 이번에 그만두었더니 돈이 없어."

고개를 돌렸다. 누이는 내 주머니에 억지로 집어넣고는 뛰어갔다. 지하철 화장실에서 펴본 그것에는 사만팔천원이 찍혀 있었다. 안 봐도 뻔하니 그애의 전재산이었다. 눈물이 나올 것 같아 서둘러 똥을 누었다. 어떠한 경우에도 울어서는 안되었다. 바짝 마른 똥 한 덩어리가 간신히 장벽을 긁으며 빠져나왔다. 울음 대신 신음소리를 냈다. 창은 시간이 갈수록 더하다 못해 허리에 유방이 하나 솟은 듯 했다.

나는 왜 군사부일체와의 불화를 가지고 있는가. 권력을 가지고 있는 모든 것과의 불화는 나만의 운명인가, 아니면 모든 권력선 밖에 서 있는 이들의 공통점인가. 나는 장벽 너머의 세계를 보고 싶었다. 권력이 부서지는 과정과 그 뒤의 그 어떤 탑의 모형도 금하는 바다를 보고 싶었던 것이다.

나는 불화의 세계를 가슴에 떠안고, 왜 생겼는지 도무지 알 수 없는 고름주머니를 허리에 달고, 어떡해서든 나이는 먹어야 했기에 다시 한 사백리 걸어 내려오다가 끝내, 우연히, 그 숲을 발견했다. 대전 근처를 지날 때 멀리 기다란 은색 숲이 나타났다. 지쳐 있었고 창은 날이 갈수록 더 기승을 부렸기에, 잡티 없는 은빛이 너무도 선명하게 눈에 들어왔기에 막막하게 바라보다가 그대로 그쪽 길로 접어들었다. 호수가 저만치인 곳에 은사시나무들이 잎 하나 붙이지 않고 길게 퍼져 있었다.

나는 숲에 들어가지도 못하고 입구에 오래도록 서 있었다. 겨울 바람이 매서웠고 내 머리카락은 함부로 날렸으나 나무는 가지 끝 하나 흔들리지 않았다.

너는 지구상의 살아 있는 것 중에서 유일하게 하늘을 향해 죽을 때까지 뻗어나가는 것. 너는 겨울을 가장 잘 알고 있는 존재. 겨울의 한가운데서도 흠집 하나 없이, 그 무수한 잔가지들을 거느리고 말없이, 아파하는 표정도 없이 먼 우주의 어떤 한 점을 향해 조금씩, 아주 조금씩 나아가고 있는 것.

이제 더이상 움직일 여력이 없었다. 어쨌든 겨울을 나기 위해서 곰이나 다람쥐 이런 것들 흉내를 내야 할 참이었다. 그곳에서 나는 비로소 신발을 벗었다.

긴 여정을 가진 나그네가 혹독한 계절을 쉬고자 만든 곳이 집 아니겠는가 싶어 방을 구했다. 폐가 하나가 얻어 걸렸다. 스무살 갓 넘어 무작정 상경했을 때 처음 자보았던, 부서진 버스 같은 집이었다. 가없이 잔물결이 펼쳐져 있고, 잔바람마저 귀찮아서 공기들이 움직임을 멈출 때마다 때없이 산봉우리들을 이끌고 하늘이 물속으로 풍덩 빠져드는 너른 호숫가가 바로 옆에 있었다. 집은 동네와 조금 떨어져 있었으며 그 동네에 새 집을 지은 주인은 한달에 삼만원을 받았다.

하여 나는 귀신과 더불어 지낼 각오를 했다. 그 집에 들던 첫날밤 다락에서 군용모포를 찾아내 깐 다음 집에서 가장 뾰족한 것을 찾았다. 마침내 녹슨 컴퍼스 하나를 찾아냈다. 화강암 주춧돌에 윤이 나게 간 다음 촛불에 구워 씻었다. 그리고 윗옷을 벗고 엎드려누워 팔을 뒤로 뻗어 등과 엉덩이가 만나는 부분에, 잔뜩 화가 나 있는 산만한 창을, 불화고 지랄이고, 변혁이고 나발이고, 그 순간에는 세상에 그것처럼 무섭고 아픈 게 따로 없어, 그게 나를 괴롭히는 여러 것들의 원인으로 여기며 찔렀다. 숨을 할딱할딱거리며 눈을 질끈 감고는 푸욱 찔렀다. 피고름이 주르륵 흘러내렸다. 몸에서 생겨나는 고통 때문에 내 영혼은 소스라치게 놀라며 몸 바깥으로 피신해 있다가 잠시 뒤 상처에서 맥박이 생겨났을 때 돌아왔다. 울고 싶었으나 너무 아파서 울지도 못했고 대신 앓았다. 열이 올라 밤새 끙끙 앓았다. 왜 죽음은 몸을 통째로 싸안는 게 아니라 아주 작은 부분에 깃들이는 것인가.

귀신을 기다렸다. 피를 물든 칼을 물든 나만 물지 않는다면 상관없었다. 귀신이라는 게 아무래도 사람보다는 영험할 것이라, 귀신이 나타나 나는 무고하게 칼을 맞고 죽었노라, 내 시체가 이 방바닥에 있는데 너무 추워서 못 살겠다, 하소연하기 전에 내가 먼저 나서 읍소를 할 생각이었다.

옛날 어느 동화에서 본 대로 귀신이나 마귀나 이런 것들에게 내 영혼의 조각이나 수명(壽命)의 끝부분쯤이라도 좀 팔았으면 싶었다. 그걸 돈으로 받아도 좋고 따뜻한 잠자리나 맛있는 음식들로 받아도 좋겠지만, 하늘을 날아다니거나 벽을 마음놓고 뚫고 다니는 기능을 부여받는 것도 좋겠지만, 가능하다면 희망이 필요없으니 절망도 없는 어떤 상태가 되기를 갈망했다. 늙고 싶었다. 창을 떨쳐 내버리고 싶었다.

오일 동안 앓고 난 다음 누이에게서 받은 돈으로 잠시 연명할 수 있었던 나는 연립주택 공사현장에 들어갔다. 손님이 나 외에 키 작은 사내 하나뿐인, 새벽 첫차를 타고 시내로 나아가 산성각과 삿보드를 메고 질통 지는 일을 했다. 늙기 위해서는 살아남아야 했고 살아남기 위해선 먹어야 했고 그러기 위해서는 일을 해야 했다. 당대란 항상 이 정도의 질통이 준비되어 있는 것인지도.

밤이 깊으면 부엉이 우는 소리에 날마다 잠들지 못했다. 호숫가

밤은 바람이 사는 곳이라 그것들은 들창을 함부로 건드렸다. 나는 오래 도닦은 이들이 호흡 몇번으로 금방 트랜스 상태에 빠지는 그 경지를 부러워하며 끝내 잠들지 못했다. 그럴 때는 아예 깨어서 어딘가를 돌아다니는 게 더 나았다. 몸을 일으켜 나오면 그 깊고 어둡고 거대한 검은 기운에 숨이 탁 막혔다.

그쯤 되면 힘든 하루의 피곤이 온데간데없어지곤 했다. 질통이 들창에 직통으로 닿아 짐을 부리고 계단 아시바를 타고 내려올 때도 허리를 잔뜩 구부려야 했다. 일이 끝나면 몸이 천근 같고 땅바닥이 아교풀 같았다. 거지발싸개 같은 집이라도 어서 찾아들어 천길 낭떠러지 같은 잠을 자고 싶었다. 그러나 밤만 되면 피곤한 기운은 가뭇없이 사라지고 내 속 깊숙한 곳에서 뜻밖의 인물 하나가 솟구쳐올라 늘어진 몸과 따로 놀기 시작했다.

귀신이나 마귀는 한번도 나타나지 않았다. 그러나 어쩌면 간밤에 그 영험한 것들이 왔다 갔을 수도 있었다. 나타나 거래를 트기 원했고 제가 줄 수 있는 것과 나에게서 뺏어갈 것들을 제시하고 그럼으로써 생겨나는 이익과 손해에 대해 설명한 다음 계약서를 들이밀었을 때 마지막으로 생각할 수 있는 기회에 희망과 절망이 극단적으로 뒤엉켜 있는 갈등을 무쇠솥보다 두껍고 깨진 유리병보다 날카롭게 하다가 고개를 젓자 그럼 다음에 또, 하며 저를 만난 기억을 도려내어 갔으려니 싶었다. 그 증세는 날마다 되풀이되었는데 그렇다면 나는 히말라야 산맥에 산다는, 밤의 추운 기억을 아침마다 되풀이해서 잊어버리는 새와 같은 것이 되었음직했다. 날마다 그 영험한 것들을 불러들이고 아침마다 기억이 지워지고 했는지도 모를 일이었다.

그러고 보면 귀신이나 마귀들이 숱한 곳이었다. 산과 호수 표면을 뒤흔들던 저 바람은 처음부터 귀신들이었단 말인가. 하긴 그것들이 나를 찾아온 게 아니고 그들이 사는 집에 내가 허락받지 않고 들었을 수도 있는 거였다.

그러다 한 사람을 만났다. 현장에서 삼층 슬래브를 올리고 콘크리트를 치던 다음날은 비가 내렸다. 일이 없는 날이었고 그러니까 하루종일 나 홀로 뭔가를 해야 하는 날이었다. 날이 추우니 밥이 쉽게 상하지 않았다. 찬밥 한덩어리를 고추장에 비벼먹고 걷기 시작했다. 그해 겨울 통틀어 유일하게 비가 온 날이었다.

집을 나오면 저쪽 마을로 통하는 고샅길이 있고 반대쪽으로는 은사시나무숲에서 제법 비껴 호수 왼편으로 난 오솔길이 있었다. 오솔길을 따라 걸으면 소나무 우거진 등성이가 있고 그것을 넘으면 저쪽에서 이쪽을 향해 튀어나온 곳이 하나 있어 호수가 너부죽하게 보였다. 마을 너머로 버스를 타고 가면 거대한 댐이 나오지만 그 반대쪽인, 소나무숲 등성이와 오솔길을 따라 걸으면 무엇이 나오는지는 잘 몰랐다. 나는 물기를 잔뜩 머금은 나무들 사이로 머리와 얼굴과 목과 어깨를 적셔가며 걷기 시작했다. 눈에 보이는 것들이 많았다.

속을 알 수 없는 호수, 마른 나뭇가지에 방울지는 빗물, 반쯤 썩은 솔방울, 소나무 타는 청설모, 두껍게 쌓인 솔가리, 비닐조각을 틔우고 있는 밭, 줄을 맞추어 서 있는 벼 밑동, 알아서 제각기 박혀 있는 돌멩이, 한숨만 내쉬고 있는 마른풀, 그 한숨이 흐르는 밭둑, 느타리 붙일 참나무…… 그리고 나는 쥐똥나무 잎사귀에 앉은 빗물방울을 보며 그 나무의 과거와 미래를 궁리해보았다. 이 나무는 원래 무엇이었고 나중에는 무어가 될까.

무어든간에 쥐똥나무는 언제나 같은 모습은 아니었다. 어느 때는 먼지를, 어느 때는 볏짚 말라비틀어진 것을, 어느 때는 이슬을, 어느 때는 빗방울을, 어느 때는 함박눈을, 어느 때는 바람을, 어느 때는 말간 기름기를 통해 세상과 만나고 있었다. 그러고 보면 그 어느 것이든, 하늘 호수 구름 바람 나무 돌멩이 논 밭 풀 들도 가만히 있는 법이 없었다. 그것들은 멀고 긴 어떤 목표점이나 대단히 많은 시간이 걸리는 어떤 순환고리를 가지고 있었다.

하루살이들이 볼 때 사람은 도무지 뭔가를 하지도 않고 느릿느릿 움직이는 존재에 불과할 거였다. 종일 별 의미없이 움직이고 쓰잘데없는 말이나 지껄이고 또 한동안 가만히 있는, 뭐 그런 물건이지 않겠는가. 사람이 나무나 물이나 바위나 공기를 한 자리에서 등신스럽게 비나 눈이나 바람이나 맞으며 그저 가만히 있는 존재로 보는 것처럼.

그런 잡다한 생각으로 걷고 있었다. 차가운 기운이 잠시 쉬는 시간이었다. 이 기온차들이 어디에서 숨어 있다가 이렇듯 차례대로 사람들의 마을로 내려오는지는 모르는 게 더 나았다. 얼음기 대신 내 몸에는 오랜만에 물기가 흘렀고 마치 앞날이 양양할 것 같았다. 호수를 둘러싼 산봉우리에는 흰눈이 여전했지만 나의 겨울은 끝날 것 같았다. 어쩌면 어젯밤에 그 영험한 것들에게 끝내 영혼이나 수명의 한 부분을 팔아 넘겼는지도 몰랐다. 내 앞날은 울울창창 밝고 넓게 트였다가 한 오십 먹었을 때, 내가 그 권력의 중심이 되어 있을 때 갑자기 그것이 나타나 이제 시간이 다 되었노라, 약속대로 너는 이제부터 목에 쇠사슬을 차고 내가 끄는 대로 따라다녀야 하느니라 하며 계약서를 내보일지도 모를 일이다.

한 시간 넘게 걸어 어딘가에 도착했다. 깊은 산중이었다. 길게 솟은 두 개의 봉우리 사이로 소롯길이 있고 나무꾼이나 선녀나 호랑이나 이런 것들을 만나고 싶은 생각도 없지 않아 그쪽으로 접어들었다. 머잖아 자그마한 폭포에 도착했다. 폭포라고 해봤자 어른 키보다 조금 큰 것이었고 물이 얼어 기둥만 남았는데 하늘에서 만들어진 물방울이 내려와 그 얼음기둥을 타고 호수로 흘러가는 중이었다. 물처럼 순하고 일관된 것이 또 있을까. 산새 서넛이 파라락 어디론가로 날아오르는 것을 보다가 인기척을 느꼈다. 나보다 먼저 그곳에 와 있는 이가 있었다. 그러나 그는 나무꾼 같지도 않고 그렇다고 선녀도 아니었다. 잘하면 묵은 호랑이나 여우가 재주를 피워 사람으로 변한 것인지도 모를 일이었으나 그럴 리는 없었다. 웬 사내가 폭포 아래서 목욕을 하고 있었다.

이 깊은 곳에서 사람을 만난 건 뜻밖이었다. 혹 근처에 집이 있을지도 몰라 둘러보았으나 없었다. 무슨 도닦는 이 같아 보이지도 않는 그 사람이 고개를 이쪽으로 돌리자 새벽 첫차를 함께 탄, 키 작고 오목조목하게 생긴 이라는 것을 알 수 있었다. 나는 가볍게 목례를 보냈다. 그 사람도 조금 뜻밖이라는 얼굴로, 얼음을 깨고 퍼올린 차가운 물을 온몸에 뒤집어쓴 채 인사를 보내왔다. 다부진 몸매였으나 온몸이 추위에 꽁꽁 빨갛게 얼어 있었다. 목욕하는 것을 바라본다는 것은 아무래도 예의에 어긋난 짓, 고개를 호수로 돌렸다.

하긴 씻는 행위란 가장 씻기 어려울 때 할수록 그 의미가 빛나는 법이다. 아마존강 가에 사는 사람의 목욕과 사막 한가운데 사는 사람의 목욕이 같을 수 있겠는가. 한겨울 인적 없는 깊은 산속 얼어붙은 폭포의 얼음장을 깨고 하는 목욕이란 시내 목욕탕의 그것과는 다름이 있었다. 더욱이 그게 출가하여 무슨 도를 닦는 행위가 아니기에 더욱 그러했다. 그러니까 사내는 내가 보기에 일상보다는, 과거에 생겨나서 현재를 괴롭히는 어떤 각질이나 아픔을 억지로 지워내고 있는 듯했다. 마치 자신을 유배시켜놓고 회한의 눈물을 흘리며 몸의 문신과 흉터를 닦아내고 있는 것처럼. 몸과 마음이 보리수라 끝없이 닦고 빛내는 게 아니라 몸과 마음이 만신창이라 끝없이 상처를 문지르는 것처럼.

그쯤에서 사내는 목욕을 마치고 나오며 해죽 웃었다. 문득 내 허리에 난 창에 그 얼음목욕이 효험이 있을 듯했다. 그가 멀어지기를 기다렸다가 옷을 벗었다. 또 대공분과 지하실이 생각나기 시작했다. 윗도리와 속옷을 벗자 칼끝 같은 추위가 살갗을 찔러왔다. 이럴 땐 저절로 비감해지고 거기에 가속도를 붙여야 하는 법이라 서둘러 팬티까지 벗어버리고 사내가 깨어놓은 얼음장에서, 아, 그리고 사내가 나를 위해 일부러 두고 갔음직한 바가지를 들어 물을 들이부었다. 나는 오그라진 맨살과 도무지 소용이 없는 터럭을 통해 깊은 산과 깊은 물과 깊은 겨울과 통째로 만나게 되었다. 턱이 덜덜덜 떨리고 몸이 하나의 작은 벌레가 되었다.

내 나이만큼만 바가지질을 하기로 마음먹었다. 그런 와중에는 뭔가 재빠른 생각들을 해야 했기에 옛날 어떤 이가 겨울 산중에서 얼음물을 끼얹을 때마다 빙그레 웃는 연습을 했다는 것을 떠올리며 웃어보려고 했으나 스물일곱 번 끼얹을 물은 열두어 번으로 그치고 세상에 웃는 것처럼 어려운 게 또 있으랴 싶을 정도로 얼굴에 세상 모든 고통과 번뇌를 뒤집어쓴 형상이 되었다. 비닐조각처럼 떨며 옷을 고르는데 거기에 수건도 있었다. 등창에 확실히 효험이 있었

다. 너무 추워 통증을 잊었다. 벌겋게 얼어붙어 옷을 다 입고 나자
간 줄 알았던 사내가 다시 다가와 바가지와 수건을 챙겨들었다. 내
가 목욕 다 하기를 기다리고 있었던 것이다.

우리는 한밤중이나 다름없는 새벽 첫차를 같이 타고 다닌 것과
깊은 산중에서 알몸으로 만난 인연으로 잠시 같이 걸으며 얼어붙은
몸을 조금씩 녹였다. 사내는 나보다 삼년 먼저 이곳에 들어와 살고
있었다. 내가 이곳에 산 지 보름밖에 되지 않았기에 그동안 이곳 생
활이 어떠했는가에 대해 물었다. 그는 별말이 없었다.

이 호숫가 오두막의 첫밤. 여편네는 내내 뒤척였다 조선문창호지 너머
물결도 꾸룩대는 농병아리 일가를 품고 함께 잠 못 들어했다 눈 쌓인 밤
은 세상 비낀 빛다발 모두어 조선문창호지 그대로 등이다 이마 시린 등
이다 가을날은 문살 마디 묵은 때 벗겨 산갈대, 마른 수레국화, 은행잎을
새 창호지에 박아넣었다 그 겨울저녁 일제히 수면을 차고 오르는 청둥오
리 그 요란한 날갯짓에 여편네는 때없이 방문을 열어젖히고 오메, 저 통
닭 좀 보소 해쌓더니만 봄이 되자 아예 배가 불렀다 추녀는 세 뺨 가웃,
때때로 구름 그림자 옅은 그늘 끄을고 머물다, 찢긴 문풍지 북풍에 놀란
말 되어 울다, 지나는 여름 소나기에 조선문창호지 아랫도리 다 젖다, 밤
안개 새벽이슬에 젖다, 해 뜨면 또 팽팽해졌다 섬에 일군 고구마밭에서
쪽배를 저어 돌아오는 어스름, 일찍 불켠 우리 오두막 조선문창호지는
그대로 등대다 자꾸 보며 눈시린 천촉광의 등대다 저 그믐밤, 아홉달배
기 아들놈이 혼자 깨어 조선문창호지 너머 반딧불 따라 첫발자국을 떼다
호수 자옥이 비 내리면 기저귀 걸린 방안에서 우리는 함께 젖었다.

　　　　　　　　　　　　　　　　　　──이면우 「조선문창호지」

오후 들어 이슬비가 눈으로 바뀌었다. 겨울 날씨는 약간의 여유를 부리고는 다시 포악한 제 성미로 돌아갔다. 금방 봄이 될 것 같던 내 기분이나 주변의 색깔들도 다시 꽁꽁 얼어붙기 시작했다. 급하게 추워졌다. 쇠를 불에 달궜다가 단금질을 하고 물에 식히는 담금질을 해야 더 튼튼한 강철이 되듯 겨울 호수의 얼음도 그 차가움과 단단함을 더 키우기 위해 잠시 몸을 푼 거였나. 눈은 아예 마음먹고 내리기 시작했다.

밤에 가족들 꿈을 꾸었다. 아버지는 아주 무거운 돌을 지고 어디론가 나가고 있고 어머니는 가슴을 모두 풀어헤친 채 칼로 살을 저미며 국을 끓이고 있었다. 누이와 막내는 흰 천을 몸에 감고 울고 있었다. 내가 뛰어들었으나 아무도 나를 알아보지 않았다.

깨고 나서도 꿈속에서의 막막한 불안감이 내 몸을 휘감았다. 종신형을 선고받은 죄수처럼 비틀거리며 문을 열자 세상이 뒤바뀌어 있었다. 해나 달 별도 없는데 세상은 눈 때문에 훤했다. 나는 막막한 가슴을 안고 발목을 덮은 눈더미를 마치 파도처럼 가르며 정거장으로 향했다. 산과 호수와 밭과 집 들이 한 색깔이었는데 벽이나 나무 들의 측면만 간신히 제 색깔을 지키고 있었다. 은총이라면 은총으로 보이고 저주라면 저주로 보일 것이 바로 함뿍 내린 눈이었다. 정거장에서 다시 국방색 연장가방을 든 사내를 만났다.

다섯시 사십오분을 지나 여섯시 삼십분이 되도록 버스는 오지 않았다. 사내는 오늘 버스 운전기사가 장씨일 거라며 장씨는 눈이 많이 오면 운전을 안한다고 했다. 눈은 계속 내렸다. 정거장에는 강아지 한마리 보이지 않았다. 우리 둘뿐이었다. 눈은 국방색 연장가방을 쥐고 있는 사내의 큼직한 손등에도 내렸다. 어둠말고 이렇게 세상을 한 색깔로 만드는 게 또 있을까. 우리는 금세 흰 머리를 얹은 눈사람이 되었다. 간밤 꿈이 너무도 생생하게 살아 있어 나는 눈이라도 내리는 걸 다행으로 여기며 서 있었는데 사내는 무엇으로 저 자리를 버티고 있는 것일까. 눈이 신발을 덮었다. 내 잠바와 바짓가랑이도 하얗게 변했다. 삼거리 슈퍼 너머로 마을이 뚝 잘려 눈 속으로 파묻혔다. 뱃속이었다.

아침을 먹고 나서 이십리를 걸어나가 누이에게 전화를 했다. 받지 않았다. 눈은 은총이나 저주처럼 계속 왔다.

내가 만들어놓은 발자국을 따라 돌아오면서, 나는 그 길이 마치 광안리에서 서울까지 걸어간 그 길 같아서 비감해졌고 눈물이 나왔다. 울어서는 안되었다.

방에 들어앉아 옷을 벗었다. 벗고는 모포에 엎드려 두 팔을 뒤로 뻗었다. 딱지가 앉은 창을 다시 컴퍼스로, 입을 딱 다물고 자꾸 머뭇거려지는 손끝에 기를 모아 죽자, 찔러넣었다. 나는 다시 불에 덴 벌레가 되었다. 그건 어쩌자고 눈에 보이지도 않는 곳에 튀어나왔더란 말인가.

튀어나온 게 그것만은 아니었다. 내 모든 것을 맨 처음, 그 원점의 상태로 보내버릴 것 같은 통증이 가시고 나자 상처에는 다시 맥박이 뛰었고 그리고 몸에서 솟구친 부분들이 너무 거추장스럽고 무겁게 느껴졌다. 대가리와 머리카락과 코와 젖꼭지와 종기와 자지와 불알이 모두 내 생각과는 하등 상관없이 세상을 향해 돋아나는 중이었다.

나는 검(劍)을 하나 벼려 그 튀어나온 부분들을 자르기 시작했다. 쓸데없이 튀어나온 것이 그것들뿐만 아니라 나도 같은 거여서 이번에는 나를 자를 차례였다. 가족에서 나를 잘라내고 내가 속했던 모든 곳에서 양단해냈다. 무엇 때문에 나는 그것들에게서 콩잎같이, 잡초같이, 독버섯같이 자라나 있는가. 잘라놓은 내 몸과 대가리 머리카락 코 젖꼭지 종기 자지 불알 집 산 바위 말씀 주먹 군사부일체 불화, 모든 것들이 피를 질질 흘리면서 꾸물꾸물 방바닥을 기어다녔다.

모든 게 너무 버거워 울고 싶었다. 울면 안되었지만 한군데 울 곳을 찾아서 울 수는 있는 거였다. 울 수도 있고 절망의 끝자락에서 발악을 할 수도 있는 곳이 있었다. 광야였다. 광야라면, 사람도 집도 절도 예배당도 술집도 없는 곳이라면, 마지막 피의 한방울까지 몽땅 눈물로 바꾸어 저 메마른 대지에서 불어오는 수분 없는 바람에 모두 말려버리는 것도 괜찮을 짓이었다. 훌륭한 짓거리였다. 땀이나 눈물로 내 몸의 물을 모두 퍼내버리면 어쩌면 나는 영혼처럼 아주 가벼워져서 어디에도 걸리지 않고 우주 저 너머 어디어디까지 여행을 무사히 마칠 것 같았다. 나는 구도자도 아니면서, 물과 살과 뼈와 똥으로 가득 차 있는 육신을 짊어지고 울 곳을 찾는 중인지도 몰랐다.

해가 졌다. 나는 낮과 밤이 구분되지 않는 그 시간대를 끙끙 버텨보다가 무언가에 이끌려 나갔다. 내 속에서 무언가가 나를 밀어내는 것 같았고 그 영험한 것이 이끄는 것 같기도 했다. 어두운 밤하늘에서 흰눈이 점점 눈물처럼 떨어져내렸다. 은사시나무숲이 내 앞에 있었다. 은사시는 눈오는 밤에 더욱 은빛을 내뿜었다.

나는 다시 옷을 입었으나, 내 몸에서 떨어져나간 돌출부들이 다시 들러붙었으나, 은사시나무는 겨울 칼바람 앞에서도 옷을 모두 벗은 채 고요히, 당당하게 서 있었다. 눈발이 핑그르르 바람을 탔다. 흉내내지 못할 저 높이. 어쩌면 나무는 땅의 돌출부인가. 저 속에 하늘을 향한 뜨거운 몸부림 있어 나무가 되어 높이높이, 그러나 아주 천천히 나아가고 있는 건 아닌가.

숲은 또다른 광야. 울었다. 오랫동안 참아온 눈물이었다. 그렇게 한 석달 열흘 울면 피를 모두 눈물로 만들 수 있을까. 지금 이곳이 몇길쯤 될까. 되돌아오지 않도록 모든 힘을 가는 데만 써버리면 나는 온전히 우주 저 너머로 갈 수 있을까. 천천히, 아주 천천히 가면 돌아오지 못할 곳으로 갈 수 있을까. 눈물은 볼을 시리게 타고 흘러 숲을 키우고 있는 땅으로 떨어졌다.

뭔가가 지나갔다. 흠칫 놀라 보니 사내였다. 그예 걸어서 시내를 나갔다 왔는지 국방색 연장가방을 든 모습 그대로였다. 나는 계속 울었고 그는 내 우는 모습을 물끄러미 바라보았다.

이 숲을 건너는 데는 맨발이 좋다 안개가 촉촉한 귀엣말로 속삭였다 지금은 겨울이다 안개가 또 홀랑 벗어버리라고 속삭였다 그래, 나는 끝내 벌거숭이가 되고서야 이 모든 살아 있음의 아름다움이 소름처럼 돋아올랐다 안개도 때로는 나무 등걸에 머물러 눈꽃이 된다

여편네 기침소리에 놀라 깨는 밤, 흰 피 뚝뚝 흘리는 은사시나무숲을 맨발로 걸었다 그 오랜 세월 서로 다치잖고 그렇게 선 나무들의 간격이 눈물겹다 누구라도 겨울 숲에서는 밤새도록 걷지 않으면 얼어죽게 된다

은사시나무 겨울 255

안개가 그렇게 일러주었다 그리하여 겨울에 나는 늘 더 벗어야 했다 끊임없이 움직이고 이따금 생각에 잠겼다

오늘 최저 영하 십이도, 최고 영상 삼도, 내일은 오전 한때 맑다 오후부터 눈 내릴 듯 기온은 대체로 예년과 비슷하겠음…… 내 귀는 지금 뿌리 저편으로 흐르는 희미한 물소리 하나 쉽게 놓치지 못한다 그리고 나는 내가 끝내 건너야 할 겨울 은사시나무숲 저쪽의 삶에 대하여 오래 골몰했다 누구라도 겨울 숲에서는 벌거벗고서야 살아 있음의 아름다움을 완성한다

………

그리고 어김없이 봄은 또 오리라 그때 숲은 새로이 수천만 잎사귀를 매달고 바람에 우쭐우쭐 춤추며 흔들며 보아, 보아, 네 얼굴 내 모습 좀 보아, 깔깔대며 손뼉치며 나무들은 전설처럼 거기 그렇게 알맞은 간격으로 두 팔 벌리고 서서……

———이면우 「은사시나무의 겨울」

사내는 천천히 일정한 간격을 두고 말없이 지나갔다.

나는 다시 숲을 올려다보았다. 허공에 퍼진 무수한 잔가지들. 내가 나무가 되면 내 속의 상념들이 저렇듯 잔가지로 변할 것인가. 나는 끝내 불화로써 자유스러울 것인가.

어디선가 얼음 갈라지는 소리가 났다. 선 채 숲을 향하여 귀를 기

울였다. 귀신이 다가오는 소리가 들릴 듯했다. 사내가 멀어진 다음 어떤 소리도 나지 않았고 나는 그 얼음 갈라지는 듯한 소리가 나는 곳이 내 가슴속 어떤 곳인 것을 알 수 있었다.

　나는 숲속으로 나 있는 길을 천천히 걷기 시작했다.

〔미발표〕

한 도보고행승에 대한 중간보고

유 용 주

아나 한창훈이다. 세상에 공짜가 없다고 하더니 그렇게 많은 날들을 안주 시원찮게 먹으며 족보도 없는 술에 취하게 해놓고 차에 태우고 어깨를 부축해주고 들쳐업고 운구를 하더니 급기야 속엣것들을 다 토해놓으라고 신문지를 몇겹으로 베개삼아 뉘어놓고 가더니 결국은 원금에다 이자까지 다 내어놓으라고, 발문은 고사하고 술문이 되겠구나야.

서산에 내려온 지 구년째다. 이제 이곳의 냄새와 먼지와 바람에 대해서 말할 수 있겠다. 처음엔 유배지로 뭐 거창하게 망명지로 생각해서 속울음도 많이 삼켰지만, 울음이 힘이 될 줄이야. 외롭기로 작정을 한 다음부턴 마음이 편해졌다.

한창훈을 만나기 전 나는 막노동을 했다. 학연·지연·혈연 없는 곳에서 배운 거 없고 특별한 기술 또한 없는, '없음'이 유일한 재산인 내가 믿을 수 있는 것은 중고의 몸뿐이었다. 소리가 크고 거친 엔진이었지만 몸 하나는 쓸 만해서 쉽게 목수팀에 합류했다. 나를 가르친 스승은 오십대 중반의 대목(大木)으로 일 잘하는 사람 특유의 자존심이 강했다. 시내에서 일할 때는 지장이 없었으나 해미나 고북, 성연에서 일하다보면 가게가 멀리 떨어져 있기 마련인데, 그 양반은 아침 일찍 봉고차로 현장에 닿는 즉시 술통이 있나 없나부터 살폈다. 플라스틱통으로 한말 정도 막걸리가 있으면 그날 일은 두 배 이상이다. 만약 술통이 보이지 않으면 미련없이 못주머니를 던져버리고 현장을 떠난다. 팀장과 니는 가장 가까운 술집까지 걸어가 막걸리를 마시고 있는 스승을 몇번씩 달래고 어르고 겁주고 웃겨서 모셔온 적이 한두 번이 아니었다. 결국 스승께서는 오래 못 버티고 현장에서 일하다 쓰러졌는데, 인생이란 가없는 무대에서 공연하다가 쓰러진 배우를 그때 처음 보았다. 햇살이 자글자글 끓던 날, 스승을 서산의료원 영안실에서 해미 홍천리 뒷산에다 옮겨심고 난 뒤 억병으로 취해 하수도에 빠지기도 했고 내 허름한 2층 셋방을 바로 코앞에 두고도 두 시간 동안 집을 못 찾아 길거리에서 펑펑 울기도 했다.

나는 스승이 해마다 씀바귀나 냉이, 다북쑥으로 다시 돋아나는 동안 제자로서 주업(酒業)을 이어가는 데 한시도 게으르지 않았다. 아침부터 소주를 밥사발로 마셨으며 못 하나 박고 마시고 해체작업하다 마시고 슬래브하다 마시고 버팀목을 받치고 마시고 콘크리트 타설작업중에도 마시고 간조 타면 들이부었고 공친 날 먹고 눈와서 마시고 비와서 펐다. 스승을 기리는 일은 이것밖에 없었고, 술힘이 없었으면 생사가 오락가락하는 삶의 현장에서 버텨내기가 힘들었을 것이다. 일이 없는 겨울에는 알 수 없는 분노와 막막함으로 술통을 어깨에 메고 오남리나 수석리, 잠홍동 들판을 발길 가는 대로 걸어 잔설이 수더분한 벼그루터기를 깔고 앉아 가야산을 건너보고 한 모금, 옥녀봉을 끌어내려 두 벌컥, 도비산을 돌려앉혀 세 꿀꺽, 해가 넘어가도록 돌아다녔다. 이십년 가까이 살아낸 서울을 생각하면 괜히 서럽기도 하고 화가 나기도 하고 급기야 그런 내가 너무 불쌍해서 주차장 근처 포장마차에서 한잔 더 하고 터덜터덜 단칸방으로 돌아오면 그때까지 꺼지지 않고 버틴 연탄불이 그렇게 고마울 수가 없었다. 실제로 십만원짜리(논산 처가에는 전세 오백이라고 속이고) 월세방에 살았던 삼년 동안 아내에게는 한번도 연탄집게를 들게 하지 않았고, 긴 동지섣달 밤에는 삼십분이나 한시간 단위로 아내와 아이의 코앞에 귀를 대고 살아 있나 확인하면서 새벽을 맞이했다. 나는 언제든지 준비되어 있어 서러울 것도 없지만 저 여리고 순한 보살들은 무슨 죄가 있겠는가. 다른 건 몰라도 연탄가스로 죽게 할 수는 없었다.

합덕 종합미곡처리장 골조공사가 끝나가던 1993년 가을, 서산 YMCA에서 한창훈을 처음 만났다. 당시 YMCA의 책임간사가 문학을 전공한 사람이었고 몇몇 뜻있는 젊은 사람들이 글패를 한번 만들어보자는 말이 있었는데 준비모임 정도였나보다. 한창훈의 첫인상은 뭐 이런 기 다 있노였다. 본 사람은 다 알다시피 멧새들이 보면 집짓기 딱 알맞은 봉두난발과 옛날 추자나뭇잎 다 갉아먹던 추자벌레처럼 금방이라도 살아 꿈틀거릴 것 같은 눈썹에다 꺽정(巨正)이 살아왔나 구레나룻과 턱수염 좀 보소. 나도 어디 가서 체격

하나라면 밑지고 들어간 적이 별로 없었는데 아따 한창훈은 참말로 세월을 조금만 물리자면 조선시대 삼도수군통제사 감이었다. 그는 겉모습 및 체격과는 달리 손 따뜻하고 인사 부드럽고 허리가 유연해 보였다. 우리는 곧 제일식당이라는 곳에 들어가 삼겹살에 신 김치를 곁들여 소주를 마셨는데, 그는 내가 창비에서 곧 시집이 나온다는 데에 놀라는 표정을 짓더니(이런 촌놈이 설마?) 이문구라는 담뱃불을 붙여주었고, 나는 박상륭이라는 소주잔을 건넸다. 술이 몇 순배 돌면서 문학 하는 사람 특유의 친화력이 우리 주위를 화기애애하게 둘러쌌는데 박상륭과 이문구라는 천하에 숭악한 사람들이 우리 선배라는 사실에 곧바로 절망했으며, 어떻게 하면 이분들을 구워먹나 삶아먹나 회쳐먹나를 가지고 진지해하다가 주름살이 깊어졌고 폭소가 터졌으며 이 끈질긴 혓바닥들은 죽기 전까지 도저히 어찌 해볼 도리가 없는 존재라는 데 동의하고 말았다. 술자리가 끝나고 뉘엿뉘엿 어둠이 깔리는 서산 거리를 걸었을 때 늦가을 바람이 불었던가, 첫눈이 내렸던가. 한창훈은 그렇게 스승이 떠난 빈자리에 슬그머니 잔 파도가 되어 다가왔다.

나는 그해 겨울을 잊지 못한다. 내가 사는 곳에서 이십분 정도 다리품을 팔면 「목련꽃 그늘 아래서」 「증인」의 배경이 되었던 예천동 대나무집이었다. 농가주택 공사도 끊긴 그 겨울을 나는 걷는 것으로 일당을 벌고 있었다. 지금은 4차선 도로가 태안 쪽으로 곧게 뚫리고 고층 아파트도 들어섰지만 그때는 곳곳이 공사중이었다. 공사중 팻말을 이리저리 돌아 똥방죽에서 천수만 쪽으로 흐르는 개울을 건너면 논이었고 논둑길이 끝나는 곳에 그가 둥지를 틀고 있었다. 똥방죽에서 썩은 물이 해파리 같은 부유물질을 달고 천수만을 오염

시킬 때에도 미나리 개망초 민들레 들이 새파랗게 눈을 뜨고 겨울을 견뎠고, 천수만 쪽에서 옥녀봉 쪽으로 불어오는 찬바람은 헛헛한 내 가슴을 뚫고 시멘트 범벅이 된 시내 쪽으로 뒤엉켜 달아나곤 했다. 어, 소주가 반이나 남았네, 들어서면 부스스 추리닝 바람으로 창훈이가 일어나고 강물 같은 최은숙(부드럽고 무서운 이 사람은 1990년 한길문학 신인상으로 등단하였으며 1996년 초에 『집 비운 사이』라는 좋은 시집을 낸 바 있다)이 선배님, 하고 반기는 지붕 낮은 예천동 그 집, 구릉이랄 것도 없이 나지막한 능선 아래 대숲 병풍 에워싼 그 집에서 이제 막 옹알이를 시작한 단하와 언제나 정갈한 처제가 나를 반겼다. 그때 창훈이는 몸으로 때우지 말고 머리를 써서 돈을 벌어보라는 '바깥양반' 최은숙의 교시에 따라 착실히 글쓰기 지도를 하며 밤에는 컴퓨터 자판과 씨름을 하고 있었는데, 늘 그의 머리맡에는 전위예술가가 설치한 작품처럼 담배꽁초가 쌓여 있고 먹다 남은 소주병과 캡틴큐가 나뒹굴고 있었다. 서로 과거를 잘 아는 사이도 아니고 붙어살지도 않았으니 뭐 그리 할말이 많았겠는가만, 나는 청소부였다. 그가 남긴 소주병과 싸구려 양주를 깨끗하게 비우고 나서야 서서히 번지는 불빛을 바라보며 다시 논둑길을 되짚어 돌아오곤 했다. 간혹 늦은 시간에 두 사람이 품앗이하듯 우리집을 다녀가기도 했다. 세상은 이래서 살 만한 곳이었다. 캄캄한 서해의 변방에서 그렇게 등을 환하게 켜고 밤을 다듬고 새벽을 키우는 사람이 있었다니, 나는 차고 넘치게 따뜻해졌다.

YMCA 간사인 이희출과 태안에서 일을 하던 김병섭과 뜨내기 나와 한창훈이 주동이 되어 서산·태안 글패를 결성했는데 이름하여 '글마당 사람들'이다. 우리는 일주일에 한번 만났는데 구성원들은 주부·교사·택시맨·은행원·점원·농사꾼을 비롯하여 주로 현장에서 일하는 사람들이 많았다. 우리는 생긴 만큼 읽고 살아온 만큼 쓰고 작품 합평도 진지하게 했다. 주로 큰 목소리는 나였고 창훈이는 조곤조곤하였다. 지금은 청년문학회와 노동자문학회로 확대 재편되었는데 전태일문학상과 윤상원문학상 수상자를 배출하면서 활발하게 활동하고 있다. 그렇다. 한창훈이 글마당 사람들 첫 문집 머리글에 쓴 "모든 것의 중심은 각 삶의 현장이다. 진정한 중심은 대학강단도 아니요, 출판사 편집실도, 이론가의 세미나실도, 지식인들의 연구실도 아닌 너른 땅 곳곳에 흩어져 축지고 모나고 깨지고 짜부러진 채 생활을 모시고 살아가는 이들과 그 텃밭이다. 주변의 중심화를 위해 그 배고픈 삶의 텃밭에 우리의 보습을 대고 가난한 이들의 고통을 일구고 섬기는 게 우리의 몫이다"처럼 그렇게 우리는 살아내고, 견디고 있다.

이문구 선생께서 술이 사람을 만든다고 말씀하셨지만 술이 사람을 망치기도 한다. 세월은 흘러 예천동에서 살던 창훈이네 식구들이 1995년 여름 '바깥양반'이 근무하는 서산중학교 옆 주공 임대아파트로 잠깐 이사를 했다가 그해 가을 내가 사는 교직원사택 2층으로 오면서 전설 같은, 신화 같은 술 역사가 시작되었다. 일주일에 한번 보는 것도 참 거시기한데 이제 날마다 보게 생겼다. 싫든 좋든 한 건물에 살다보니 문턱이나마 제대로 남아났겠는가. 누가 겪어도 한창훈과 최은숙은 바다 같고 섬 같고 강물 같은 사람이었으니 집안에 늘 사람이 끓었다. 그 집 손님 들면 감초같이 내가 끼었고 내 집 손님 오면 그 집 사람들이 올라왔으니 해 지고 달 뜨고 별 보고 안개 짙고 도무지 밥먹는 일보다 술먹는 날이 많았고 머잖아 창훈이는 전업을 선언하기에 이르렀다. 보조를 맞춘다고 나까지 때맞춰 불어온 고름우유 파동에 가까스로 빚 내어 투자한 우유보급소 다 털어먹어 바야흐로 '생각없는 주부들의 모임'의 시대가 도래했는데 우리의 한탄스러운 술자리는 이러했다.

눈 온다, 눈 그쳤다, 달 떴다, 달 졌다, 누가 왔다, 누가 갔다, '바깥양반'한테 한대 얻어맞았다, 설거지하기 싫다, 빨래하는 것보다 개어 넣기가 싫다, 일주일째 청소를 미루었다, 주부습진에 걸렸다, 가사노동을 돈으로 환산하면 얼마냐, 그렇게 정성을 다했는데 식구들이 밥을 잘 안 먹는다, 밤에 '바깥양반'들이 피곤하다는 이유로 잠자리를 회피한다, 따분하다, 서럽다, 구진스럽다, 헛헛하다, 아무 것도 할 일이 없다, 이유없는 것이 이유다 따위의 이유를 붙여 노상 소주잔을 탐했는데 어찌나 자주 탐했는지 잔이 다 닳고 금이 가 병원 가는 잔을 다시 깁스를 해 마셔야 했다. 그렇다고 우리가 알코올중독자처럼 무턱대고 마셨던 건 아니다. 무슨 서약을 한 일은 없지만 그 정도 되면 눈빛 하나로도 구만리 장천을 다 보는 법, 우리는 술 마시는 만큼 일하고(가사노동도 분명 일이다) 일한 만큼 작품을 쓸 것, 그런 자존심은 품고 있었는데 어느날 창훈이가 한 묶음의 원고를 가져왔다. 나 같으면 꼼꼼히 봐주라, 어색한 문장이나 맞춤법, 문장부호까지 틀린 것 다 잡아내야 혀, 엄포를 놓았겠지만 그는 심심하게 너무나 심심하게 한번 봐줘요 하더니 비정하게 내려갔다. 심심한 놈 같으니라고! 요런저런 해찰을 부리고 저녁 먹고 뉴스 보고 딸아이 청룡열차까지 태워주고 밤이 이슥해서 「오늘의 운세」부터 시작했는데 「증인」서고 「목련꽃 그늘 아래서」에서 쉬고 「마리아가 사는 마을」에서 한잔 하고 「까치노을」에서 윤희 생각하고 「닻」에서 명실이랑 종현이랑 삼굴에서 이층 만드는 장면까지 보다가 도저히 참을 수 없어 흐이구, 요런 숭악하고 징그러운 놈이 다 있구나야, 그렇게 항꾸네 술 처먹고 노래 부르고 춤추고 밤낮 구별 못하고 노닥거렸는디 원제 요로코롬 환장할 놈의 소설을 써부렀당가, 배신의 콩나물을 따로 무치고 있었구먼 으잉, 투덜투덜 내려가니 작업실 불이 희미하게 酒자를 달고 있었다. 시계를 보니 바람은 새벽 두시를 넘나들어 청소차가 지나가고 안개가 꾸역꾸역 밀려왔다. 머시기는 요롱고 거시기는 조롱고 해서 나가 지금 환장하겄다 했더니 잽싸게 술상을 봐왔다. 거창한 술상이었다. 어디서 들어왔는지 귀한 양주 큰병에다 행어(行魚) 한 접시, 그 옆에 고추장이 수줍게 떨고 있었으니 그 양주를 다 비우고 남은 소주병까지 거덜내고 나니 날이 훤하게 밝아왔다. 다음 코스는 간월도. 한창훈 소설 속에 수없이 등장하는 바다, 그는 술이 취해도 늘 바다를 보고 싶어했다. 그려 거기 가면 진영호 갑판에서 회를 떠서 파는 야물떼기 아줌마가 있지 않느냐, 삼사년 단골에다가 그 집 주인이 같은 강릉 유(劉)씨기도 하고. 그렇게 시작한 술이 노을로 깔리고 끝내 별빛으로 필 때까지 한참 넋나간 사람처럼 바다를 보다가 창훈이가 문득, 나가 쓰고도 이게 소설인지 뭔지 통 감이 잡히지를 않았는디 성님이 좋다고 항께 한번 해봐야 쓰겄구먼 잉, 했다. 그려그려 확 뒤집어 엎어 뿌리랑께, 내가 좋다면 다른 사람은 보나마나여, 다른 건 몰라도 작품 하나는 뚝소리 나게 본당께, 주절대며 밀물처럼 술이 올라 콧구멍을 벌씬대며 큰소리를 탕탕 쳐댔다.

이렇게 시작한 술 인연이 발전에 발전을 거듭하여 사람 인연으로 승화되었으니 그를 통해 임우기·윤중호 같은 천하의 술꾼들을 비롯하여 대전·충남의 『삶의 문학』 선배들과 『새날』 친구들과 수많은 후배들을 알게 되었고, 나는 그에게 박남준·이정록·안학수(이문구 선생 제자인데 작년에 동시집 『박하사탕 한 봉지』를 펴냈으며, 그와 한 이불을 덮는 서순희는 남자 서넛을 한방에 보낼 수 있는 소설가이다)를 선보였다. 주도 18단 중에 겨우 학생주 수준도 못 벗어난 내가 이분들을 모시고 살아가는데 누구보다 한창훈 역할이 컸음을 주위 사람들은 다 안다. 우리는 도보고행승답게 천하를 두루 주유하였는데 원주 사북 태백 울진 서울 공주 대전 전주 광주…… 비행기만 빼놓고 탈 것은 모두 타고 걸을 것은 모두 걸어다녔다.

술을 뛰어넘어 우리를 강력하게 묶어준 게 걷는 것과 일이었다. 창훈이의 장점은 무엇보다 일처리하는 손에 있다. 일찍이 번듯한 집안에서 태어나 탈없이 자랐지만 고행승답게 뱃일에서 시작하여 음악다방 DJ, 트럭 운전사, 막노동, 포장마차 주인을 끝으로 각종 직업을 두루 섭렵한 만만치 않은 이력을 소유하고 있는데, 좋은 일보다는 슬프고 어려운 일이 있을 때 한층 빛을 발했다. 그는 처음부터 끝까지 온갖 궂은일을 도맡아 그가 지나간 자리는 다른 사람 손이 다시 갈 필요가 없을 정도로 신속하고 완벽하게 일을 처리했다. 저 야무지고 꼼꼼한 손이라니! 우리는 어떤 긴급상황이 발생해도 한몸처럼 움직였다.

이제 '서주교' 이야기를 해야 되겠다. 처음부터 이름 정해놓고 이런 왈짜들이 모인 게 아니라, 자주 모여 잔 식는 줄 모르고 나누다보니 차츰 소문이 퍼졌는데 한번은 원조 꺽정 이문구 선생께서 후배들 격려차 서산에 오셨다가 우리를 보더니 단박에 불가근 불가원(不可近 不可遠) 하셨다. 글쓰는 사람들이 너무 붙어 있으면 서로에게 득될 게 없으니 떨어져 살고 한달에 한번쯤 만나 줄창나게 마시라는 거였다. 내친김에 당호도 내려주셨으니 거룩하도다, '서해안주당협회'. 이 집단이 거듭 교세를 확장해 오늘에 이르렀으니 신흥종교집단치고 자못 기세가 당당하다. 우리가 아무 탈 없이 눈부신 고도성장을 한 이유가 있다. 날마다 만나 마시고 노는 게 아니라 놀때 치열하게 놀고 작업할 때 논 만큼 준열하게 작업하자는 암묵적인 약속이 있었고 그외의 것은 절대로 간섭하지 말 것.

술취한 다음 내가 저지른 실수는 밑도끝도 없다. 항상 꺾지 않고 급하게 마시는 나에 비해 한창훈은 천천히 마신다. 그리고 소설처럼 육담과 사설을 섞어 좌중을 한없이 웃기는데 나는 창훈이 때문에 눈가에 주름이 서너 개 늘고 골이 깊어졌으며, 입 표면적이 훨씬 더 넓어졌다. 그는 소주로 시작해 맥주로, 나는 맥주로 시작해 소주로 끝내는 경우가 허다하고(특히 한창훈은 독한 양주를 잘 마신다) 그는 음식을 가리지 않는데 나는 개고기나 육류를 싫어한다. 나는 바닷것이라면 사족을 못 쓰는데 그는 다 같은 바닷것 중에도 패류나 갑각류는 싫어한다. 내가 술 마시는 것 빼놓고는 아무 특기가 없는 데 비해 그는 기타를 잘 다루고 당구도 치고 낚시도 좋아하고 운동도 잘한다.(그는 태권도 유단자이고 해동검도를 연마하여 자기 이름이 새겨진 진검을 가지고 있다.) 그는 옷 갈아입기를 싫어하고 머리를 감거나 수염 깎는 것을 싫어하는 반면 나는 깔끔을 떠는 편이다. 그는 보통 외출복이나 실내복 구별이 없어 사철 추리닝에다가 슬리퍼가 전부다. 오죽하면 서산에서 한창훈 별명이 '스레빠', 내 별명은 '고주망태'겠는가. 또 그는 자기가 싫어하는 것은 죽어도 아니올시다고(냉정하다) 나는 어정쩡하게 끊지 못하여 안절부절못

하는 타입이다.

그런데 어떤 경우 꿍짝이 잘 맞아 떨어지는 부분이 있으니, 양가 어른들이 우리를 만들 때 밀밭하고 어떤 관련이 있었나 둘 다 면류를 좋아한다는 것이다. 라면부터 시작해서 칼국수 막국수 짜장면 냉면, 하여튼 밀가루로 만든 음식이라면 자다가도 벌떡 일어난다. 나쁜 버릇은 고치기 힘들어 음식이 나오기도 전에 참지 못하고 밑반찬에 소주를 먼저 먹는 게 참 불쌍하기는 하지만, 얼마나 냉면을 좋아하는지 창훈이가 천안으로 이사간 다음 서산 후배들이 플라스틱통에 육수를 가득 담아 갖다준 적도 있다.

또 있다. 우리 둘 다 꿈속에서까지 정한수 떠놓고 원하는 거. 「바다가 아름다운 이유」에 나오는 양순이 같은 여자를 간절히 원하는데 그도 그럴 것이 우리는 젖무덤에 대한 애착이 유달리 강했다.(무조건 크면 좋다, 히히.) '바깥양반'들 두 분 다 흠잡을 데 없이 마음 좋고 인물 좋고 키 크고 쫙 빠졌는데 다만 한가지 거시기가 계란후라이라는 사실이여. 그러니께 밤이 무섭지. 왜냐구? 아 밤마다 절벽 오르락내리락 혀봐. 안 무섭고 워쩌케 견뎌내냐구. 우리의 꿈은 이렇게 너무나 소박(?)해서 젖소부인과 한번 자보는 게 소원이었지만 지난 오년 동안 그렇게 돌아다니고 한뎃잠 많이 잤어도 깨어보면 늘 우리뿐이었다. 찬물을 숨도 안 쉬고 들이켜고 난 다음 똑같이 튀어나오는 말, 제발 멤버 좀 바꾸자. 우리와 신체구조가 조금은 다른 짐승하고 자봤으면.

'서주교' 이야기 하려다 엉뚱한 곳으로 빠졌다. 그렇게 한 집에서 문턱이 다 닳도록 드나들자 불알 달린 놈들 하는 짓이 차츰 재미도 없어지고 싫증나기도 했다. 그래서 새로운 얼굴을 찾아 지역을 넓

혀보자고 뜻을 모아 자연스럽게 친해진 사람이 홍성에서 풋풋한 것들과 생활하는 이정록과 보령 시내에서 금은방을 하는 안학수라는 화상이었다. '생각없는 주부들의 모임' 출신인 한창훈과 나에 비해 고등학교에서 한문을 가르치는 이정록과 누구 돈이 되었든지 현금을 많이 만지는 안학수의 출현은 우선 안주에서부터 엄청난 변화를 몰고 왔다. 안주도 안주지만 특히 이정록은 우리가 '서주교' 교주로 두말없이 모시지 않을 수 없었으니, 창훈이나 나는 전공이 같고(그는 한남대 지개과, 나는 다릿골 지게과) 안학수 또한 가방끈에 대해서 할말이 없는데 비하여 우리 교주는 단연 군계일학이라 이백과 두보의 시를 알기 쉽게 풀어 설명할 때는 우리 모두 벌린 입에 침 흐르는 줄을 몰랐다. 교주가 당직을 할 때에는 우리가 학교로 비상 호출을 했고, 원고료가 내려오면 교주가 만해 생가나 동상, 김좌진 장군 생가 근처에 있는 느티나무 아래로 친히 우리를 불렀다. 그러니 낮에 시작한 야학(野學)이 정말로 교주로 받들어 모시지 않을 수 없는 그 본격 야학(夜學)으로 이어지는데, 그는 갔어도 그의 노래는 남아 있다는 사설로 시작하는 남인수 애창가요와 또 그 유명한 구두닦이 춤인데 왜 구두는 안 닦고 배꼽 밑을 닦느냐 이 말이다. 한창훈이 봉걸레를 들고 이연걸을 가지고 놀고 내가 쌍절봉을 들고 소림사 주방장 흉내를 내어 '속 파랑새는 있다'를 찍어도, 한창훈의 봉걸레가 기타로 변하고 봉두난발을 어지럽게 흔들며 록가수 흉내를 내어도 나의 황성옛터, 두만강 푸른 물이 황소 울음소리로 흘러내리고 비장의 카드, 안학수의 뱃노래·보리피리가 KBS 빅쇼를 능가해도 마지막에는 세 사람이 동시에 허리춤·배꼽춤·재즈댄스·몬도가네춤, 세계 각국의 모든 춤을 다 동원해도 교주의 낭랑한 노래 한 소절 도저히 따라잡지 못했으니, 당대 고수를 한번 대면시켜 줄 필요가 있었겠다. 그리하여 전주 하고도 모악산에 가면 진짜 처녀귀신과 하룻밤 사투를 벌여 그 귀신을 몰아낸 무당 같고 비구니 같은 박남준이라는 걸사가 하나 번뇌망상을 끊으려 토굴 속 면벽수행을 수년간 거듭한 끝에 아름답게 말라가고 있었으니 그림이면 그림, 기타면 기타, 장구면 장구, 꽹과리면 꽹과리, 북이면 북, 소리면 소리, 팝, 록, 재즈를 거쳐 김추자에서 은방울 자매까지 도대체 인간이 할 수 있는 일치고 못하는 게 없었는데, 대한민국 문단에서 이렇게 음주가무에 능통한 사람은 찾아보기 힘들 것이다. 이 모악산 귀신도 교주의 남인수 애창가요를 한번 듣더니만 앞뒷발 다 들고 병원으로 실려가고 말았다. 이건 실제 상황인데 모악산 귀신이 기분이 최고 좋을 때 한쪽 어깨를 드러내놓고 김추자 춤을 추고, 벽을 향해 립스틱 짙게 바르고 몸을 꼰 다음, 등을 바닥에 대고 몸을 돌리는 브레이크 댄스로 넘어가는데 그날은 무슨 망령이 들었는지 갑자기 공중으로 붕 뜨더니, 집 대들보를 코알라처럼 끌어안다가 찰나도 못 버티고 떨어졌다. 가까스로 정신을 차린 사람들이 병원으로 급히 이송한 다음 촬영을 해보니 갈비뼈가 서너 대 금이 가 한달 넘게 고생한 적이 있다.

　찬 술 먹고 빈말 많았다. 이 쉼표 많고 괄호 많은 술자리도 슬슬 파할 때가 되었나보다. 올해 들어 불혹 문턱에 턱걸이한 나는 열네 살 때 집을 떠난 뒤, 이십육년간 헤맨 끝에 고향 쪽으로 간신히 십리 정도 옮겼다. 한창훈도 바다를 향한 오체투지, 용맹정진을 누구보다 게을리하지 않았지만, 그의 불철주야 도보고행에도 불구하고 내륙 쪽으로 더 들어가고 말았다. 그가 천안 목천 땅으로 이사를 간 것이다. 도보고행승 앞에 길은 늘 막막하기만 한데, 그 막막함 때문에 서둘러 짚세기 끈을 조이기 마련인데, 또 육시럴 외로움이나 슬픔 같은 것들이나 괴로움 사촌 정도 되는 것들이 창(瘡)을 통해 균(菌)을 키우기 마련인데, 이것들이 자갈 텃밭이 없으면 하다 못해 옆구리나 엉덩이나 어깻죽지를 비롯하여 아무데나 주둥이를 박고 어디로든 자꾸 떠나라고, 머무르지 말라고, 피를 빨아 먹으면서 지랄을 해대는 것이다. 이 어쩌지 못할 것들이, 걷는 사람 육신은 보타지는 데 비해 착실히 피를 빤 저희는 저희들끼리 속살이 오르고 달거리를 할 정도로 성장을 하며 안방마님 흉내를 냄시롱 막 충동질을 해대는디, 밖에 나가 그 흔한 밥벌이라도 해오라고, 밤에 부실한 것도 참을 수 없는데 대낮까지 쌍코피 흘리며 질질 짠다고, 육신이 보타지면 정신은 한없이 극명해지는 법 아니냐고, 육덕 좋은 저것들이 몸으로 밀어붙이니, 저 천하에 주리를 틀어 능지처참을 해도 시원찮을 저년들을 달랠 방법이 어디 있겠는가. 사연 많은 저년들의 내력을 듣고 싸구려 자서전이나 시리즈로 내주든지, 참 그때 균(菌)들을 바늘이나 송곳으로 찔러죽이든지, 인두로 지지든지, 칼로 도려내 근원을 없애버리든지 했어야 하거늘. 추적추적 걸을 때 욱신거리는 아픔도 길동무가 되었나? 고통도 익숙해져서 노자가 되었나? 흐흐. 끝내 정신이 돌아, 병이 깊어, 저 합해봐야 두 말 가웃도 안되는 것들이, 한 고행승을 구렁텅이로 몰아넣고 마는구나.

어여쁘구나, 걷는 사람아. 그러고도 잠시, 칫솔 하나, 미용실용 성긴 빗 하나, 양말 두어 켤레, 아무개 아무개가 쓴 서책 대여섯 짐을 내려놓고 다리쉼을 한 곳이 천안 삼거리 지나 목천 땅이었는가. 거기서 바다까지는 또 얼마나 먼가. 뭍이 끝나는 곳이 진정 바다인

가. 뭍은 바다가 품고 있는 알 아닌가. 저 많은 돌과 풀과 흙은 바다가 쟁여놓은 알 아닌가. 저 산들이 물마루라면 온갖 잎사귀들은 치어가 아니겠는가. 치어들은 바람을 따라 그늘 속에서 흰 배를 뒤집으며 뒤파도가 앞파도를 들이받으면 개울로 강으로 바다로 흐르고, 흐르는 동안 굵고 억센 물고기로 성장하지 않겠는가. 수초를 쓰다듬고 뻘밭을 갈고 거대한 해일을 품고 있는 산맥, 그대 마음속에 출렁 떠 있는 섬, 그대 안과 밖에 살아 꿈틀대는 바다, 불화까지도 다 감싸고 있는 바다, 우리 모두는 결국 그리로 돌아가겠지. 산이 높으면 물이 깊고 물이 깊으면 산이 높지 않겠는가. 뭍에서도 바다를 사는 크나큰 소설의 눈을, 깊고 서늘한 눈을……

한창훈에게는 짐이 되고 위험한 말이 될지 모르지만 내가 아는 한 그는 거의 완벽에 가까운 사람이다. 이 눈치 저 눈치 살피지 않고 당당하다. 「은사시나무 겨울」에서 직접 표현한 바 그는 체질적으로 권력을(가족과 친지는 물론 아주 작은 모임에서부터 크게는 공권력까지) 싫어한다. 권력이 가지고 있는 카리스마나 독단에 대해 누구보다 못 견뎌한다. 무릇 분노하고 저항하지 않는 작가는 진정한 작가가 아니다. 문학에서 잠들게 하는 기능은 없다. 오직 후려쳐 깨어나게 하는 기능만 있을 뿐. 더욱 믿음직스러운 모습은 서두르지 않는 그의 보폭이다. 오래 헤엄칠 자세가 되어 있다는 말이다. 문학이 점점 왜소해지고, 자본에 속절없이 투항하고, 화학비료 뿌리고 성장호르몬 넣어 속성 재배되는 요즈음, 언제든지 잊혀질 수 있고(목숨 걸고 사랑을 한 사람만이 잊혀진다는 데에 초연하고) 포기할 수 있고(치열하게 밀어붙인 사람만이 포기할 수 있다) 그 틈새를 땀흘려 일하는 것으로 메울 수 있는 당당한 자세, 그는 오래 참고 견딘다. 누군들 삶을 방기하고 싶은 욕망이 왜 없겠는가. 쉽게 포기하고 편안하고픈 유혹이 왜 없겠는가. 한창훈 소설의 미덕은 오래 참고 견딘, 견딜 수 없을 때까지 버틴, 직전의 힘이다. 직전에 터져나오는 탄성, 직전의 아름다움이다.

바라건대, 도반이여, 소나무가 성하면 옆에 잣나무가 기뻐하듯, 오늘 취하지 않고 무엇을 할 것인가. 한잔 받으시게. 우리가 처음 만나 스스로에게 약속한 것처럼 이 땅에 지천으로 널린 아픔들을 정면으로 바라볼 것, 그것의 원인을 끈질기게 물고늘어질 것, 나이가 들어간다 해도 처음의 마음이 변하지 않을 것, 문학을 핑계로 개폼 잡고 치기어린 주장을 일삼지 말 것, 잘 벼리고 있겠지. 저렇게 넓은 것이 저리도 평평하다니! 더 장엄한 골계의 바다로 나아가길, 아득히 먼 광대의 길 천천히 노저어 건너가길, 한마리 철없는 망둥이 되어 발문이라는 미끼를 덥석 물고 세상에 끌려 나와보니 낯 뜨겁고 숨이 차 제대로 하늘을 올려다볼 수 없으니, 그대 문장 앞에 내 글은 그저 참람할 뿐이다.

후기

집도 절도 없던 스물일곱의 가을. 살갗이 시린 어느날 갑자기 먼 곳이 떠올랐다. 나는 그때 이년째 집과 두절된 상태에 있었는데 나를 이끄는 어떤 힘이 있어 자신도 모르게 무작정 전라선 기차를 탔다. 그 기차 안에서 느꼈던 기분은 무엇으로 설명이 될까. 무궁화호 기차는 논산 전주 순천을 거쳐 마침내 종착역에 도착했고 나는 무언가에 쫓기듯 새로 이사간 곳을 여기저기 전화로 물어봐가며 정신없이 찾아헤맸다.

드디어 집에 도착해보니 큰손자를 알뜰하게 기다리셨던 할머니는 이미 네 시간 전에 돌아가셨다고 했다. 딱딱하게 굳어 있는 손아귀를 만져보며 사람의 삶이란 이렇듯 한 발자국씩 뒤지는 바로 그것 때문에 울지도 모른다고 생각했다. 할머니를 땅에 묻고 돌아설 때 새라도 울었으면 싶었다.

평생을 굴절과 연민 속에서 살다 가신 할머니께, 십년 만에, 그래도 된다면, 이 책을 바친다.

멀쩡하게 걸어다니는 사람들도 알고 보면 몹쓸 병을 하나씩 달고 다니고 좋아 뵈는 집안 내력도 듣고 보면 콩가루 파탄이 따로 없을 지경이라, 누구 말처럼 무덤 하나에 세계사 한편이 딱 들어맞는다. 그런 통증들이 세상을 살아내게 만드는 근본이려니 싶다.

하여 작가란 제 상처를 만지고 노는 아이들처럼 기쁨보다는 슬픔을, 승리보다는 패배를 붙들고 뒹구는 존재일 것이다. 팔잔가 몰라도 오랫동안 삶의 원천을 불화(不和)에 두고 살아왔다. 불화로써 나는 자유스러웠고 불화로써 찬바람 버티는 디딤돌을 삼았다. 부끄러울 때 많았지만 그러나 겨우 서른여섯. 돌아볼 나이는 아니다.

오랜 고통의 터널을 지나야 했던 가족들과 마음을 함께 나눈다.

터널을 통과하면서 얻었던 상처는 제각기 이름을 달고 딱지가 앉아 삶을 향한 튼튼한 뿌리가 될 것이다. 심연(深淵)은 절망의 끝까지 가본 자들의 것. 그것을 얻음으로 인하여 아름다울 수 있을 것.

이 책은 대산문화재단의 창작지원금을 받아 출판됨을 밝힌다.

1998년 초여름
무덤이 보이는 집에서
한 창 훈